Goldmann Science Fiction

ROBERT A. HEINLEIN

Tür in die Zukunft

THE DOOR INTO SUMMMER

Science Fiction-Roman

Wilhelm Goldmann Verlag

Aus dem Amerikanischen übertragen von
Tony Westermayr

Herausgegeben von Dr. Herbert W. Franke

Made in Germany · 1/80 · 3. Auflage · 26137

Der Band erschien 1967 im Goldmann Verlag als Taschenbuch unter
der Verlagsnummer 075

Umschlagentwurf: Atelier Adolf & Angelika Bachmann, München
Umschlagfoto: Agt. Schlück, Garbsen
Druck: Mohndruck Graphische Betriebe GmbH, Gütersloh
Verlagsnummer 23351
Lektorat: Melanie Berens · Herstellung: Peter Sturm
ISBN 3-442-23351-8

I

Im Winter kurz vor dem Sechswöchigen Krieg lebten Petronius, mein Kater, und ich in einem alten Farmhaus in Connecticut. Ich glaube nicht, daß es noch steht; denn es war nicht weit vom Randgebiet der Manhattan knapp verfehlenden Atombombenexplosion entfernt, und diese alten Holzbauten brennen wie Zunder. Selbst wenn es noch stünde, wäre es wegen des radioaktiven Niederschlages kein lohnendes Objekt. Damals gefiel es Pete und mir jedenfalls. Der Mangel an fließendem Wasser drückte die Miete, und das frühere Speisezimmer lieferte gutes Nordlicht für mein Zeichenbrett.

Das Dumme war nur, daß es elf Türen ins Freie gab.

Zwölf sogar, wenn man Petes Tür mitzählte. Ich versuchte immer, für Pete eine eigene Tür zu organisieren – in diesem Fall ein Brett im Fenster eines der unbenützten Schlafzimmer, in das ich eine Öffnung geschnitten hatte, die für Petes Schnurrbart eben breit genug war. Zu viele Stunden meines Lebens habe ich damit verbracht, Katzen die Türen zu öffnen – nach meinen Berechnungen sind seit Anbeginn der Zivilisation neunhundertachtundsiebzig Arbeitsjahrhunderte für diese Tätigkeit aufgewendet worden. Die Zahlen könnte ich Ihnen zeigen.

Pete benützte gewöhnlich seine eigene Tür, wenn er mich nicht dazu bringen konnte, eine Leute-Tür für ihn aufzumachen, was er bei weitem vorzog. Aber er weigerte sich, durch seine Tür hinauszuschlüpfen, wenn draußen Schnee lag.

Noch als wolliges Knäuel hatte Pete eine einfache Lebensanschauung entwickelt. Ich war zuständig für Quartier, Ernährung und Wetter; alles andere fiel in seinen Bereich. Aber vor allem machte er mich für das Wetter verantwortlich. Die kalte Jahreszeit in Connecticut taugt nur für Weihnachtskarten; in diesem Winter pflegte Pete regelmäßig seine eigene Tür in Augenschein zu nehmen, es des ekelhaften weißen Zeugs wegen abzulehnen, hinauszugehen, und von mir zu verlangen, ich solle ihm eine Leute-Tür aufmachen.

Er war fest davon überzeugt, daß mindestens eine davon in

Sommerwetter hinausführen müsse. Das hieß also, daß ich jedesmal mit ihm zu allen elf Türen gehen und sie offenhalten mußte, damit er sich davon überzeugen konnte, daß dort draußen ebenfalls Winter war, während seine Kritik an meiner Untüchtigkeit mit jeder Enttäuschung deutlicher wurde.

Dann blieb er im Haus, bis er es einfach nicht mehr aushalten konnte und ihn die Forderungen der Natur hinaustrieben. Wenn er zurückkam, klapperten die Eisklümpchen an seinen Pfoten wie Holzschuhe auf dem Boden. Er starrte mich grimmig an und weigerte sich zu schnurren, bis er den gesamten Schnee herausgekratzt hatte . . . worauf er mir bis zum nächstenmal verzieh.

Aber seine Suche nach der Tür zum Sommer gab er nie auf.

Am 3. Dezember 1970 suchte ich ebenfalls danach.

Mein Wunsch war ebenso hoffnungslos wie Petes Sehnsucht in einem Januar Connecticuts. Das bißchen Schnee in Kalifornien bleibt für die Skifahrer auf den Bergen; in Los Angeles findet man nichts davon – durch den Smog könnte sich das Zeug wohl auch kaum durchkämpfen. Aber in meinem Herzen war Winter.

Ich war nicht krank – wenn man einmal von einem übersteigerten Kater absah –, bis zu meinem dreißigsten Geburtstag fehlten auch noch ein paar Tage, und mit den Finanzen war es nicht schlecht bestellt. Weder die Polizei noch wütende Ehemänner, noch Gerichtsboten suchten nach mir; es haperte an nichts, was nicht ein leichter Fall von Gedächtnisschwund geheilt hätte. Aber in meinem Herzen war Winter, und ich suchte nach der Tür zum Sommer.

Wenn sich das anhört, als sei es aus einem Zustand akuten Selbstmitleids heraus gesprochen, so haben Sie recht. Auf unserem Planeten mußte es mindestens zwei Milliarden Menschen geben, die in schlechterer Verfassung waren als ich. Trotzdem suchte ich nach der Tür zum Sommer.

Die meisten, die ich in letzter Zeit ausprobiert hatte, waren Schwingtüren gewesen, wie diejenige vor mir jetzt – ›Sanssouci-Bar-Grill‹, verkündete die Neonreklame. Ich ging hinein, stellte die große Tasche vorsichtig auf den Platz neben mir, rutschte in die Nische und wartete auf den Kellner.

Die Tasche sagte: »Warrrh?«

»Sei still, Pete!« flüsterte ich.

»Naaow!«

»Unsinn, du warst gerade. Halt den Mund, der Kellner kommt.«

Pete gehorchte. Ich sah auf, als sich der Kellner über den Tisch beugte, und sagte zu ihm: »Einen doppelten Scotch, ein Glas Wasser und ein Ginger Ale.«

Der Kellner machte ein betroffenes Gesicht. »Ginger Ale, Sir? Zum Whisky?«

»Haben Sie's verstanden oder nicht?«

»N-ja, natürlich. Aber –«

»Dann her damit. Ich will es nicht trinken, nur böse anschauen. Und eine Untertasse bitte.«

»Wie Sie meinen, Sir.« Er polierte die Tischplatte. »Wie wär's mit einem kleinen Steak, Sir? Oder die Muscheln sind auch recht gut heute.«

»Hören Sie mal, Sie bekommen das Trinkgeld für die Muscheln, wenn Sie mir versprechen, sie nicht zu servieren. Ich brauche nur, was ich bestellt habe ... Und vergessen Sie die Untertasse nicht.«

Er hielt den Mund und ging. Ich fauchte Pete noch einmal zu, er möge gefälligst still sein. Der Kellner kam zurück. Seinen Stolz beschwichtigte er damit, daß er das Ginger Ale auf der Untertasse balancierte. Ich ließ ihn die Flasche aufmachen, während ich den Scotch mit Wasser mischte. »Möchten Sie noch ein Glas für das Ginger Ale, Sir?«

»Ich bin ein ganz toller Bursche, ich trinke es gleich aus der Flasche.«

Er blieb stumm und ließ sich bezahlen, einschließlich Trinkgeld für die Muscheln. Als er weg war, goß ich Ginger Ale in die Untertasse und klopfte auf die Tasche. »Die Suppe ist fertig, Pete.«

Der Reißverschluß war offen. Wenn er in der Tasche saß, machte ich sie nie zu. Er drückte sie mit den Pfoten auseinander, steckte den Kopf heraus, sah sich schnell um, stemmte sich dann heraus und stellte die Vorderpfoten auf den Rand der Tischplatte. Ich hob mein Glas, wir sahen einander an. »Auf die Damen, Pete – schnell gefunden, schnell vergessen!«

Er nickte; ich hatte ihm aus dem Herzen gesprochen. Er neigte den Kopf und begann, das Ginger Ale zu schlabbern. »Wenn man kann, heißt das«, fügte ich hinzu und nahm einen tiefen Schluck. Pete schwieg. Ein weibliches Wesen zu vergessen, fiel ihm nicht schwer; er war von Natur aus ein eingefleischter Junggeselle.

Durch das Fenster des Lokals blinkte Leuchtreklame herein. Zuerst lautete der Text: ›Arbeite im Schlaf.‹ Dann hieß es: ›Und träume deine Sorgen fort.‹ Dann flammte es in doppelt großen Lettern auf:

›MUTUAL VERSICHERUNGSGESELLSCHAFT‹

Ich las alle drei Zeilen mehrmals, ohne darüber nachzudenken. Ich wußte über den Kaltschlaf ebensoviel und ebensowenig wie alle anderen Leute auch. Bei der ersten Ankündigung hatte ich einen Artikel darüber gelesen, und zwei-, dreimal die Woche bekam ich eine Versicherungs-Werbebroschüre mit der Morgenpost. Ich warf sie gewöhnlich ungelesen weg, weil sie ebensowenig auf mich gemünzt wie, sagen wir, ein Werbefeldzug für Lippenstifte schien.

Erstens hätte ich bis vor kurzem den Kaltschlaf gar nicht bezahlen können; er ist teuer. Zweitens: Warum sollte ein Mann, der Spaß an seiner Arbeit hat, Geld verdient, Aussichten hat, noch mehr zu verdienen, verliebt ist und kurz vor der Hochzeit steht, Selbstmord begehen?

Wenn jemand unheilbar krank war und den Tod vor sich sah, aber glaubte, die Ärzte der kommenden Generation würden ihn heilen können – und wenn er es sich leisten konnte, für den Kaltschlaf zu bezahlen, während die Medizin eine Lösung für das Problem seiner Krankheit suchte –, dann war Kaltschlaf die logische Folgerung. Oder wenn sein Ehrgeiz darin bestand, einen Flug zum Mars zu machen, und er glaubte, die Entfernung einer Generation aus seinem privaten Lebensfilm würde ihm gestatten, sich eine Flugkarte zu kaufen, war das wohl auch ein logischer Weg. Die Zeitungen hatten von einem Brautpaar aus den Oberen Zehntausend berichtet, das vom Standesamt sofort zur Schlafhalle der Western World Versicherungsgesellschaft gefahren war, mit der Ankündigung, man dürfe es nicht wecken, bis man die Flitterwochen auf einem interplanetarischen Raumschiff verbringen könne ... obwohl ich einen von der Versicherungsgesellschaft erfundenen Reklametrick argwöhnte und die beiden unter falschem Namen bei der Hintertür hinausgeschlüpft sein würden. Daß jemand die Hochzeitsnacht im tiefgefrorenen Zustand verbringen will, klingt nicht gerade plausibel.

Und da war die übliche finanzielle Lockung, wovon sich die Versicherungsgesellschaften besonders viel versprachen: ›Arbeite im Schlaf.‹ Halt dich schön still und laß dein Gespartes zu einem riesigen Vermögen anwachsen. Wenn du Fünfundfünfzig bist und zweihundert pro Monat Pension bekommst, warum dann nicht die Jahre verschlafen, mit immer noch Fünfundfünfzig erwachen und tausend im Monat kassieren? Ganz zu schweigen von dem Gefühl, in einer hellen, neuen Welt zu erwachen, die dir wahrscheinlich ein weit längeres und gesünderes Leben versprechen kann, worin sich deine tausend pro Monat verprassen lassen. Damit gingen sie wirklich aufs Ganze, und jede Gesellschaft bewies mit unbestreitbaren Zahlen, daß ihre Auswahl an Aktien für ihren Investment-Fonds schneller mehr Geld anhäufte als irgendeine der anderen Firmen. ›Arbeite im Schlaf.‹

Mir hatte das nie zugesagt. Ich war nicht Fünfundfünfzig, ich wollte nicht in Pension gehen, und an 1970 war mir nichts Unangenehmes aufgefallen.

Das heißt: bis vor kurzem. Jetzt war ich im Ruhestand, ob ich wollte oder nicht. Und ich wollte nicht; statt in die Flitterwochen zu fahren, saß ich in einem zweitklassigen Lokal und trank Whisky, um mich zu betäuben. Anstelle einer Frau hatte ich einen Kater mit neurotischer Gier nach Ginger Ale, und was meine Einstellung zur Gegenwart betraf, so hätte ich sie auf der Stelle für eine Kiste Gin eingetauscht und dann alle Flaschen zerschlagen.

Aber ich war nicht pleite.

Ich griff in die Jackettasche und nahm einen Umschlag heraus. Er enthielt zweierlei. Einmal einen bestätigten Scheck über mehr Geld, als ich bisher jemals auf einmal gehabt hatte, und zum anderen eine Aktie der Firma ›Dienstboten-AG‹. Sie sahen beide schon ein bißchen zerzaust aus; ich trug sie bei mir, seit ich sie überreicht bekommen hatte.

Warum nicht?

Warum nicht aussteigen und meine Sorgen verschlafen? Immer noch angenehmer, als in die Fremdenlegion einzutreten. Selbstmord war zu unappetitlich, außerdem würde er mich für dauernd von den Ereignissen und Leuten, die mir mein Leben versauert hatten, ablösen. Warum also nicht?

An der Gelegenheit, reich zu werden, war ich nicht maßlos interessiert. Oh, ich hatte H. G. Well's ›Der Schläfer erwacht‹ gelesen, nicht erst, als die Versicherungsgesellschaften das Buch kostenlos verteilten, sondern schon vorher, als es nur ein klassischer Roman war. Ich wußte, was Zinzeszins und Aktienkenntnis zu erreichen vermochten. Aber ich hatte keine Ahnung, ob ich wirklich genug Geld für den Langen Schlaf und ein Konto von ausreichender Höhe besaß. Das andere Argument sprach mich mehr an: zu Bett gehen und in einer anderen Welt erwachen. Vielleicht in einer wesentlich besseren Welt, wenn man den Versicherungsgesellschaften glauben wollte ... vielleicht auch in einer schlimmeren. Aber anders würde sie auf jeden Fall sein.

Ein Unterschied ließ sich aber ganz bestimmt erreichen: ich konnte so lange schlummern, bis ich sicher war, daß es eine Welt ohne Betty Darkin – oder auch ohne Miles Gentry, aber vor allem ohne Betty sein würde. Wenn Betty tot und begraben war, konnte ich sie vergessen, vergessen, was sie mir angetan hatte. Dann würde ich nicht andauernd von dem Wissen gequält werden, daß sie nur ein paar Kilometer entfernt war.

Augenblick mal, wie lange müßte das dauern? Betty war dreiundzwanzig Jahre alt – das behauptete sie jedenfalls. Einmal schien es ihr aber doch entwischt zu sein, daß sie sich an Roosevelts Präsidentschaftszeit erinnerte. Nun ja, immerhin in den Zwanzigern. Wenn ich siebzig Jahre schlief, würde nur ein Nachruf von ihr übrig sein. Um ganz sicherzugehen, lieber fünfundsiebzig.

Dann erinnerte ich mich daran, mit welchen Riesenschritten man in der Behandlung von Alterskrankheiten vorankam; man sprach bereits davon, daß hundertzwanzig Jahre als erreichbare ›normale‹ Lebensdauer gelten dürften. Vielleicht mußte ich hundert Jahre schlafen. Ich wußte nicht einmal, ob irgendeine Versicherungsgesellschaft soviel anbot.

Dann hatte ich eine sanft brutale Idee, eingegeben vom warmen Glühen des Scotch. Ich brauchte ja gar nicht zu schlafen, bis Betty tot war. Es war mehr als ausreichend und genau die passende Rache gegenüber einer Frau, jung zu sein, wenn sie schon alt war. Gerade um so viel jünger, daß man es ihr unter die Nase reiben konnte – sagen wir, ungefähr dreißig Jahre.

Ich spürte einen sanften Pfotendruck auf meinem Arm. »Meerr!« erklärte Pete.

»Gieriger Kerl«, sagte ich und füllte seine Untertasse wieder mit Ginger Ale. Er bedankte sich mit höflichem Nicken.

Aber er hatte meine angenehm bösartige Gedankenkette unterbrochen. Was, zum Teufel, sollte ich mit Pete anfangen?

Man kann eine Katze nicht fortgeben wie einen Hund; sie lassen sich das nicht gefallen. Manchmal gehen sie mit dem Haus auf einen anderen Besitzer über, aber bei Pete war das hinfällig. Für ihn stellte ich das einzig Stabile in einer wechselhaften Welt dar, seit man ihn vor neun Jahren seiner Mutter weggenommen hatte ... Es war mir sogar gelungen, ihn beim Militärdienst in der Nähe zu haben, und dazu gehört wirklich einiges.

Er war bei guter Gesundheit. Daran würde sich auch nicht viel ändern, wenn seine Narben den ganzen Körper bedeckten. Ohne die fatale Neigung, ständig mit der Rechten zuzuschlagen, würde er mindestens die nächsten fünf Jahre hindurch noch Schlachten gewinnen und Nachkommen in die Welt setzen können.

Ich hätte ihn in einem Tierheim pflegen – undenkbar! – oder einschläfern lassen können – ebenso undenkbar! Oder ich könnte ihn einfach im Stich lassen. Darauf läuft es bei einer Katze immer hinaus: entweder man bleibt eisern dabei, oder man setzt das arme Wesen aus, läßt es verwildern und zerstört seinen Glauben an die ewige Richtigkeit aller Dinge.

Wie Betty es bei mir getan hatte.

Also dann, mein Junge, vergiß das möglichst schnell. Dein eigenes Leben kann so verpfuscht sein, wie du willst, das entläßt dich keineswegs aus deinem Vertrag mit dieser verzogenen Katze.

Gerade als ich bei dieser philosophischen Wahrheit angelangt war, nieste Pete. Die Kohlensäure war ihm in die Nase gestiegen. »Gesundheit«, erwiderte ich, »und sauf gefälligst nicht so schnell.«

Pete beachtete mich nicht. Seine Tischsitten waren im großen und ganzen weit besser als die meinen, und das wußte er ganz genau. Unser Kellner hatte sich an die Registrierkasse gelehnt und sich mit dem Kassierer unterhalten. Es war die ruhige Zeit nach dem Mittagessen, und wenige Gäste saßen in der Bar. Der Kellner hob den Kopf, als ich ›Gesundheit‹ sagte, und murmelte dem Kassierer etwas zu. Sie sahen beide zu uns herüber, dann öffnete der Kassierer die Klapptür in der Theke und kam auf uns zu.

»Tauchen, Pete«, flüsterte ich.

Er schaute sich um und verschwand in der Tasche. Ich drückte sie oben zusammen. Der Kassierer kam heran und beugte sich über meinen Tisch, wobei er hastig die Sitze in Augenschein nahm. »Tut mir leid«, sagte er tonlos, »aber die Katze müssen Sie fortschaffen.«

»Welche Katze?«

»Die Sie eben aus der Untertasse gefüttert haben.«

»Ich sehe keine Katze.«

Diesmal bückte er sich und schaute unter den Tisch. »Sie haben sie in der Tasche da versteckt«, beschuldigte er mich.

»Tasche? Katze?« sagte ich staunend. »Mein lieber Freund, ich glaube, Sie haben Halluzinationen.«

»Was? Lassen Sie das Gerede. Sie haben eine Katze in dieser Tasche. Machen Sie auf.«

»Haben Sie einen Durchsuchungsbefehl?«

»Was? Ach, machen Sie sich doch nicht lächerlich.«

»Sie machen sich lächerlich, wenn Sie in meiner Tasche kramen wollen, ohne einen Durchsuchungsbefehl zu haben. Vierter Verfassungszusatz – und der Krieg ist seit Jahren vorbei. Nachdem also das geregelt wäre, sagen Sie bitte dem Kellner, daß er dasselbe noch einmal bringen soll – oder holen Sie es selber.«

Er machte ein leidendes Gesicht. »Mein Herr, ich meine es nicht persönlich, aber ich muß schließlich an meine Lizenz denken. ›Keine Hunde, keine Katzen‹ – dort oben an der Wand hängt das Schild. Wir bemühen uns, ein hygienisches Lokal zu führen.«

»Dann hat sich die Mühe aber schlecht gelohnt.« Ich nahm mein Glas vom Tisch. »Sehen Sie die Lippenstiftspuren? Sie sollten sich lieber um Ihre Spülerin kümmern, anstatt Ihre Gäste zu durchsuchen.«

»Ich sehe keinen Lippenstift.«

»Weil ich das meiste schon abgewischt habe. Aber gehen wir doch zum Gesundheitsamt, und lassen wir eine Bakterienprüfung machen.«

Er seufzte. »Haben Sie einen Dienstausweis?«

»Nein.«

»Dann sind wir quitt. Ich durchsuche Ihre Tasche nicht, und Sie gehen nicht zum Gesundheitsamt. Wenn Sie noch etwas trinken wollen, dann bitte an der Bar ... das Haus bezahlt. Aber nicht hier.« Er drehte sich auf dem Absatz um und ging.

Ich zuckte die Achseln. »Wir wollten sowieso gerade verschwinden.«

Als ich am Kassierer vorbeikam, hob er den Kopf. »Sie tragen mir nichts nach?«

»Nein. Aber ich wollte eigentlich später mein Pferd zu einem kleinen Drink hereinbringen. Jetzt denke ich nicht mehr daran.«

»Wie Sie wollen. Von Pferden steht nichts im Gesetz. Aber noch eine Frage – trinkt die Katze wirklich Ginger Ale?«

»Vierter Verfassungszusatz, haben Sie's vergessen?«

»Ich will das Tier nicht sehen. Ich möchte nur Bescheid wissen.«

»Tja«, gestand ich, »er mag es zwar lieber mit einem Spritzer Bitters, aber wenn es sein muß, trinkt er es auch pur.«

»Schlecht für die Nieren. Schauen Sie einmal dort hinauf.«

»Wohin?«

»Lehnen Sie sich zurück, so... Jetzt schauen Sie an die Decke über den Nischen... die Spiegel oben in der Dekoration. Ich wußte, daß Sie eine Katze bei sich hatten, weil ich sie sehen konnte.«

Ich lehnte mich zurück. Die Decke des Lokals war mit billigem Zierat geschmückt, einschließlich zahlreicher Spiegel. Ich entdeckte jetzt, daß einige davon, in der Dekoration versteckt, so angebracht waren, daß der Kassierer sie als Periskope benützen konnte, ohne seinen Platz zu verlassen. »Das ist nötig«, meinte er entschuldigend. »Sie wären schockiert, wenn Sie wüßten, was oft in diesen Nischen vor sich geht... wenn wir die Leute nicht im Auge behielten. Eine traurige Welt.«

»Und ob.« Ich ging hinaus.

Im Freien öffnete ich die Tasche und trug sie an einem Henkel; Pete steckte den Kopf heraus. »Du hast gehört, was der Mann sagte, Pete. ›Eine traurige Welt.‹ Mehr als traurig, wenn zwei Freunde nicht einmal mehr in aller Ruhe einen heben können, ohne gleich bespitzelt zu werden. Das schlägt dem Faß den Boden aus.«

»Naoow?« fragte Pete.

»Wenn du meinst. Es hat eigentlich keinen Sinn, noch lange herumzugrübeln, wenn wir es tun wollen.«

»Naow!« erklärte Pete nachdrücklich.

»Einstimmig angenommen. Drüben auf der anderen Straßenseite.«

Die Empfangsdame der Mutual-Versicherungsgesellschaft war ein wunderbares Beispiel für die Schönheit von Zweckkonstruktionen. Trotz einer Stromlinienform, die vielleicht für vierfache Schallgeschwindigkeit gereicht hätte, stellte sie frontmontierte Radargehäuse und alles andere aus, was sie für ihre Aufgabe brauchte. Ich rief mir ins Gedächtnis, daß sie eine uralte Dame sein würde, bis ich wieder herauskäme, und erklärte ihr, daß ich einen Verkäufer zu sprechen wünschte.

»Nehmen Sie bitte Platz. Ich werde nachsehen, ob einer unserer Kundendienstleiter frei ist.« Bevor ich mich hinsetzen konnte, setzte sie hinzu: »Unser Mr. Powell wird Sie empfangen. Kommen Sie bitte mit.«

Unser Mr. Powell benützte ein Büro, das ersehen ließ, über welch gesunde finanzielle Grundlage die Mutual verfügte. Er gab mir eine feuchte Hand, drückte mich auf einen Stuhl, bot mir eine

Zigarette an und versuchte, mir die Tasche abzunehmen. Ich ließ sie nicht los. »Wie können wir Ihnen behilflich sein, Sir?«

»Ich möchte den Langen Schlaf.«

Seine Brauen schossen in die Höhe, und sein Benehmen verriet sofort großen Respekt. Zweifellos würde die Mutual für sieben Dollar einen Werbespruch schreiben, aber der Lange Schlaf ließ die gesamte Habe eines Klienten in ihre Klauen geraten. »Eine sehr weise Entscheidung«, sagte er ehrfürchtig. »Ich wäre froh, wenn ich ebenfalls dazu in der Lage wäre. Aber ... die Verantwortung für eine Familie, wissen Sie.« Er nahm ein Formblatt vom Schreibtisch. »Schlafklienten haben es meist sehr eilig. Ich möchte Ihnen Zeit und Mühe sparen helfen, indem ich das für Sie ausfülle ... und Ihre Untersuchung werden wir sofort veranlassen.«

»Einen Augenblick.«

»Wie?«

»Eine Frage. Sind Sie in der Lage und willens, den Kaltschlaf für eine Katze zu arrangieren?«

Ich machte die Tasche auf; Pete steckte den Kopf heraus. »Darf ich Ihnen meinen Freund vorstellen? Beantworten Sie bitte meine Frage. Wenn die Antwort ›nein‹ lautet, möchte ich zur Central Valley Liability. Diese Gesellschaft hat ihre Büroräume doch im selben Haus, nicht wahr?«

Diesmal war er entsetzt. »Mister – äh, ich habe Ihren werten Namen nicht verstanden.«

»Dan Davis.«

»Mr. Davis, sobald jemand hier eintritt, befindet er sich unter dem wohlwollenden Schutz der Mutual. Ich kann Sie nicht zur Central Valley gehen lassen.«

»Wie wollen Sie denn das verhindern? Können Sie Judo?«

»Ich bitte Sie!« Er sah sich nervös um. »Unsere Gesellschaft ist eine ethische Firma.«

»Die Central Valley etwa nicht?«

»Das haben Sie gesagt, nicht ich. Mr. Davis, ich möchte Sie nicht beeinflussen –«

»Das wird Ihnen auch kaum gelingen.«

»– aber beschaffen Sie sich von jeder Gesellschaft Musterverträge. Nehmen Sie einen Anwalt, besser noch: einen lizenzierten Semantiker. Prüfen Sie, was wir anbieten – und tatsächlich auch leisten –, und vergleichen Sie es mit dem, was Central Valley behauptet, offerieren zu können.« Er schaute sich wieder um und rückte näher heran. »Ich darf das eigentlich gar nicht weitersagen – ich hoffe, daß Sie es für sich behalten –, aber dort benützt man nicht einmal die üblichen Tabellen.«

»Vielleicht kommt das dem Kunden zugute.«

»Wie? Mein lieber Mr. Davis, wir bringen den gesamten Vermögenszuwachs zur Ausschüttung. Das verlangt unsere Satzung ... während Central Valley eine Aktiengesellschaft ist.«

»Vielleicht sollte man sich ein paar Aktien kaufen – hören Sie, Mr. Powell, wir verschwenden nur Zeit. Nimmt die Mutual meinen Freund hier an oder nicht? Wenn nicht, dann habe ich mich hier schon viel zu lange aufgehalten.«

»Sie meinen, Sie wollen dafür bezahlen, daß diesem Wesen die Hypothermie zugute kommen soll?«

»Ich meine, daß wir beide den Langen Schlaf haben wollen. Und nennen Sie ihn nicht ›Wesen‹, er heißt Petronius.«

»Verzeihung, lassen Sie mich anders fragen. Sie wären bereit, zwei Treuhandhonorare zu erlegen, damit Sie beide, Sie und – äh – Petronius in unser Sanktum aufgenommen werden können?«

»Ja, aber nicht zwei Normal-Honorare. Ich will natürlich etwas drauflegen, aber Sie können uns beide in denselben Sarg stopfen. Für Pete dasselbe wie für einen Menschen zu verlangen, wäre doch alles andere als ehrlich.«

»Das ist äußerst ungewöhnlich.«

»Selbstverständlich. Aber über den Preis sprechen wir später ... oder ich verhandle mit der Central Valley. Im Augenblick interessiert mich nur, ob Sie es ermöglichen können.«

»Äh ...« Er trommelte mit den Fingern auf die Tischplatte. »Einen Augenblick bitte.« Er nahm den Telefonhörer ab und sagte: »Opal, verbinden Sie mich mit Dr. Berquist.« Mehr hörte ich vom Gespräch nicht, weil er den Mithörschutz einschaltete. Aber nach einer Weile legte er den Hörer auf die Gabel zurück und lächelte strahlend, als sei ein reicher Erbonkel gestorben. »Gute Nachrichten, Sir! Ich hatte momentan übersehen, daß die ersten erfolgreichen Experimente mit Katzen durchgeführt wurden. Technik und kritische Faktoren bei Katzen stehen längst fest. Tatsächlich gibt es im Marineforschungslabor in Annapolis eine Katze, die seit über zwanzig Jahren in Hypothermie gelebt hat und noch lebt.«

»Ich dachte, das MFL sei bei der Bombardierung Washingtons vernichtet worden?«

»Nur die Oberflächenbauten, Sir, nicht die Tiefgewölbe. Das ist ein Beweis dafür, wie vollkommen die Technik bereits ist. Das Tier war über zwei Jahre lang nur von automatischen Maschinen behütet ... dabei lebt es immer noch, unverändert, ungealtert. Wie Sie leben werden, Sir, solange Sie sich der Mutual anvertrauen wollen.«

Ich befürchtete schon, er wollte in dieser Tonart weiterreden. »Schon gut, schon gut, dann fangen wir mit dem Handel an.«

Vier Faktoren waren zu beachten: erstens, wie wir für unseren Winterschlaf bezahlen wollten; zweitens, wie lange ich zu schlafen gedachte; drittens, wie mein Geld investiert werden sollte, solange ich im Kühlhaus steckte; viertens und letztens, was passierte, wenn ich nicht mehr aufwachen sollte.

Ich bestimmte schließlich das Jahr 2000, eine hübsche, runde Zahl, und nur dreißig Jahre in der Zukunft. Ich hatte Angst, mich überhaupt nicht mehr zurechtzufinden, wenn ich mich auf einen längeren Zeitraum einließ. Die Veränderungen der letzten dreißig Jahre – genauso lange war ich auf der Welt – reichten wirklich aus, um einem das Gruseln zu lehren: zwei große Kriege und ein Dutzend kleine, der Untergang des Kommunismus, die Große Panik, die Erdsatelliten, die Umstellung auf Atomenergie – du lieber Himmel, in meiner Kindheit gab es ja noch nicht einmal Multimorpha.

A. D. 2000 mochte mir ziemlich verwirrend erscheinen, aber wenn ich nicht wenigstens so weit in die Zukunft hineinsprang, reichte für Betty die Zeit nicht, sich eine schöne Sammlung von Falten zuzulegen.

Als wir auf die Frage zu sprechen kamen, wie mein Geld anzulegen sei, lehnte ich den Kauf von Staatsanleihen und ähnlich konservativen Anlagepapieren ab; die Inflation ist in unser Finanzsystem fest eingebaut. Ich beschloß, meinen Anteil an der ›Dienstboten-AG‹ zu behalten und das Bargeld in anderen Industrieaktien anzulegen, unter besonderer Berücksichtigung einiger Strömungen, die mir vielversprechend erschienen. Die Automation stand erst am Anfang. Ich wählte auch eine Düngemittelfabrik aus San Francisco; sie experimentierte mit Hefen und eßbaren Algen – die Bevölkerung wuchs mit jedem Jahr, und die Steaks würden sicherlich nicht billiger werden. Den Rest des Geldes wünschte ich in den Treuhandfonds der Versicherung einzubringen.

Aber die entscheidende Frage war doch: Was sollte geschehen, wenn ich im Kaltschlaf starb? Die Gesellschaft behauptete, die

Chancen stünden besser als siebzig Prozent, daß ich dreißig Jahre Kaltschlaf überleben würde ... und die Versicherung würde die Wette von beiden Seiten her halten. Die Chancen galten aber nicht umgekehrt, und das hatte ich auch nicht erwartet; bei jedem ehrlichen Glücksspiel hat die Bank leichte Vorteile. Nur betrügerische Spieler behaupten, dem Anfänger die besseren Chancen geben zu wollen, und das Versicherungsgeschäft ist ein gesetzlich zugelassenes Glücksspiel. Die älteste Versicherungsfirma mit dem besten Ruf, Lloyds of London, macht keine Ausflüchte – Lloyds' Partner übernehmen die Deckung jeder Wette von beiden Seiten. Aber bessere Aussichten als 50 zu 50 darf man nicht erwarten; irgend jemand muß ja für die maßgeschneiderten Anzüge unseres Mr. Powell bezahlen.

Ich entschied, daß jeder Cent meines Vermögens im Fall meines Ablebens dem Treuhandfonds der Gesellschaft zufallen sollte ... wofür mich Mr. Powell beinahe umarmt hätte, so daß ich mich zu fragen begann, wie optimistisch diese 7:3-Voraussage eigentlich sei. Aber ich blieb dabei, weil mich das, wenn ich weiterlebte, zum Erben aller anderen Kunden mit dem gleichen Entschluß machte, wenn diese starben ... Russisches Roulette, wobei den Überlebenden die Jetons zufielen und die Gesellschaft, wie üblich, den Anteil der Bank einheimste.

Ich wählte jede Möglichkeit des höchstmöglichen Gewinnes, ohne einen Ausgleich für eine Pechsträhne zu schaffen. Mr. Powell verehrte mich, wie der Croupier einen Anfänger liebt, der ausschließlich auf Zero setzt. Als wir mein Vermögen aufgeteilt hatten, wollte er sich bei Pete besonders erkenntlich zeigen; wir einigten uns auf 15 Prozent des üblichen Honorars für Petes Winterschlaf und setzten für ihn einen eigenen Vertrag auf.

Dann fehlten nur noch die gerichtliche Genehmigung und eine ärztliche Untersuchung. Letztere störte mich nicht im geringsten; seit die Gesellschaft auf meinen Tod gewettet hatte, würde man mich sogar in den letzten Stadien der Schwarzen Krankheit akzeptieren, wie mir schien. Aber die Genehmigung eines Richters einzuholen würde wohl ziemlich viel Zeit in Anspruch nehmen. Das mußte sein, weil ein Klient im Kaltschlaf gesetzlich unter Vormundschaft stand; er war am Leben, aber hilflos.

Ich hätte mir keine Sorgen zu machen brauchen. Unser Mr. Powell ließ von neunzehn verschiedenen Dokumenten vierfache Originale herstellen. Ich unterschrieb, bis sich die Finger verkrampften. Ein Bote sauste mit den Papieren davon, während ich zur ärztlichen Untersuchung ging; den Richter bekam ich nicht einmal zu Gesicht.

Die Untersuchung verlief bis auf eine Kleinigkeit normal. Am Ende sah mir der untersuchende Arzt streng in die Augen. »Sagen Sie mal, wie lange geht das jetzt schon mit dieser Sauferei?«

»Sauferei?«

»Sauferei.«

»Wie kommen Sie darauf, Doktor? Ich bin so nüchtern wie Sie. ›Fischers Fritz fischt frische Fische –‹«

»Lassen Sie den Unsinn und antworten Sie.«

»Mmm ... ungefähr zwei Wochen, würde ich sagen. Vielleicht auch ein bißchen länger.«

»Quartalssäufer? Wie oft haben Sie das vorher schon gemacht?«

»Um genau zu sein, überhaupt noch nie. Wissen Sie –« Ich begann ihm zu erzählen, was mir Betty und Miles angetan hatten.

Er hob abwehrend die Hand. »Bitte. Ich habe selber Sorgen, außerdem bin ich kein Psychiater. Ich interessiere mich wirklich nur dafür, ob Ihr Herz die Belastung erträgt, die durch die Abkühlung Ihres Körpers auf vier Grad Celsius eintritt. Und es erträgt sie. Normalerweise ist mir gleichgültig, warum sich jemand in ein Loch verkriecht und es dann hinter sich zuschüttet. Ich sage mir immer, daß dann eben ein Narr weniger herumläuft. Ein Rest von beruflichem Gewissen hindert mich aber daran, irgendeinen Menschen, so armselig er auch sein mag, in einen von diesen Särgen steigen zu lassen, solange sein Gehirn vor Alkohol trieft. Drehen Sie sich um.«

»Was?«

»Drehen Sie sich um. Ich muß Ihnen eine Spritze geben.«

Ich drehte mich um, und er verabreichte sie mir. Während ich mir die schmerzende Stelle rieb, meinte er: »Jetzt trinken Sie das hier. In ungefähr zwanzig Minuten werden Sie nüchterner sein als seit Wochen. Wenn Sie ein bißchen Verstand haben – was ich bezweifle –, können Sie sich alles in Ruhe überlegen und entscheiden, ob Sie vor Ihren Schwierigkeiten davonlaufen ... oder sich als Mann damit auseinandersetzen wollen.«

Ich trank.

»Das wäre alles. Sie können sich anziehen. Ich unterschreibe Ihre Papiere, aber lassen Sie sich gesagt sein, daß ich bis zur letzten Minute Einspruch erheben kann. Keinen Alkohol mehr, ein leichtes

Abendessen und kein Frühstück. Kommen Sie morgen mittag zur abschließenden Untersuchung.«

Er wandte sich ab und verabschiedete sich nicht einmal. Ich zog mich an und suchte zornig das Weite. Powell hatte alle Papiere fertig. Als ich sie nahm, sagte er: »Sie können sie auch hierlassen und morgen mittag abholen – die Ausfertigung für das Gewölbe meine ich natürlich.«

»Und was geschieht mit den anderen?«

»Eine Ausfertigung behalten wir, und nach Ihrem Eintritt hier wird eine zweite bei Gericht, die dritte an die Archive in den Carlsbader Höhlen eingereicht. Äh – hat der Arzt erwähnt, wie Sie sich mit dem Essen einrichten müssen?«

»Allerdings.« Ich studierte die Dokumente, um meinen Ärger zu verbergen.

Powell griff nach ihnen. »Ich bewahre sie über Nacht sicher auf.«

Ich zog sie zurück. »Das kann ich selbst. Vielleicht möchte ich noch Aktien umtauschen.«

»Äh – dafür ist es aber reichlich spät, mein lieber Mr. Davis.«

»Nur nicht drängeln. Wenn ich noch etwas geändert haben will, komme ich morgen früher.« Ich öffnete die Tasche und steckte die Papiere in ein Seitenfach neben Pete. Dort hatte ich schon oft wichtige Unterlagen aufbewahrt; sie waren vielleicht nicht ganz so sicher wie die Staatsarchive in den Carlsbader Höhlen, aber doch wesentlich sicherer, als man vielleicht annehmen möchte. Ein Taschendieb hatte einmal versucht, aus diesem Seitenfach etwas herauszunehmen; die Narben von Petes Zähnen und Krallen sieht man heute noch, nehme ich an.

2

Mein Wagen war unter dem Pershing Square geparkt, wo ich ihn am Vormittag abgestellt hatte. Ich warf Geld in den automatischen Parkwächter, stellte die Automatik auf Durchfahrt/West ein, nahm Pete aus der Tasche, legte ihn auf den Sitz und machte es mir bequem.

Das heißt, ich versuchte es jedenfalls. Der Verkehr in Los Angeles war viel zu schnell und zu mörderisch, als daß ich mich bei

Automatik-Steuerung wirklich wohl gefühlt hätte; die ganze Anlage mußte umkonstruiert werden – sie war tatsächlich nicht völlig narrensicher. Bis wir die Western Avenue verlassen hatten und wieder auf Handsteuerung umschalten konnten, war ich nervös und sehnte mich nach einem Glas Whisky. »Da ist eine Oase, Pete.«

»Blurr?«

»Genau da vorn.«

Aber während ich nach einem Parkplatz suchte – Los Angeles hatte von einer Invasion nichts zu fürchten; die Invasoren würden nicht einen einzigen Parkplatz finden –, fiel mir ein, daß der Arzt mir jeden Alkoholgenuß verboten hatte.

Ich gab also zunächst einmal meiner Meinung darüber lautstark und deutlich Ausdruck.

Dann fragte ich mich, ob er beinahe einen ganzen Tag später noch erkennen würde, daß ich getrunken hatte. Ich schien mich dunkel an einen Artikel über dieses Problem erinnern zu können, aber ich hatte ihn nur überflogen, weil er nicht in meine Branche fiel.

Verflucht und zugenäht, er brachte es glatt fertig, mir den Kaltschlaf zu verweigern. Ich mußte vorsichtig sein und auf den Schnaps verzichten. »Naoow?« fragte Pete.

»Später. Wir suchen uns jetzt zuerst einmal ein Autorasthaus.« Mir wurde plötzlich klar, daß ich in Wirklichkeit gar keinen Whisky wollte; ich brauchte etwas zu essen und Schlaf, eine ganze Nacht lang. Der Arzt hatte recht; ich war nüchterner und fühlte mich besser als in den ganzen letzten Wochen. Vielleicht hatte er mir nur Vitamin B_1 gespritzt, aber die Wirkung war erstaunlich. Wir fanden also ein Autorestaurant. Ich bestellte Brathuhn für mich und ein halbes Pfund Gehacktes und Milch für Pete. Bis die Sachen gebracht wurden, machte ich mit Pete einen kleinen Spaziergang. Wir aßen sehr oft in solchen Gaststätten, weil ich Pete dann nicht hinein- und herausschmuggeln mußte.

Eine halbe Stunde später steuerte ich den Wagen ein wenig abseits, hielt an, zündete mir eine Zigarette an, kratzte Pete unterm Kinn und dachte nach.

Dann, mein Junge, der Arzt hat recht; du hast versucht, dich in einer Flasche zu ertränken. Das reicht zwar für deinen Spitzkopf, aber für die Schultern ist sie zu schmal. Jetzt bist du stocknüchtern, du hast richtig gegessen, und zum erstenmal seit Tagen ist dein Magen friedlich. Du fühlst dich besser.

Was noch? Hat der Arzt auch mit dem übrigen recht gehabt? Bist du ein verzogenes Kind? Fehlt dir der Mut, dich gegen einen Rückschlag aufzulehnen? Warum tust du diesen Schritt? Ist das Abenteuerlust? Oder versteckst du dich einfach vor dir selbst?

Aber ich will es tun, sagte ich mir – ich will 2000 erleben. Junge, Junge!

Na schön, du willst also. Aber mußt du einfach davonrennen, ohne zuerst zu bereinigen, was hier faul ist?

Jaja – schon recht! –, aber wie soll ich es denn bereinigen? Ich will Betty nicht mehr, seit sie mir das angetan hat. Und was könnte ich sonst unternehmen? Sie verklagen? Lächerlich, ich habe ja keine Beweise – und außerdem hat außer den Juristen noch nie jemand einen Streitfall gewonnen.

Pete sagte: »Wrrr? Naaow!«

Ich sah auf seinen zerzausten, narbenübersäten Kopf hinunter. Pete würde nie vor Gericht gehen; wenn ihm der Schnurrbart eines anderen Katers nicht paßte, forderte er ihn schlicht auf, sich zu stellen und wie eine Katze zu kämpfen. »Ich glaube, du hast recht, Pete. Ich will mir Miles vorknöpfen und ihn auseinandernehmen, bis er zu reden anfängt. Den Langen Schlaf können wir nachher auch noch machen. Aber wir müssen einfach herausbringen, was sie uns angetan haben und wer das ausgeheckt hat.«

Hinter der Küche gab es eine Telefonzelle. Ich rief Miles an, erwischte ihn zu Hause und bat ihn, dortzubleiben, bis ich käme.

Mein Vater nannte mich Daniel Boone Davis, nach dem Helden der Pionierzeit im Westen, weil er sich für persönliche Freiheit und Selbstvertrauen aussprechen wollte. Ich bin 1940 geboren, in einem Jahr, als es hieß, die Einzelperson sei dem Untergang geweiht, der Masse Mensch gehöre die Zukunft. Dad wollte nicht daran glauben. Er gab mir meine Vornamen im Widerspruch gegen diese Meinung. Er starb in einem Gefangenenlager in Nordkorea, wo er bis zuletzt versucht hatte, den Beweis für seine These zu erbringen.

Als der Sechswöchige Krieg kam, hatte ich ein Ingenieurdiplom in der Tasche und leistete meinen Wehrdienst ab. Ich hatte mein Examen nicht dazu benützt, ein Offizierspatent zu erlangen, weil mir mein Vater den unüberwindlichen Wunsch vererbt hatte, nur auf mich selbst angewiesen zu sein, keine Befehle zu geben, keine entgegenzunehmen, nicht nach Plan leben zu müssen. Ich wollte meine Zeit abdienen und dann entlassen werden. Als der Kalte Krieg zum Sieden kam, war ich Feldwebel in der Sandia-Waffenzentrale in Neu-Mexiko, stopfte Atome in Atombomben und überlegte mir, was ich nach der Entlassung tun wollte. An dem Tag, als Sandia vom Erdboden verschwand, war ich in Dallas, um eine neue Lieferung Schrecklichkeit abzuholen. Da der radioaktive Niederschlag sich in Richtung Oklahoma City ausbreitete, blieb ich am Leben und konnte meine Wehrdienst-Prämien einstecken.

Pete überlebte aus einem ähnlichen Grund. Ich hatte einen Freund, Miles Gentry, der wieder aufgerufen worden war. Er hatte eine Witwe mit Tochter geheiratet, aber seine Frau war gerade um die Zeit gestorben, als er wieder einrücken mußte. Er wohnte außerhalb des Geländes in Albuquerque bei einer Familie, um ein Heim für seine Stieftochter Frederica zu haben. Die kleine Ricky – wir nannten sie nie ›Frederica‹ – sorgte für Pete. Dank der Katzengöttin Bubastis waren Miles, Ricky und Pete an diesem furchtbaren Wochenende weggefahren – Ricky nahm Pete mit, weil ich ihn in Dallas nicht brauchen konnte.

Ich war ebenso überrascht wie alle anderen Leute, als sich herausstellte, daß wir Divisionen auf Thule und an anderen Orten versteckt hatten, wovon sich niemand etwas träumen ließ. Seit den dreißiger Jahren wußte man, daß sich der menschliche Körper abkühlen läßt, bis seine Aktivität beinahe auf Null reduziert ist. Aber mehr als ein Labortrick oder eine letzte Möglichkeit der Behandlung war das bis zum Sechswöchigen Krieg nicht gewesen. Eines muß man der militärischen Forschung zugestehen: was Geld und Menschen schaffen können, setzt sie in Resultate um. Noch eine Milliarde drucken, noch einmal tausend Wissenschaftler und Techniker anheuern, und auf irgendeine unglaubliche, ausgefallene Weise ergibt sich eine Lösung. Stasis, Kaltschlaf, Winterschlaf, Hypothermie, verlangsamter Metabolismus, man mag es nennen, wie man will – die logistisch-medizinischen Forschungsgruppen hatten einen Weg gefunden, Menschen wie Brennholz zu stapeln, um sie im Bedarfsfall bei der Hand zu haben. Zuerst spritzt man dem Betroffenen Drogen, dann wird er hypnotisiert, abgekühlt und genau bei vier Grad Celsius gehalten, mit anderen Worten, bei der höchsten Wasserdichte, ohne daß sich Kristalle bilden. Wenn man ihn dann dringend braucht, kann man ihn durch Diathermie und posthypnotische Befehle in zehn Minuten auf die Beine bringen – in Nome, Alaska, schaffen sie es in sieben Minuten –, aber dieses Tempo läßt die Gewebe altern und den Betroffenen ein bißchen schwachsinnig werden. Wenn man es nicht eilig hat, sind zwei

Stunden als Minimum wesentlich besser. Die schnelle Methode nennt man bei den Berufssoldaten ein ›kalkuliertes Risiko‹.

Das Ganze war ein Risiko, mit dem der Feind nicht gerechnet hatte, und nach Kriegsende wurde ich daher ausbezahlt, statt liquidiert oder in ein Arbeitslager verschickt zu werden. Miles und ich bauten ungefähr zu der Zeit unser Geschäft auf, als die Versicherungsgesellschaften den Kaltschlaf zu verkaufen begannen.

Wir verfügten uns in die Mojave-Wüste, richteten in einem von der Luftwaffe nicht mehr benötigten Gebäude eine kleine Fabrik ein und begannen, ›Dienstmädchen‹ herzustellen. Ich steuerte die technischen Kenntnisse bei, Miles seine juristische und kaufmännische Erfahrung. Ja, ich habe ›Dienstmädchen‹ und alle ihre Verwandten erfunden – ›Fensterfritz‹ und die übrigen –, wenn Sie auch meinen Namen nicht auf ihnen finden. Während des Wehrdienstes hatte ich angestrengt darüber nachgedacht, was man als Ingenieur leisten könnte. Für die Standard, Du Pont oder General Motors arbeiten? Dreißig Jahre später bekommt man dann ein Abschiedsbankett und ein Ruhegehalt. Man kann sich in der Zwischenzeit immer satt essen und in den Flugzeugen der Firma ein paarmal hin und her fliegen. Aber sein eigener Herr ist man nie. Dann kann man auch noch Beamter werden – gutes Anfangsgehalt, ordentliche Pension, keine Sorgen, dreißig Tage Urlaub im Jahr, anständige Zuschüsse. Aber ich hatte gerade einen langen Urlaub auf Staatskosten hinter mir und wollte mein eigener Herr sein.

Was war klein genug, daß man es allein herstellen konnte, ohne sechs Millionen Arbeitsstunden dranzuhängen, bevor sich das erste Modell auf den Markt bringen ließ? Kleine Werkstatt ohne richtiges Kapital, wie Ford und die Gebrüder Wright angefangen hatten – diese Zeiten seien für ewig vorbei, hieß es.

Die Automation hatte Hochkonjunktur – chemische Fabriken, die nur zwei Meßgeräte-Ableser und einen Wächter brauchten, Maschinen, die in einer Stadt Flugkarten druckten und in sechs anderen diese Plätze als ›verkauft‹ anzeigten, Stahlmaulwürfe, die Kohle förderten, während die Burschen von der Bergarbeitergewerkschaft zuschauten. Während ich also von Onkel Sam besoldet wurde, stopfte ich so viel Elektronik, Kopplungstechnik und Kybernetik in mich hinein, wie mir zugänglich gemacht wurde.

Was würde als allerletztes automatisiert werden? Antwort: Das Heim der Hausfrau. Ich bemühte mich nicht, ein vernünftiges, wissenschaftlich fundiertes Haus zu entwerfen. Das interessierte die

Frauen nicht. Sie wollten nichts als eine immer besser gepolsterte Höhle. Aber die Hausfrauen klagten noch über das Dienstbotenproblem, als das Dienstpersonal längst den Weg der Saurier gegangen war. Mir war selten eine Hausfrau begegnet, die nicht eine Spur von Sklavenhalterin in sich gehabt hätte; sie schienen zu glauben, daß es einfach stramme Bauernmädchen geben müsse, die froh über die Gelegenheit wären, vierzehn Stunden am Tag Böden zu schrubben und bei einem Lohn, über den ein Schlosserlehrling nur lachen würde, die Überbleibsel vom Tisch der Herrschaft zu essen.

Deswegen nannten wir das Ungeheuer ›Dienstmädchen‹ – es erinnerte an das halbversklavte Einwanderermädchen, das sich von Großmutter herumschikanieren lassen mußte. Im Grunde handelte es sich einfach um einen besseren Staubsauger, und wir gedachten ihn zu einem Preis auf den Markt zu bringen, der mit gewöhnlichen Saugbohnern konkurrieren konnte.

Was ›Dienstmädchen‹ schaffte – das erste Modell, nicht der halbintelligente Roboter, zu dem ich es später entwickelte –, war, Boden säubern, jeden Boden, den ganzen Tag lang, und ohne Aufsicht. Einen Boden, der Putzen oder Polieren nicht nötig hätte, gibt es nicht.

Das Gerät kehrte, wischte, saugte und polierte, in seinem Idiotengedächtnis anhand von Magnetbändern nachforschend, was gerade an die Reihe kam. Alles, was größer als ein Schrotkorn war, hob es auf und legte es in eine Mulde in der Oberseite, so daß Klügere entscheiden konnten, ob es weggeworfen oder aufgehoben werden sollte. Es suchte den ganzen Tag nach Schmutz auf Suchkurven, denen nichts entging, über saubere Böden hinauf auf der endlosen Suche nach schmutzigen. Es verschwand aus einem Zimmer, in dem sich Leute aufhielten, wie ein guterzogenes Dienstmädchen. Gegen Abend verfügte es sich in seinen Unterschlupf und lud sich auf – das war noch, bevor wir die immerwährende Batterie einbauten.

Allzuviel Unterschied zwischen ›Dienstmädchen‹ Modell Eins und einem Staubsauger bestand nicht. Aber das Entscheidende – daß es ohne Aufsicht reinigte –, war ausreichend. Es verkaufte sich.

Das grundlegende Bewegungsmuster entnahm ich aus den ›elektrischen Schildkröten‹, die in den späten vierziger Jahren in der Zeitschrift ›Scientific American‹ beschrieben wurden. Einen Gedächtnisspeicher nahm ich aus der Steuerzentrale einer Fernlenkrakete – das ist das Angenehme bei geheimen Waffen, man kann sie nicht patentieren lassen –, und die Reinigungsanlagen und Kupplungen stammten aus einem Dutzend verschiedener Geräte, einschließlich eines Bohners, der in Militärlazaretten verwendet wurde, einem Limonadenautomaten, und den ›Händen‹, mit denen man in Atommeilern radioaktive Substanzen handhabte. Wirklich Neues enthielt der Apparat nicht; das Geheimnis lag einfach in seiner Konstruktion. Der ›Geniefunke‹, den unsere Gesetze verlangen, bestand darin, daß man den einen guten Patentanwalt fand.

Das echte Können trat aber bei der Produktionstechnik in Erscheinung; das ganze Ding ließ sich aus Standardteilen bauen, die wir nach Sweets Katalog bestellten, mit Ausnahme von zwei Nokkenwellen und einer gedruckten Schaltung. Die Schaltung ließen wir uns von einer anderen Firma herstellen, die Nockenwellen machte ich in der Baracke, die wir ›unsere Fabrik‹ nannten, selbst mit Hilfe von automatischen Werkbänken, die wir billig aus überschüssigem Kriegsmaterial erstanden hatten. Anfangs waren Miles und ich die gesamte Belegschaft. Das Testmodell kostete $ 4317.09, die ersten hundert Stück kamen je auf etwas über 39 Dollar – wir lieferten sie an eine Discount-Firma in Los Angeles für 60 Dollar, und dort wurden sie für 85 Dollar verkauft. Wir mußten sie auf Kommission hinausgeben, weil wir uns Verkaufswerbung nicht leisten konnten. Bis die ersten Beträge eingingen, wären wir beinahe verhungert. Dann erschien in der Zeitschrift ›Life‹ ein zweiseitiger Artikel über ›Dienstmädchen‹ . . . Von diesem Tag an fanden wir kaum genug Arbeitskräfte für den Zusammenbau unseres Ungetüms.

Bald danach kam Betty Darkin zu uns. Miles und ich hatten unsere Briefe auf einer uralten Schreibmaschine mit zwei Fingern getippt; wir stellten sie als Stenotypistin und Buchhalterin ein und mieteten eine elektrische Maschine. Ich entwarf einen Briefkopf. Wir steckten alles eingehende Geld sofort wieder ins Geschäft. Pete und ich schliefen in der Fabrik, während Miles und Ricky in der Nähe eine Hütte bewohnten. Aus Gründen der Selbstverteidigung bildeten wir eine Aktiengesellschaft. Dazu gehören bei uns mindestens drei Leute; wir gaben also Betty einen Anteil und bezeichneten sie als Sekretärin und Schatzmeister. Miles war Präsident und Geschäftsführer, ich Chefingenieur und Vorsitzer des Aufsichtsrates . . . mit 51 Prozent der Aktien.

Ich möchte klarstellen, warum ich die Mehrheit behielt. Ich war kein Raffer, ich wollte einfach mein eigener Herr sein. Miles arbeitete wie ein Verrückter, das muß ich zugeben. Aber über 60 Prozent der Ersparnisse, mit denen wir das Geschäft aufbauten, stammten von mir, ebenso hundert Prozent an Erfindungsgabe und technischem Wissen. Miles hätte ›Dienstmädchen‹ niemals bauen können, während ich es mit einem Dutzend beliebiger Partner oder möglicherweise sogar allein geschafft hätte – wenn auch vielleicht kein Geld damit zu verdienen gewesen wäre. Miles war Geschäftsmann, ich nicht.

Aber ich wollte sicherstellen, daß die Fabrik in meiner Hand blieb – ebensolche Freiheit ließ ich Miles auf dem geschäftlichen Sektor ... zuviel Freiheit, wie sich herausstellte.

›Dienstmädchen‹ Modell Eins verkaufte sich wie eisgekühlte Limonade im Hochsommer, und ich hatte einige Zeit mit den Verbesserungen, der Aufstellung eines richtigen Fließbandes und der Anwerbung eines Werkstättenleiters zu tun, dann dachte ich glücklich und zufrieden über neue Haushaltgeräte nach. Der Hausarbeit war erstaunlich wenig Überlegung gewidmet worden, obwohl sie die Hälfte aller Arbeit auf der Erde ausmacht. Die Frauenmagazine sprachen von ›Arbeitsersparnis im Heim‹ und ›funktionellen Küchen‹, aber das war nur Gewäsch; die hübschen Farbfotos zeigten Dinge, die sich von denen zu Shakespeares Zeit nur unwesentlich unterschieden. Das Zeitalter des Düsenflugzeuges hatte im Heim noch nicht Einzug gehalten.

Ich blieb bei meiner Überzeugung, daß Hausfrauen Reaktionäre sind. Keine ›Maschinen zum Leben‹ – nur Apparate als Ersatz für das ausgestorbene Dienstpersonal, das heißt, für Putzen, Kochen und Babypflege.

Ich dachte an schmutzige Fenster und an den Rand in der Badewanne, der sich schwer entfernen läßt, weil man sich zu sehr verrenken muß. Es stellte sich heraus, daß eine elektrostatische Vorrichtung den Schmutz – peng! – von jeder polierten Silikonoberfläche springen ließ, ob es sich um Fensterglas, Badewannen oder Klosettschüsseln handelte. Das war ›Fensterfritz‹, und man muß sich wundern, daß er nicht schon früher jemandem eingefallen ist. Ich hielt ihn zurück, bis er auf einen Preis gebracht war, dem die Leute nicht widerstehen konnten. Wissen Sie, was Fensterputzen pro Stunde früher gekostet hat?

Ich ließ ›Fritz‹ viel länger nicht in Produktion gehen, als es Miles paßte. Er wollte ihn verkaufen, sobald er billig genug war, aber ich bestand auf einem: Fritz mußte leicht zu reparieren sein. Der größte Nachteil bei den meisten Haushaltgeräten war stets, daß, je besser sie waren und je mehr sie leisteten, gerade im ungeeignetsten Augenblick eine Panne einzutreten pflegte, für deren Beseitigung man dann einem Fachmann fünf Dollar pro Stunde in den Rachen werfen mußte. Dasselbe passierte dann eine Woche später noch einmal, wenn nicht beim Spülautomaten, dann bei der Klimaanlage ... gewöhnlich am späten Samstagabend im Schneesturm.

Ich wünschte, daß meine Geräte funktionierten, auch nach langer Zeit noch, ohne ihren Besitzern Magengeschwüre zu verursachen.

Aber Geräte versagen manchmal, sogar die meinen. Bis zu jenem großen Tag, da alle Apparate ohne bewegliche Teile konstruiert sind, werden Maschinen ausfallen. Wenn man ein Haus mit Apparaten vollstopft, werden immer ein paar davon defekt sein.

Aber die militärische Forschung erzielt Resultate, und mit diesem Problem war man beim Militär schon vor Jahren fertig geworden. Man darf nicht einfach eine Schlacht, Tausende oder Millionen von Männern, ja vielleicht sogar den Krieg verlieren, nur weil eine Vorrichtung von Daumengröße im entscheidenden Augenblick versagt. Zu militärischen Zwecken hatte man eine Menge Umwege gewählt – ›narrensichere Anlagen‹, Ersatzvorrichtungen, dreifache Kontrollen, und so weiter. Aber für Haushaltgeräte ließ sich vor allem eine der militärischen Erfindungen verwenden, nämlich das Teile-Anschalt-Prinzip.

Dabei handelt es sich um eine lächerlich einfache Idee: nicht reparieren, sondern ersetzen. Ich wollte jedes Teil von ›Fensterfritz‹, das ausfallen konnte, ersetzbar durch einfaches Einstecken machen und jedem Exemplar einen Satz Teile beigeben. Manche Ersatzstücke würde man wegwerfen, andere zur Reparatur geben, aber ›Fritz‹ selbst würde nie längere Zeit zusammenbrechen, als nötig war, das Ersatzteil einzustöpseln.

Miles und ich hatten unseren ersten Krach. Ich sagte, die Entscheidung, wann man vom Testmodell zur Massenproduktion übergehen müsse, sei technischer Art; er behauptete, es handele sich dabei um eine kaufmännische Frage. Wenn ich nicht maßgeblich gewesen wäre, hätte er ›Fritz‹ mit denselben Krankheiten auf den Markt geworfen, unter denen jedes halb ausgereifte ›arbeitsparende‹ Gerät leidet.

Betty Darkin glättete die Wogen. Wenn sie ebenfalls Druck auf mich ausgeübt hätte, wäre ich vielleicht bereit gewesen, Miles ›Fritz‹ verkaufen zu lassen, bevor ich das Gerät für ausgereift hielt, weil ich bis über beide Ohren in Betty verliebt war.

Betty war nicht nur eine perfekte Sekretärin, sie hatte auch körperliche Vorzüge, die jeden Bildhauer in Verzückung gebracht hätten, und einen Duft, der mich aufregte, wie Pete Baldriantropfen. Da erstklassige Bürodamen ungeheuer selten waren und hier eine der besten für eine kleine Firma zu untertariflichem Gehalt arbeitete, darf man sich wohl fragen: ›Warum?‹ Aber wir hatten uns nicht einmal nach ihrer letzten Stelle erkundigt, so glücklich waren wir darüber, daß sie uns aus dem Papierberg herausschaufelte, der sich durch den Erfolg unseres ›Dienstmädchens‹ aufgehäuft hatte.

Später hätte ich jeden Versuch, Bettys Vergangenheit nachzuspüren, entrüstet zurückgewiesen, denn inzwischen hatte ihre Oberweite mein Urteilsvermögen entschieden zu trüben vermocht. Betty ließ mich ihr erklären, wie einsam mein Leben bis zu ihrem Auftreten gewesen sei, und erwiderte sanft, daß sie mich erst besser kennenlernen müsse, aber im Ernst dazu neige, dasselbe zu fühlen.

Kurz nachdem sie den Streit zwischen Miles und mir geschlichtet hatte, erklärte sie sich bereit, mein Glück mit mir zu teilen. »Dan, Liebling, du hast es in dir, ein großer Mann zu werden ... Und ich hoffe die Frau zu sein, die dir dabei hilft.«

»Und ob du das bist!«

»Still, Liebling. Aber ich will dich nicht auf der Stelle heiraten, mit Kindern belasten und dir das Leben sauer machen. Ich will mit dir arbeiten und das Geschäft aufbauen. Dann heiraten wir.«

Ich protestierte, aber sie blieb fest. »Nein, Liebling. Wir beide, du und ich, bringen es noch weit. Die ›Dienstboten-AG‹ wird einen ebenso berühmten Namen bekommen wie ›General Electric‹. Wenn wir heiraten, will ich alles Geschäftliche vergessen und nichts anderes tun als dich glücklich machen. Zuerst muß ich mich aber deiner Arbeit und deiner Zukunft widmen. Schenk mir Vertrauen, Liebling.«

Das tat ich dann auch. Sie wollte sich nicht, wie ich beabsichtigt hatte, einen teuren Verlobungsring kaufen lassen; statt dessen überschrieb ich ihr einen Teil meiner Aktien als Verlobungsgeschenk. Wenn ich heute so darüber nachdenke, weiß ich nicht genau, wer den Gedanken an diese Art von Geschenk aufgebracht hat.

Danach arbeitete ich härter als je zuvor, dachte an Papierkörbe, die sich selbst entleerten und an ein Kopplungsgerät, das nach dem Spülen das Geschirr auch noch aufräumte. Alle waren glücklich ... alle außer Pete und Ricky. Pete ignorierte Betty, wie alles, was er nicht leiden und nicht abstellen konnte, aber Ricky war tiefunglücklich.

Mein Fehler. Ricky war ›mein Mädchen‹, seit ich sie als Sechsjährige mit Schleifen im Haar und großen, ernsten, dunklen Augen in Sandia kennengelernt hatte. Ich würde ›sie heiraten‹, wenn sie erwachsen war, und gemeinsam wollten wir für Pete sorgen. Ich hielt das Ganze für ein Spiel, und vielleicht war es das auch. Vielleicht meinte es Ricky nur bis zu dem Grade ernst, der ihr einmal das unbeschränkte Sorgerecht für Pete übertragen würde. Aber wer kann sagen, was im Gemüt eines Kindes vorgeht?

Ich bin Kindern gegenüber nicht sentimental. Die meisten von ihnen sind kleine Biester, die erst als Erwachsene zivilisierte Menschen werden, und oft nicht einmal dann. Die kleine Frederica erinnerte mich an meine eigene Schwester in diesem Alter, und außerdem hatte sie Pete gern und behandelte ihn richtig. Ich glaube, sie mochte mich, weil ich nie von oben herab mit ihr sprach – das hatte ich als Kind auch nicht leiden können – und ihre Begeisterung für die Pfadfinder-Organisation ernst nahm. Ricky war in Ordnung; sie hatte eine ruhige Würde und tobte nicht herum, sie plärrte nicht und setzte sich auch nicht jedem Menschen auf den Schoß. Wir waren Freunde und teilten uns in der Verantwortung für Pete. Soviel ich wußte, war es nur ein hübsches Spiel, daß sie sich als ›mein Mädchen‹ sah.

Ich hörte zu spielen auf, nachdem meine Schwester und Mutter zu Beginn des Sechswöchigen Krieges getötet worden waren. Das war keine bewußte Entscheidung – ich hatte einfach keine Lust mehr zu solchen Späßen und fing auch nie wieder damit an. Ricky war damals sieben; als Betty zu uns kam, war sie zehn. Als Betty und ich uns verlobten, war Ricky elf Jahre alt. Sie haßte Betty mit einer Kraft, die wohl nur ich spürte, da sie sich nur in einem eigenartigen Widerwillen, mit ihr zu sprechen, äußerte. Betty nannte das Schüchternheit, und Miles war der gleichen Meinung.

Aber ich wußte, was dahintersteckte, und versuchte, Ricky das auszureden. Haben Sie sich jemals bemüht, mit einem Kind Dinge zu besprechen, über die es nicht reden will? Man hat mehr davon, wenn man in eine Echoschlucht hineinbrüllt. Ich sagte mir, es würde sich schon geben, wenn Ricky einmal einsah, daß man Betty einfach gern haben mußte.

Mit Pete war das eine andere Sache. Wenn ich nicht verliebt gewesen wäre, hätte ich hier schon merken müssen, daß ich mich mit Betty nie richtig verstehen würde. Betty mochte meine Katze – oh, gewiß, gewiß! Sie verehrte Katzen, sie liebte die Stelle, an der mein Haar schütter zu werden begann, sie bewunderte meinen Geschmack in der Auswahl von Lokalen, und überhaupt mochte sie alles an mir.

Aber einer Katzenperson ist Zuneigung zu Katzen sehr schwer vorzuspiegeln. Es gibt Katzenfreunde und andere, eine übergroße Mehrheit wahrscheinlich, die eine harmlose, nützliche Katze nicht ausstehen können. Wenn sie aus Höflichkeit oder aus irgendeinem anderen Grund das Gegenteil behaupten, entlarven sie sich selbst sofort, weil sie nicht mit Katzen umgehen können – und das Katzenprotokoll ist komplizierter als jedes diplomatische.

Es beruht auf Selbstachtung und gegenseitigem Respekt und ist etwa in demselben Bereich angesiedelt wie die ›Dignidad de Hombre‹ Lateinamerikas – die Würde des Menschen –, die man nur unter Einsatz des Lebens verletzt.

Katzen haben keinen Humor, dafür aber ein stark übersteigertes Ich. Sie sind unglaublich empfindlich. Wenn mich jemand fragen würde, warum es sich lohnt, Katzen zu halten, so müßte ich antworten, daß es keine logischen Gründe dafür gibt. Lieber erkläre ich einem Menschen, der ein Faible für scharfen Käse hat, warum er Limburger vorziehen sollte. Trotzdem hat jener legendäre Mandarin mein Mitgefühl, der einen kostbaren gestickten Ärmel abschnitt, weil ein Kätzchen darauf schlief.

Betty versuchte zu beweisen, daß sie Pete gern hatte, indem sie ihn wie einen Hund behandelte ... Dafür wurde sie dann gekratzt. Als vernünftiger Kater rannte er anschließend davon und blieb lange Zeit fort – zum Glück, denn ich hätte ihm eins hinter die Ohren gegeben, und Pete ist nie geschlagen worden, von mir jedenfalls nicht. Eine Katze zu schlagen ist mehr als zwecklos; sie läßt sich nur mit Geduld erziehen, niemals mit Schlägen.

Ich gab also Jod auf Bettys Kratzwunden und versuchte ihr zu erklären, was sie falsch gemacht hatte. »Tut mir leid, daß das passiert ist – wirklich! Aber wenn du das wieder machst, geschieht genau dasselbe!«

»Aber ich habe Pete doch nur getätschelt!«

»Äh, ja ... aber nicht, wie man es bei Katzen tun muß. Du hast ihn getätschelt wie einen Hund. Eine Katze muß gestreichelt werden. In Reichweite ihrer Klauen darf man nie eine plötzliche Bewegung machen. Man soll sie auch nicht berühren, ohne daß sie sehen kann, was man mit ihr vorhat ... und man muß immer aufpassen, ob es ihr angenehm ist. Wenn sie nicht gestreichelt werden will, läßt sie sich die Liebkosungen kurze Zeit aus Höflichkeit gefallen – Katzen sind sehr höflich –, aber man sieht genau, ob sie es nur erduldet, und man muß aufhören, bevor ihre Geduld erschöpft ist.« Ich zögerte. »Du magst Katzen nicht, wie?«

»Was? Na hör mal! Natürlich mag ich Katzen.« Aber sie fügte hinzu: »Ich habe aber nie viel mit ihnen zu tun gehabt. Sie ist ziemlich empfindlich, nicht wahr?«

»Er. Pete ist ein Kater. Nein, eigentlich ist er gar nicht empfindlich, weil er immer gut behandelt worden ist. Aber man muß den Umgang mit Katzen lernen. Man darf sie zum Beispiel nie auslachen.«

»Was? Aber warum denn um Himmels willen nicht?«

»Nicht, weil sie nicht lustig wären. Sie sind sogar ausgesprochen komisch. Aber sie haben keinen Humor und sind schnell beleidigt. Eine Katze kratzt natürlich nicht, wenn man sie auslacht, sie stolziert einfach davon, und man hat es dann schwer, ihre Freundschaft zu gewinnen. Aber darauf kommt es nicht so sehr an. Viel wichtiger ist, eine Katze richtig aufzuheben. Wenn Pete zurückkommt, zeige ich dir, wie man das macht.«

Aber Pete kam nicht zurück, bei dieser Gelegenheit jedenfalls nicht, und ich zeigte es ihr nie. Betty rührte ihn von diesem Tag ab nicht mehr an. Sie sprach mit ihm und tat, als könne sie ihn gut leiden, aber sie hielt Distanz wie er. Ich dachte nicht darüber nach; etwas derart Nebensächliches durfte mich nicht an der Frau zweifeln lassen, die mir mehr als alles andere bedeutete.

Aber das Problem Pete wuchs sich später beinahe zu einer Krise aus. Betty und ich besprachen, wo wir wohnen wollten. Sie ließ sich noch immer nicht auf einen bestimmten Tag festlegen, aber wir verwandten sehr viel Zeit auf solche Einzelheiten. Ich war für ein Haus im Ranchstil nahe der Fabrik; sie erklärte sich für eine Wohnung in der Stadt, bis wir uns eine vornehme Villa mit Park leisten könnten.

»Das ist doch aber nicht praktisch, Liebling«, sagte ich. »Ich muß in der Nähe der Fabrik sein. Hast du außerdem schon einmal versucht, einen wanderlustigen Kater in einer Großstadtwohnung zu halten?«

»Ach, das! Paß auf, Liebling, ich bin froh, daß du davon anfängst. Ich habe mich über Katzen informiert, im Ernst. Wir lassen ihn operieren. Dann wird er viel sanfter sein und sich in der Wohnung auch ganz wohl fühlen.«

Ich starrte sie an, kaum meinen Ohren trauend. Aus diesem alten Krieger einen Eunuchen machen? Ihn in eine Kaminzierde verwandeln? »Betty, du weißt ja gar nicht, was du sagst!«

Sie schnalzte wegwerfend mit der Zunge und begann mir die üblichen Argumente jener Leute entgegenzuhalten, die in einer Katze nur eine Sache sehen . . . daß er nichts spüren würde, daß es ja eigentlich zu seinem Besten sei, daß sie wüßte, wieviel er mir bedeute, daß sie nie daran dächte, ihn mir wegzunehmen, und im übrigen sei alles ja ganz einfach und für alle das beste.

Ich unterbrach sie. »Warum arrangierst du's nicht gleich für uns beide?«

»Was meinst du, Liebster?«

»Für mich auch. Ich wäre viel friedlicher, würde jede Nacht zu Hause bleiben und dir nie widersprechen. Wie schon erwähnt, tut es auch nicht weh, und ich wäre sicher viel glücklicher.«

Sie wurde blutrot. »Du bist unmöglich!«

»Du auch!«

Sie sprach nie wieder davon. Betty ließ eine Meinungsverschiedenheit nie zum offenen Streit ausarten; sie verstummte und wartete ab. Aber sie gab nie auf. In mancher Beziehung mag sie schon etwas Katzenhaftes an sich gehabt haben . . . Das war vielleicht der Grund, warum ich ihr nicht widerstehen konnte.

Ich war froh, daß die Angelegenheit zu den Akten gelegt wurde. Bis über die Ohren steckte ich im ›Vielzweck-Frank‹. ›Fritz‹ und ›Dienstmädchen‹ würden uns haufenweise Geld einbringen, aber ich hatte eine fixe Idee – den perfekten Vielzweck-Haushaltautomaten, den Allzweck-Diener. Nun gut, nennen wir ihn Roboter, obwohl das ein abgenütztes Wort ist und ich keineswegs die Absicht hatte, einen mechanischen Menschen zu bauen.

Ich stellte mir ein Gerät vor, das im Haushalt einfach alles verrichten konnte. Säubern und kochen natürlich, aber auch wirklich schwere Aufgaben bewältigen, wie Windelnwechseln oder ein neues Farbband in die Schreibmaschine einziehen. Anstelle einer ganzen Horde von ›Dienstmädchen‹ und ›Fensterfritzen‹, ›Kindermädchen‹, ›Gärtner-Georges‹ und ›Einkaufs-Eriks‹ sollte sich ein Ehepaar für den Preis, sagen wir, eines guten Autos eine einzige Maschine kaufen können, die dem chinesischen Diener entsprach, von dem man so viel liest, den aber kein Mitglied meiner Generation jemals gesehen hat.

Wenn mir das gelänge, wäre die zweite Emanzipation bewirkt und die Hausfrau von ihrer ewigen Sklavenarbeit befreit. Ich wollte das alte Sprichwort außer Kurs setzen, wonach die Arbeit einer Hausfrau nie getan sei. Haushaltarbeit ist langweilige und unnötige Mühe; mir als Techniker mißfiel sie.

Um das Problem im Wirkungsbereich eines einzigen Ingenieurs zu halten, mußte beinahe der ganze ›Vielzweck-Frank‹ aus Standardteilen bestehen und ohne gänzlich neue Prinzipien auskommen. Grundlagenforschung kann ein Einzelgänger niemals betreiben; entweder war der Automat aus der derzeitigen Technik zu entwickeln, oder ich mußte meine Absicht aufgeben.

Zum Glück gab es in der Technik weite Gebiete, in denen man mir vorgearbeitet hatte, und mein Eifer im Militärdienst kam mir jetzt zugute. Was ich wollte, war nicht so kompliziert wie das, was man von einer Fernlenkrakete verlangte.

Was sollte ›Vielzweck-Frank‹ nun leisten können? Antwort: jede Arbeit, die ein Mensch im und am Haus zu erledigen pflegte. Er brauchte nicht Karten spielen, sich verlieben, essen oder schlafen zu können, aber er sollte nach dem Kartenspiel aufräumen, kochen, die Betten machen und Säuglinge pflegen – zumindest mußte er die Atmung des Kleinkindes überwachen und sich melden, sobald eine Änderung bemerkbar wurde. Ich entschied, daß er Telefonanrufe nicht abzunehmen brauchte, weil die größte Fernmeldegesellschaft bereits ein Gerät für diesen Zweck vermietete. Auch an die Tür sollte er nicht gehen müssen, weil die meisten modernen Häuser mit Wechselsprechanlagen ausgerüstet waren.

Aber um die Vielzahl der Dinge zu tun, die ich von ihm verlangte, brauchte er Hände, Augen, Ohren und ein Gehirn ... ein gutes Gehirn.

Die Hände konnte ich bei den Firmen für Ausstattung von Atomkraftwerken bestellen, die auch die Hände für ›Dienstmädchen‹ lieferten, nur benötigte ich jetzt die beste Ausführung mit weitreichenden Servoanlagen und der exakten Rückkopplung, wie sie Mikroanalysemanipulation und die Messung radioaktiver Isotope erfordern. Die gleichen Firmen konnten Augen liefern – nur durften sie einfacher sein, weil ›Frank‹ nicht hinter meterdickem Stahlbeton, der in Atommeilern als Abschirmung dient, zu sehen und agieren brauchte.

Die Ohren konnte ich bei Funk- und Fernsehgeräteherstellern erwerben – obwohl ich mir vielleicht neue Schaltungsentwürfe abringen mußte, damit seine Hände ebensogut durch Sehen, Hören und Berühren gesteuert werden konnten – wie die menschliche Hand.

Mit Transistoren und gedruckten Schaltungen läßt sich aber auch auf engem Raum allerhand anfangen.

›Frank‹ sollte keine Staffeleien benötigen. Ich würde seinen Hals dehnbar wie bei einem Strauß und seine Arme ausfahrbar machen. Sollte ich ihn für das Begehen von Treppen konstruieren?

Nun, es gab einen motorisierten Rollstuhl, der das schaffte. Vielleicht sollte ich ein Exemplar kaufen und ihn als Chassis benützen? Das Testmodell müßte dann auf die Größe des Rollstuhls beschränkt werden und sollte auch nicht schwerer werden als das Gewicht, das dieser Stuhl zu tragen vermochte – damit hatte ich gleich einen Rahmen abgesteckt. Antrieb und Steuerung mußten dann nur über ›Franks‹ Gehirn geschaltet werden.

Das eigentliche Problem war das Gehirn. Man kann ein Gerät bauen, das wie ein Menschenskelett zusammengesetzt ist, oder vielleicht noch besser. Man könnte ihm ein Rückkopplungssystem von solcher Feinheit einbauen, daß es Nägel einschlagen, Böden schrubben und Eier aufschlagen – oder auch nicht aufschlagen kann. Aber wenn es zwischen den Ohren nicht das hat, was eben beim Menschen vorhanden ist, wird es kein Mensch, nicht einmal eine Leiche.

Zum Glück brauchte ich kein menschliches Gehirn; ich stellte mir einen folgsamen Schwachsinnigen vor, der in der Lage war, ständig wiederkehrende Haushaltarbeiten zu verrichten.

Und an diesem Punkt wurden die Thorsen-Gedächtnisspeicherröhren entscheidend. Die Interkontinental-Raketen, mit denen wir zurückgeschlagen hatten, dachten durch Thorsen-Röhren, und die Verkehrsleitsysteme in Los Angeles und anderen Städten verwendeten eine einfache Form davon. Es ist nun nicht nötig, eine Röhre theoretisch zu erläutern, die man nicht einmal in den Labors von Bell ganz versteht. Das Wesentliche ist, daß man eine Thorsen-Röhre in eine Kontrollschaltung einbauen, die Maschine über Handsteuerung eine gewisse Verrichtung ausführen lassen kann, und die Röhre wird sich an das Geschehene erinnern. Sie kann dann das zweitemal oder beliebig oft die Arbeit ohne menschliche

Aufsicht bewerkstelligen. Für eine automatische Werkzeugmaschine genügt das; bei Fernlenkraketen und bei ›Frank‹ fügt man zusätzliche Schaltungen an, die der Maschine Urteilsvermögen verleihen. In Wirklichkeit handelt es sich natürlich nicht um diese Fähigkeit; denn eine Maschine kann sie nie besitzen. Die Zusatzschaltung ist lediglich eine Suchschaltung, deren Programmierung erklärt: ›Such das oder jenes innerhalb dieser und jener Einschränkungen; wenn du es gefunden hast, dann arbeite nach deiner Grundinformation.‹ Die grundlegende Information kann so kompliziert sein, wie man will, soweit sie noch in eine Thorsen-Gedächtnisspeicherröhre hineingeht – und ihr Aufnahmevermögen ist beträchtlich! –, dann läßt sich so programmieren, daß die Urteils-Schaltungen die Grundinformation jederzeit zu unterbrechen vermögen, sobald der Zyklus mit dem zuerst in die Thorsen-Röhre eingebrachten nicht übereinstimmt.

Das bedeutet, daß man ›Frank‹ nur einmal dazu bringen muß, den Tisch abzuräumen, die Teller abzukratzen und sie in den Spülautomaten zu stellen. Von diesem Moment an kann er mit allem schmutzigen Geschirr fertig werden, das ihm begegnet. Mehr noch, man könnte ihm eine elektronisch vervielfältigte Thorsen-Röhre in den Schädel stecken, so daß er mit schmutzigem Geschirr schon beim ersten Zusammentreffen fertig werden könnte . . . ohne auch nur einen Teller zu zerschlagen.

Eine andere Speicherröhre neben die erste, und er würde beim erstenmal Windeln wechseln, ohne das Baby auch nur ein einzigesmal zu pieken.

›Franks‹ eckiger Schädel vermochte leicht hundert Thorsen-Röhren aufzunehmen, von denen jede das elektronische Gedächtnis einer anderen Haushaltskraft enthielt. Dann brauchte man nur eine Schutzschaltung um alle Urteils-Schaltungen anzubringen, die ihn zum Stillstand bringen und plärren lassen würde, sobald er eine Situation vorfand, auf die seine Programmierung nicht paßte – auf diese Weise konnte weder den Babies noch dem Geschirr etwas zustoßen.

Ich baute ›Frank‹ also auf den Rahmen eines motorisierten Rollstuhls. Er sah aus wie ein Hutgestell, das in einen Oktopus verliebt ist . . . aber Silber konnte er putzen, Junge, Junge!

Miles sah sich den ersten ›Frank‹ an, beobachtete ihn beim Mixen und Servieren eines Martini, sah ihn dann herumgehen, Aschenbecher leeren und polieren – ohne jemals einen sauberen zu berühren –, ein Fenster öffnen und es einhaken, zu meinem Bücherregal marschieren, die Bücher ordnen und abstauben. Miles nippte an seinem Martini und sagte: »Zuviel Wermut.«

»Ich mag den Martini so. Aber wir können ihm beibringen, daß er deinen auf diese, meinen auf andere Weise mixt. Er hat genug unbenützte Röhren in sich.«

Miles trank einen zweiten Schluck. »Wann kann er in die Produktion gehen?«

»Äh, ich möchte ungefähr zehn Jahre an ihm arbeiten.« Bevor er aufstöhnen konnte, fügte ich hinzu: »Aber ein einfacheres Modell läßt sich in fünf Jahren auf den Markt bringen.«

»Unsinn! Wir beschaffen dir genug Unterstützung und haben in sechs Monaten ein Grundmodell fertig.«

»Ausgeschlossen. Das ist mein Lebenswerk. Ich gebe ihn nicht frei, bis er ein Kunstwerk ist ... um zwei Drittel kleiner, alles durch Einstöpseln ersetzbar, bis auf die Thorsen-Röhren, und so vielseitig verwendbar, daß er nicht nur die Katze füttert und das Baby badet, sondern sogar Ping-Pong spielt, wenn der Käufer die zusätzliche Programmierung bezahlt.« Ich sah ihn an. ›Frank‹ staubte lautlos meinen Schreibtisch ab und legte jedes Blatt Papier wieder an die richtige Stelle. »Aber Tischtennis mit ihm wäre nicht sehr sportlich, er würde den Ball nie verfehlen. Nein, man könnte eine Schaltung einbauen, daß er immer wieder auch einmal danebenhaut. Mmm ... ja, das wäre möglich. Das machen wir, für die Verkaufsvorführung eignet sich das sehr gut.«

»Ein Jahr, Dan, und keinen Tag mehr. Ich werde jemand von Loewys Gestaltungsfirma abwerben, der dir bei der Formgebung hilft.«

»Miles, wann begreifst du endlich, daß ich alles Technische erledige?« meinte ich. »Wenn ich ihn an dich weitergebe, kannst du damit machen, was du willst ... aber nicht eine Sekunde früher.«

»Es ist trotzdem zuviel Wermut im Martini«, sagte Miles.

Ich plagte mich mit Hilfe der Fabrikmechaniker weiter ab, bis ›Frank‹ weniger wie das Resultat eines Autounfalls und mehr wie ein Gerät aussah, mit dem man bei seinen Nachbarn prunken konnte. In der Zwischenzeit beseitigte ich eine Menge Defekte in seinem Steuermechanismus. Ich brachte ihm sogar bei, Pete zu streicheln und so unter dem Kinn zu kraulen, daß er es sich gefallen ließ – und dafür, glauben Sie mir, ist eine mindestens ebenso exakte Rückkopplungstechnik nötig wie für die Arbeiten in den Atomlabors. Miles drängte mich nicht, obwohl er von Zeit zu Zeit vorbeikam, um den Fortschritt zu begutachten. Die meiste Arbeit leistete ich nachts, nachdem ich Betty zum Abendessen ausgeführt und sie heimgebracht hatte. Dann schlief ich fast den ganzen Tag, kam am späten Nachmittag, unterschrieb die Briefe, die Betty für mich vorbereitet hatte, besichtigte, was die Fabrik tagsüber geleistet hatte, und führte Betty wieder zum Essen aus. Vorher unternahm ich wenig, weil schöpferische Arbeit einen nicht gerade angenehmen Duft erzeugt. Nach einer harten Nacht im Labor konnte außer Pete niemand meine Gegenwart ertragen.

Als wir eines Abends eben mit dem Essen fertig waren, sagte Betty zu mir: »Gehst du in die Fabrik zurück, Liebster?«

»Sicher. Warum?«

»Gut. Miles erwartet uns nämlich.«

»Was?«

»Er möchte eine Aktionärssitzung abhalten.«

»Eine Aktionärssitzung? Warum denn?«

»Es wird nicht lange dauern. Du hast dich in der letzten Zeit tatsächlich sehr wenig um die geschäftlichen Dinge gekümmert, Liebster. Miles möchte ein paar Fragen geklärt haben.«

»Ich war mit der technischen Seite zu sehr beschäftigt. Was soll ich denn für die Firma noch tun?«

»Nichts, Liebling. Miles meint, daß es nicht lange dauern wird.«

»Was ist los? Wird Jake nicht mit der Fließbandproduktion fertig?«

»Bitte, Liebling. Miles hat mir den Grund nicht gesagt. Trink deinen Kaffee aus.«

Miles erwartete uns in der Fabrik und drückte mir so ernsthaft die Hand, als hätten wir uns vier Wochen nicht mehr gesehen. Ich sagte: »Miles, was ist hier eigentlich los?«

Er wandte sich an Betty. »Hol die Tagesordnung bitte.« Das allein hätte mir schon verraten sollen, daß Betty gelogen hatte, als sie behauptete, Miles habe ihr nichts über seine Absichten anvertraut. Aber ich dachte nicht daran – zum Teufel noch mal, ich traute Betty! –, und meine Aufmerksamkeit wurde noch durch etwas anderes abgelenkt, denn Betty ging zum Safe, drehte am Knopf und öffnete die Tür.

»Übrigens, Liebste, ich wollte den Tresor gestern nacht aufmachen und konnte nicht. Hast du die Kombination geändert?«

Sie nahm Papiere aus dem Fach und drehte sich nicht um. »Hab' ich dir das nicht erzählt? Der Wachdienst bat mich darum, nach dem Einbruchsversuch letzte Woche.«

»Ach so. Dann gib mir aber die neuen Ziffern, sonst muß ich dich einmal mitten in der Nacht aus dem Bett holen.«

»Selbstverständlich.« Sie schloß die Safetür und legte einen Aktenhefter auf den Tisch, den wir für Besprechungen benützten.

Miles räusperte sich und sagte: »Fangen wir an.«

»Okay«, sagte ich. »Liebling, wenn das eine formelle Sitzung ist, mußt du mitstenografieren ... äh, Mittwoch, 18. November 1970, 21.20 Uhr, alle Aktionäre anwesend – schreib unsere Namen hin – D. B. Davis, Vorsitzender des Aufsichtsrates. Irgendwelche alten Sachen?«

Es gab nichts dergleichen. »Na schön, Miles, du bist dran.«

Miles räusperte sich. »Ich möchte die Pläne der Firma überprüfen, ein Programm für die Zukunft aufstellen und dem Aufsichtsrat einen Finanzierungsvorschlag machen.«

»Finanzierung? Mach dich nicht lächerlich. Wir erzielen Überschüsse, die jeden Monat steigen. Was ist los, Miles? Unzufrieden mit deinem Spesenkonto? Wir können es ja erhöhen.«

»Beim neuen Programm wäre es mit den Überschüssen bald vorbei. Wir brauchen eine größere Kapitaldecke.«

»Welches Programm?«

»Bitte, Dan. Ich habe mir die Mühe gemacht, es im einzelnen schriftlich niederzulegen. Betty soll es uns vorlesen.«

»Na ... meinetwegen.«

Wenn man das Gewäsch fortläßt – wie alle Juristen hatte Miles eine Vorliebe für mehrsilbige Wörter –, wollte Miles dreierlei:

a) mir ›Frank‹ wegnehmen, ihn einer produktionstechnischen Gruppe übergeben und ohne weitere Verzögerung auf den Markt bringen; b) – aber an dieser Stelle war für mich schon Schluß. »Nein!«

»Einen Augenblick, Dan. Als Präsident und Geschäftsführer bin ich doch wohl berechtigt, meine Vorstellungen ungehindert vorzubringen. Spar dir deine Bemerkungen bis später. Laß Betty zu Ende lesen.«

»Also gut ... aber die Antwort lautet trotzdem: Nein!«

Punkt b) verlangte dem Sinn nach, daß wir aufhören sollten, als Kleinunternehmen zu existieren. Wir hätten eine große Sache in den Händen, seien von Anfang an dabei, deshalb müßten wir uns so schnell wie möglich erweitern und eine Organisation für Vertrieb und Verkauf im ganzen Land und auf der ganzen Welt einrichten, verbunden mit entsprechender Produktionssteigerung, versteht sich.

Ich begann auf die Tischplatte zu trommeln. Ich sah mich schon als Chefingenieur in einem solchen Unternehmen. Wahrscheinlich würde ich nicht einmal einen Zeichentisch bekommen, und wenn ich einen Lötkolben anrührte, würde die Gewerkschaft zum Streik blasen. Ebensogut hätte ich beim Militär bleiben und die Generalslaufbahn erstreben können. Aber ich schwieg zunächst.

Punkt c) erklärte, daß wir das nicht mit Pfennigen erreichen könnten; das erfordere Millionen. Die Firma ›Mannix Enterprises‹ würde das Geld einbringen – das Ganze lief darauf hinaus, daß wir alles an Mannix verkaufen und eine Tochtergesellschaft dieses Unternehmens werden sollten. Miles würde als Werkgeschäftsführer bleiben, und ich sollte den Posten eines Chef-Forschungsingenieurs bekommen, aber mit dem freien, ungebundenen Leben würde es vorbei sein. Damit wären wir beide Angestellte geworden.

»Ist das alles?« fragte ich.

»Mmm . . . ja, diskutieren wir, dann kann abgestimmt werden.«

»In dem Vorschlag fehlt noch etwas über unser Recht, nachts vor der Hütte zu sitzen und Spirituals zu singen.«

»Das ist kein Witz, Dan. So muß es gemacht werden.«

»Ich mache keine Witze. Ein Sklave braucht Privilegien, wenn er sich ruhig verhalten soll. Na schön, bin ich jetzt an der Reihe?«

»Fang an!«

Ich brachte einen Gegenvorschlag ein, der schon seit einiger Zeit in mir herangereift war. Ich wünschte, daß wir aus der Herstellung ausstiegen. Jake Schmidt, unser Produktionsleiter, war ein fähiger Mann, trotzdem wurde ich immer wieder aus meiner Denkarbeit gerissen, um Schwierigkeiten in der Produktion beheben zu helfen – und das ist dasselbe Gefühl, als werde man aus dem warmen Bett in Eiswasser gestoßen. Vorwiegend aus diesem Grund hatte ich meist nachts gearbeitet und mich unter Tags von der Fabrik ferngehalten. Wenn weitere Gebäude angeschlossen und eine Nachtschicht eingeführt werden sollte, konnte ich die Zeit kommen sehen, da mir überhaupt keine friedliche Stunde mehr zum Denken blieb, selbst wenn wir diesen völlig unsinnigen Plan, uns auf die Ebene von General Motors zu schwingen, verwarfen. Ich war schließlich kein Zwillingswesen; ich konnte nicht zugleich Erfinder und Produktionsleiter sein.

Ich schlug also vor, daß wir uns verkleinern statt vergrößern, Lizenzen für Bau und Verkauf von ›Dienstmädchen‹ und ›Fensterfritz‹ vergeben und nur die Tantiemen einstreichen sollten. Sobald ›Frank‹ serienreif sei, empfehle es sich, auch ihn in Lizenz herstellen zu lassen. Sollte Mannix die Lizenzen haben wollen und den besten Preis bieten, um so besser! Inzwischen würden wir unseren Firmennamen in ›Davis & Gentry-Forschungslabor‹ ändern und das Unternehmen auf uns drei beschränken, abgesehen von einem oder zwei Mechanikern, die mir beim Bau neuer Geräte behilflich sein könnten. Miles und Betty brauchten nur das heranrollende Geld zu zählen.

Miles schüttelte bedächtig den Kopf. »Nein, Dan. Die Lizenzvergabe würde uns sicher Geld einbringen, aber nicht annähernd so viel wie bei der Eigenherstellung.«

»Miles, wir würden ja gar nicht selbst fabrizieren, das ist doch der springende Punkt. Wir würden uns mit Haut und Haaren den Mannix-Leuten verkaufen. Wenn es um Geld geht, wieviel willst du denn haben? Du kannst schließlich nur immer eine Jacht oder einen Swimming-Pool benützen ... Und beides kannst du dir noch vor Jahresende leisten.«

»Ich will sie gar nicht.«

»Was willst du dann?«

Er hob den Kopf. »Dan, du möchtest Erfindungen machen. Dieser Plan erlaubt es dir. Du bekommst jede erdenkliche Hilfe, alle erforderlichen Einrichtungen und das nötige Kleingeld. Ich will ein großes Unternehmen aufbauen. Die Fähigkeiten dazu habe ich.« Er warf Betty einen Blick zu. »Ich denke nicht daran, mein Leben als Geschäftsführer für einen einsamen Erfinder mitten in der Mojave-Wüste zu verbringen.«

Ich starrte ihn an. »In Sandia hast du anders geredet. Willst du vielleicht aussteigen? Betty und mir täte es leid, dich gehen zu lassen ... Aber wenn du so denkst, kann ich ja den Laden unter Umständen mit Hypotheken belasten und dich auskaufen. Ich möchte nicht, daß sich jemand hier gebunden fühlt.« Ich war bis ins Mark erschüttert, aber wenn Miles die Unruhe gepackt hatte, war ich nicht befugt, ihn festzuhalten.

»Nein, ich will nicht aussteigen, ich möchte, daß wir uns vergrößern. Du hast meinen Vorschlag gehört. Ich stelle ihn als formellen Antrag zur Abstimmung.«

Ich scheine wohl ein verblüfftes Gesicht gemacht zu haben. »Du willst also stur sein, wie? Na schön, Betty, das Abstimmungsergebnis lautet ›nein‹. Aber meinen Gegenvorschlag stelle ich heute noch nicht zur Debatte. Wir sprechen noch darüber. Ich möchte schließlich, daß du zufrieden bist, Miles.«

Miles blieb hartnäckig. »Wir wollen exakt sein. Genaue Abstimmung, Betty.«

»Gut. Miles Gentry, Aktien mit Stimmrecht Nummer –«, sie las die Ziffern ab. »Entscheidung? ›Angenommen‹.«

Sie schrieb in ihr Büchlein.

»Daniel B. Davis, Aktien mit Stimmrecht Nummer –«, wieder las sie eine Reihe von Ziffern vor. Ich beachtete die Formalitäten nicht. »Entscheidung?«

»Abgelehnt. Das wär's. Tut mir leid, Miles.«

»Betty S. Darkin«, fuhr sie fort. »Aktien mit Stimmrecht Nummer –« Sie leierte Zahlen herunter. »Ich stimme mit ›Ja‹.«

Ich starrte sie mit offenem Munde an, schnappte eine Weile nach Luft und sagte schließlich: »Aber Liebling, das kannst du doch nicht machen! Sicher sind das deine Aktien, aber du weißt sehr gut, daß –«

»Stell das Ergebnis fest«, knurrte Miles.

»Die Ja-Stimmen haben die Mehrheit. Der Vorschlag ist angenommen.«

»Halte das schriftlich fest.«

»Selbstverständlich.«

Die nächsten Minuten herrschte heilloses Durcheinander. Zuerst brüllte ich sie an, dann versuchte ich es mit vernünftigen Argumenten, dann begann ich, zu fauchen und ihr zu erklären, daß sie etwas Unehrliches getan hatte – gewiß, ich hatte ihr die Aktien überschrieben, aber sie wußte genausogut wie ich, daß ich das Stimmrecht ausübte, daß ich nicht daran dachte, die Kontrolle über die Firma aufzugeben, daß es sich um ein Verlobungsgeschenk und um nichts anderes gehandelt habe. In Dreiteufelsnamen, sogar die Einkommensteuer darauf war von mir bezahlt. Wenn sie während unserer Verlobung so etwas fertigbrachte, wie würde dann erst unsere Ehe aussehen?

Sie sah mich an, und ihr Gesicht kam mir völlig fremd vor.

»Dan Davis, wenn Sie glauben, daß wir nach allem, was Sie mir eben gesagt haben, noch miteinander verlobt sind, ist Ihre Dummheit größer, als ich dachte.« Sie wandte sich an Gentry. »Bringst du mich nach Hause, Miles?«

»Gewiß, meine Liebe.«

Ich wollte etwas sagen, hielt aber an mich und stakte ohne Hut und Mantel hinaus. Es war höchste Zeit, sonst hätte ich wahrscheinlich Miles umgebracht, weil ich Betty nicht anrühren durfte.

Ich schlief natürlich die ganze Nacht nicht. Gegen vier Uhr früh stieg ich aus dem Bett, telefonierte ein paarmal, erklärte mich bereit, mehr zu bezahlen, als das Ganze wert war, und erschien gegen halb sechs Uhr mit einem kleinen Lastwagen vor der Fabrik. Ich ging zum Tor, das ich aufschließen wollte, um den Lastwagen zur Verladerampe zu fahren, damit ich den ›Vielzweck-Frank‹ auf die Brücke rollen konnte. ›Frank‹ wog hundertachtzig Kilo.

Am Tor hing ein neues Schloß.

Ich kletterte hinüber und verletzte mich am Stacheldraht. Von innen war das Tor leichter zu öffnen, weil es in der Fabrik Hunderte von Werkzeugen gab, die mit einem Vorhängeschloß schon fertig wurden.

Aber das Schloß an der Eingangstür war auch ausgewechselt worden.

Ich starrte es an und überlegte, ob es einfacher war, mit einem Stein ein Fenster einzuschlagen oder den Reifenheber aus dem Wagen zu holen und ihn zwischen Türrahmen und Klinke anzusetzen, als jemand rief: »He, Sie da! Hände hoch!«

Ich hob die Hände nicht, drehte mich aber um. Ein älterer Mann hielt eine Kanone auf mich gerichtet, mit der man eine ganze Stadt hätte demolieren können. »Wer zum Teufel sind Sie?«

»Wer sind Sie?«

»Dan Davis, Chefingenieur in diesem Laden.«

»Oh.« Er wurde ein bißchen friedlicher, zielte aber immer noch mit seiner Feldhaubitze auf mich. »Ja, Sie entsprechen der Beschreibung. Aber wenn Sie einen Ausweis dabei haben, zeigen Sie mir ihn lieber.«

»Warum? Ich habe Sie gefragt, wer Sie sind!«

»Ich? Sie kennen mich nicht. Ich heiße Joe Todd und arbeite bei der hiesigen Wach- und Schließgesellschaft. Privatlizenz. Sie müßten unsere Firma doch kennen. Wir haben vor Monaten für Sie den Wachdienst übernommen. Aber heute bin ich auf Sonderstreife.«

»So? Dann nehmen Sie mal den Schlüssel, den man Ihnen gegeben hat. Ich möchte hinein. Und tun Sie gefälligst die Kanone weg.«

Er zielte nach wie vor auf mich. »Das darf ich nicht, Mr. Davis. Erstens habe ich keinen Schlüssel. Zweitens liegen gerade bezüglich Ihrer Person besondere Anweisungen vor. Sie dürfen nicht hinein. Ich lasse Sie beim Tor hinaus.«

»Ich möchte das Tor aufgesperrt haben, aber ich werde in die Fabrik kommen.« Ich sah mich nach einem Stein um.

»Bitte, Mr. Davis . . .«

»Was?«

»Es wäre mir sehr unangenehm, wenn Sie darauf bestünden, wirklich. Ich kann nicht riskieren, Sie ins Bein zu treffen, ich bin kein guter Schütze. Ich müßte Ihnen in den Bauch schießen.«

Das war es wohl, was meine Meinung änderte, obwohl ich einen anderen Grund vorziehe. Als ich nämlich noch einmal durchs Fenster sah, erkannte ich, daß ›Frank‹ nicht an seinem Platz stand.

Als mich Todd beim Tor hinausließ, gab er mir einen Umschlag. »Das sollte ich Ihnen geben, wenn Sie sich blicken lassen.«

Ich las den Brief im Führerhaus des Lastwagens. Er lautete:

18. November 1970

›Lieber Mr. Davis,

in der heutigen Sitzung des Vorstandes wurde beschlossen, Ihr Beschäftigungsverhältnis zu unserer Firma – abgesehen von Ihrer Funktion als Aktionär – nach Klausel drei Ihres Vertrages zu lösen. Sie werden gebeten, das Firmengelände nicht zu betreten. Ihre Privatunterlagen und Ihr persönliches Eigentum stellen wir Ihnen zu.

Der Vorstand dankt Ihnen für Ihre Dienste und bedauert die Meinungsverschiedenheiten, die ihm diesen Schritt aufgezwungen haben.

Mit vorzüglicher Hochachtung

Miles Gentry
Vorstandsvorsitzender und geschäftsführender Direktor
i. A. B. S. Darkin, Sekr.-Schatzm.‹

Ich las den Brief zweimal, bevor mir einfiel, daß ich nie einen Vertrag mit der Firma abgeschlossen hatte, demzufolge man sich auf Klausel drei oder irgendeine andere Klausel berufen konnte.

Im Laufe des Tages brachte mir ein Bote ein Paket ins Motel, wo ich meine saubere Unterwäsche untergebracht hatte. Es enthielt meinen Hut und Mantel, den Füllfederhalter, meinen zweiten Rechenschieber, eine Anzahl Bücher und persönlichen Schriftwechsel sowie eine Reihe von Dokumenten. Es enthielt nicht meine Notizen und Zeichnungen für ›Vielzweck-Frank‹.

Ein paar von den Papieren waren äußerst interessant. Mein ›Vertrag‹ zum Beispiel – tatsächlich gestattete Klausel drei, mich fristlos mit drei Monaten Gehalt zu entlassen. Aber Paragraph sieben war noch weitaus interessanter. Es handelte sich dabei um die neueste Form einer Klausel, in der sich der Angestellte verpflichtet, fünf Jahre auf die Arbeit in einer Konkurrenzfirma zu verzichten, indem er seine Erfindungen dem früheren Arbeitgeber gegen entsprechende Bezahlung zuerst anbietet. Mit anderen Worten: ich konnte jederzeit an die Arbeit zurückkehren, brauchte also nur mit dem Hut in der Hand vorzusprechen und Miles und Betty um eine Stellung bitten – vielleicht hatten sie mir den Hut deshalb zurückgeschickt.

Aber fünf Jahre lang konnte ich nicht an Haushaltgeräten arbeiten, ohne sie zuerst zu fragen. Lieber hätte ich mich umgebracht.

Dann gab es da Kopien aller Patentschriften, die ich der ›Dienstboten-AG‹ für ›Dienstmädchen‹, ›Fensterfritz‹ und eine Reihe nebensächlicherer Erfindungen übertragen hatte. ›Vielzweck-Frank‹ war natürlich nicht patentiert worden – das heißt, ich glaubte es zunächst, doch ich kam bald hinter die Wahrheit.

Aber ich hatte nie Patente überschrieben, nicht einmal ihren Gebrauch formell an die ›Dienstboten-AG‹ weitergegeben. Die Firma war mein eigenes Geschöpf, ich hatte keine Veranlassung gesehen, mich damit zu beeilen.

Die letzten drei Dinge waren meine Aktiensammelurkunde – für jene Anteilscheine, die ich Betty nicht überschrieben hatte – ein Scheck und ein Brief, in dem alles genau ausgerechnet war – angesammelte Gehälter abzüglich der Eigenentnahmen vom Spesenkonto, drei Monate zusätzliches Gehalt zum Ausgleich für die fristlose Entlassung, eine Vorkaufssumme für Klausel sieben . . . und eine Prämie von tausend Dollar als Ausdruck ›der Anerkennung geleisteter Dienste‹. Wirklich lieb von den beiden.

Während ich die ganzen Papiere noch einmal durchlas, hatte ich Zeit für die Erkenntnis, daß ich wahrscheinlich nicht sehr klug gehandelt hatte, als ich alles unterschrieb, was Betty mir vorgelegt hatte. Es gab nicht den geringsten Zweifel daran, daß meine Unterschriften echt waren.

Am nächsten Tag beruhigte ich mich so weit, daß ich die Sache mit einem sehr geschickten und geldgierigen Anwalt besprechen konnte, der in der Wahl seiner Mittel nicht allzu zimperlich war. Zu Anfang erklärte er sich gerne bereit, den Fall gegen Erfolgshonorar zu übernehmen. Nachdem er jedoch alle Unterlagen durchgesehen und sich die Einzelheiten hatte erzählen lassen, lehnte er sich zurück, verschränkte die Finger und sah mich mürrisch an. »Dan, ich gebe Ihnen jetzt ein paar Ratschläge, die Sie nichts kosten.«

»Also?«

»Unternehmen Sie nichts. Sie haben nicht die geringste Chance.«

»Aber Sie sagten doch –«

»Ich weiß schon, was ich gesagt habe. Sie sind betrogen worden. Aber wie wollen Sie das beweisen? Die beiden waren zu schlau, Ihre Aktien zu stehlen oder Sie ohne einen Cent abzuhängen. Sie sind genauso behandelt worden, als wäre alles in Ordnung gewesen, und Sie hätten gekündigt oder wären wegen Meinungsverschiedenheiten – wie sie sich ausdrücken – entlassen worden. Sie haben Ihnen alles gegeben, was Ihnen zusteht . . . und magere Tausend dazu, um zu zeigen, daß man nichts übelnimmt.«

»Aber ich hatte doch überhaupt keinen Vertrag! Und die Patente sind auch nicht überschrieben worden!«

»In den Dokumenten steht das Gegenteil. Sie geben zu, daß das Ihre Unterschrift ist. Können Sie durch irgendeinen Zeugen beweisen, daß Sie im Recht sind?«

Ich dachte nach. Natürlich konnte ich das nicht. Nicht einmal Jake Schmidt wußte, was im Hauptbüro vor sich ging. Die einzigen Zeugen, die ich hatte, waren . . . Miles und Betty.

»Nun zu dieser Aktienüberschreibung«, fuhr er fort. »Das ist die einzige Chance, den Knäuel aufzulösen. Wenn Sie –«

»Aber nur bei diesem Vorgang war nichts faul! Ich habe ihr die Aktien wirklich überschrieben.«

»Ja schon, aber warum? Sie sagen, Sie hätten sie ihr als Verlobungsgeschenk in Erwartung einer Heirat übertragen. Im Augenblick spielt es keine Rolle, wie sie abgestimmt hat; darauf kommt es nicht an. Wenn Sie beweisen können, daß sie als Verlobungsgeschenk im Hinblick auf Verehelichung gegeben wurden und Miss Darkin das bei der Übergabe wußte, können Sie sie zwingen, Sie entweder zu heiraten oder die Aktien wieder auszuspucken. Vergleiche McNulty gegen Rhodes. Dann sind Sie wieder Herr im Haus und können die beiden feuern. Ist das zu beweisen?«

»Verdammt noch mal, ich will sie nicht heiraten. Ich denke gar nicht daran.«

»Das ist Ihr Problem. Aber eins nach dem anderen. Haben Sie Zeugen oder irgendwelche Beweise dafür, Briefe oder ähnliches, die zeigen können, daß sie die Aktien in dem Bewußtsein nahm, sie als Ihre künftige Frau geschenkt zu bekommen?«

Ich dachte nach. Sicherlich hatte ich Zeugen ... wieder dieselben. Miles und Betty.

»Sehen Sie? Mit nichts als Ihrer Aussage gegen die der beiden einschließlich eines ganzen Stapels schriftlichen Beweismaterials werden Sie nicht nur nichts erreichen, sondern vermutlich noch in einer Heilanstalt landen mit der Diagnose ›Paranoia‹. Ich rate Ihnen, sich auf anderem Gebiet eine Stellung zu suchen ... oder bestenfalls unter Mißachtung der Klausel sieben ein Konkurrenzunternehmen aufzuziehen – ich weiß nicht, ob der Text hieb- und stichfest ist. Aber zeigen Sie die beiden nicht an. Sie werden gewinnen, Sie anschließend verklagen und Ihnen auch noch die restlichen Aktien abnehmen.« Er stand auf.

Ich befolgte seinen Rat nur zum Teil. Im Erdgeschoß des Hauses, in dem er sein Büro hatte, gab es eine Bar. Ich ging hinein und kippte zwei bis neun Drinks.

Mir blieb auf der Fahrt zu Miles Zeit genug, über dies alles nachzudenken. Als wir Geld zu verdienen begannen, war er mit Ricky in ein hübsches kleines Haus im San-Fernando-Tal gezogen, um der mörderischen Hitze zu entfliehen. Ricky hielt sich zur Zeit in einem Pfadfinderlager am Großen Bärensee auf – zum Glück, denn ich wollte sie nicht Zeugin einer Auseinandersetzung zwischen mir und ihrem Stiefvater werden lassen.

Im Sepulveda-Tunnel fuhren wir Stoßstange an Stoßstange, als mir einfiel, daß ich gut daran tun würde, die Aktiensammelurkunde an einen sicheren Ort zu bringen, bevor ich Miles besuchte. Mit Gewalttätigkeiten rechnete ich zwar nicht – wenn ich nicht selbst damit anfing –, aber es schien sich einfach zu empfehlen ... ein gebranntes Kind scheut das Feuer, so heißt es doch wohl.

Im Wagen lassen? Wenn man mich nun wegen Körperverletzung

verhaftete? Es wäre nicht besonders klug, das Dokument im Wagen zu haben, falls man ihn beschlagnahmte und abschleppte.

Ich konnte die Urkunde mit der Post an meine eigene Adresse schicken, aber die letzte Zeit war mein ganzer Briefwechsel postlagernd abzuholen gewesen, weil ich jedesmal in ein anderes Hotel ziehen mußte, sobald Pete auffiel.

Am besten war es wohl, das Dokument einer vertrauenswürdigen Person zu schicken.

Aber die Liste dieser Leute war äußerst kurz.

Dann fiel mir jemand ein, dem ich wirklich vertrauen konnte.

Ricky.

Vielleicht halten mich manche für einen Trottel, weil ich einem weiblichen Wesen traute, obwohl ich eben erst hereingefallen war. Aber das ist kein Vergleich. Ich kannte Ricky schon sehr lange, und wenn es je einen ehrlichen Menschen gegeben hat, dann ist es Ricky ... und Pete denkt genauso. Außerdem verfügte Ricky nicht über körperliche Vorzüge, wie sie das Urteilsvermögen eines Mannes zu trüben vermögen. Ihre Weiblichkeit lag nur in ihrem Gesicht, in ihrer Figur zeigte sie sich noch nicht.

Als es mir gelang, mich aus der endlosen Fahrzeugkette zu befreien, bog ich von der großen Autostraße ab und fand einen Drugstore. Dort kaufte ich Briefmarken, einen großen und einen kleinen Umschlag und Briefpapier. Ich schrieb ihr:

›Liebe kleine Ricky,
hoffentlich sehen wir uns bald, aber bis es soweit ist, mußt Du diesen Umschlag für mich aufbewahren. Es handelt sich um ein Geheimnis, das nur uns beide angeht.‹

Ich hörte auf zu schreiben und überlegte. Verflucht, wenn mir etwas zustieß ... ein Autounfall zum Beispiel oder irgendein anderes Unglück ... während Ricky das da aufbewahrte, würde es früher oder später bei Miles und Betty landen. Oder ich arrangierte alles so, daß das auf jeden Fall verhindert wurde. Während ich darüber nachdachte, wurde mir klar, daß ich im Unterbewußtsein eine Entscheidung hinsichtlich des Kaltschlafs getroffen hatte; ich würde mich ihm nicht unterziehen. Die Ernüchterung und der Vortrag des Arztes hatten mein Rückgrat gestärkt; ich dachte nicht mehr daran, davonzulaufen, ich wollte bleiben und kämpfen ... und diese Urkunde hier war meine beste Waffe. Sie gab mir das Recht, die Bücher einzusehen; sie gestattete mir, meine Nase in alle Angelegenheiten der Firma zu stecken. Wenn die beiden wieder versuchten, mich mit Hilfe eines bewaffneten Wächters fernzuhalten, würde ich das nächste Mal mit Gerichtsbeschluß, Anwalt und Polizei anrücken.

Ich konnte sie damit sogar vor Gericht zerren. Vielleicht würde ich nicht siegen, aber ich konnte Staub aufwirbeln und die Leute von Mannix dadurch scheu machen.

Vielleicht sollte ich sie überhaupt nicht Ricky schicken.

Nein, wenn mir etwas zustieß, mußten ihr die Aktien gehören. Ricky und Pete, das war meine Familie. Ich schrieb weiter:

›Wenn ich Dich in einem Jahr nicht treffen sollte, weißt Du, daß mir etwas zugestoßen ist. Falls es so weit kommt, sorge Du bitte für Pete, wenn Du ihn findest – und bring den Umschlag, ohne einem Menschen etwas davon zu sagen, in eine Zweigstelle der Bank von Amerika, leg ihn dem Treuhandbeamten vor und sag ihm, daß er ihn öffnen soll.

Alles Liebe
Onkel Danny‹

Dann nahm ich ein zweites Blatt und schrieb: ›3. Dezember 1970, Los Angeles, Kalifornien – Hiermit übergebe ich‹ – ich führte die Aktien mit Nennwert und Nummern auf – ›der Bank von Amerika zu treuen Händen für Frederica Virginia Gentry zur Übergabe an ihrem 21. Geburtstag‹, und unterschrieb. Die Absicht war klar zu erkennen, mehr ließ sich an einer Drugstore-Theke neben einer plärrenden Musikbox nicht machen. Damit sollte sichergestellt sein, daß Ricky die Aktien bekam, wenn mir etwas zustieß, während gleichzeitig verhindert wurde, daß Miles und Betty sie ihr wegnehmen konnten.

Aber wenn alles gut ging, würde ich Ricky später einfach bitten, mir den Umschlag zurückzugeben. Indem ich das Übertragungsformblatt auf der Rückseite des Dokuments unbeachtet ließ, vermied ich die bürokratischen Schwierigkeiten, mir die Aktien von einer Minderjährigen wieder überschreiben zu lassen; ich brauchte zur gegebenen Zeit nur das Beiblatt zu zerreißen.

Ich steckte das Sammeldokument mit dem Übergabeschreiben in den kleineren Umschlag, klebte ihn zu, gab ihn zusammen mit dem Brief in den großen Umschlag, adressierte ihn an Ricky in ihrem

Pfadfinderlager, klebte die Marken auf und warf ihn in den Briefkasten vor dem Drugstore. Ich sah, daß die nächste Abholung in vierzig Minuten stattfand, und setzte mich leichten Herzens wieder in meinen Wagen ... nicht, weil ich die Aktien sicher wußte, sondern weil ich alle größeren Probleme gelöst hatte.

Nun, vielleicht nicht gerade ›gelöst‹, aber ich hatte doch beschlossen, mich ihnen zu stellen, statt davonzulaufen und mich in ein Loch zu verkriechen ... oder den Versuch zu unternehmen, meine Sorgen mit Ethanol in den verschiedensten Geschmacksrichtungen zu betäuben. Sicher, ich wollte das Jahr 2000 erleben, aber auf ganz normale Weise ... indem ich sechzig Jahre alt wurde und mich hoffentlich noch jung genug fühlte, den Mädchen auf der Straße nachzupfeifen. Keine Eile. Mit einem langen Nickerchen in das nächste Jahrhundert zu springen, konnte einen normalen Mann sowieso nicht befriedigen ... das ist, als sähe man das Ende eines Filmes, ohne zu wissen, was vorhergegangen ist. Mit den nächsten dreißig Jahren mußte man etwas anderes machen: sie genießen, während sie vergingen; sobald dann das Jahr 2000 herankam, würde ich es auch verstehen können.

Inzwischen gedachte ich, mir einen erstklassigen Kampf mit Miles und Betty zu leisten. Vielleicht konnte ich ihn nicht gewinnen, aber ich wollte sie schon merken lassen, daß sie von einem Wirbelsturm heimgesucht worden waren.

Von dem Gespräch heute abend versprach ich mir nicht sehr viel. Mehr als eine formelle Kriegserklärung würde dabei nicht herauskommen. Ich gedachte, Miles den Schlaf zu verderben ... dann konnte er Betty anrufen und ihr ein Gleiches tun.

3

Ich pfiff fröhlich vor mich hin, als ich Miles' Haus erreichte. Über dieses feine Paar zerbrach ich mir den Kopf nicht mehr; statt dessen hatte ich mir während der letzten zwanzig Kilometer zwei nagelneue Apparate ausgedacht, von denen mich jeder allein schon reich machen mußte. Bei dem ersten handelte es sich um eine Zeichenmaschine, die wie eine elektrische Schreibmaschine zu bedienen sein sollte. Allein in den Vereinigten Staaten gab es nach meiner Schätzung mindestens fünfzigtausend Ingenieure, die sich jeden

Tag über Zeichenbretter beugten und sie im stillen verfluchten, weil man davon Rückenschmerzen und schlechte Augen bekam. Es war beileibe nicht so, daß sie nicht zeichnen, entwerfen, konstruieren wollten – ganz im Gegenteil –, aber die körperliche Anstrengung war einfach zu groß.

Mein Gerät sollte ihnen ermöglichen, sich in einem dickgepolsterten Sessel niederzulassen, Tasten zu drücken und die Zeichnung auf einer Bildfläche über die Tastatur entstehen zu sehen. Drei Tasten gleichzeitig gedrückt, und eine horizontal verlaufende Linie entstand dort, wo man sie haben wollte; eine weitere Taste, und sie wurde von einer vertikalen Linie durchschnitten, zwei und nochmals zwei Tasten gedrückt, und genau an der richtigen Stelle entstand eine Winkellinie.

Gegen geringe Mehrkosten konnte ich sogar als Zusatzgerät eine zweite Bildfläche anbringen, einen Architekten isometrisch planen und das zweite Bild in richtiger Perspektive erscheinen lassen, ohne daß er es auch nur ansehen mußte. Ja, das Gerät mußte sogar Grund- und Aufrisse aus der isometrischen Zeichnung selbständig fertigen können.

Das Großartige daran war, daß sich die Maschine beinahe ausschließlich aus Standardteilen herstellen ließ, von denen die meisten in Radiowerkstätten und Fotogeschäften verfügbar waren. Dann ging es nur noch um die Steuervorrichtung. Ich war überzeugt davon, die Lösung gefunden zu haben. Ich gedachte, eine elektrische Schreibmaschine zu kaufen, alle Innereien herauszureißen und die Tasten an die anderen Schaltungen anzuschließen. Vier Wochen Arbeit an einem primitiven Modell, sechs weitere Wochen, um Schwierigkeiten auszubügeln.

Aber diesen Plan merkte ich mir für später vor. Ich war überzeugt davon, daß er ausführbar war und für das Gerät Bedarf bestand. Was mich aber wirklich begeisterte, war die Idee, den armen alten »Vielzweck-Frank« zu übertreffen. Ich wußte mehr über ›Frank‹, als ein anderer je lernen würde, und wenn er ihn ein Jahr lang studierte. Was die beiden nicht wissen konnten, was nicht einmal in den Unterlagen stand, war, daß es für jede von mir gefundene Lösung mindestens eine ebenso brauchbare Alternative gab – und daß ich bei der Wahl der Möglichkeiten durch die Überlegung gehemmt worden war, einen Dienstboten konstruieren zu müssen. Gleich zu Anfang konnte ich die Einschränkung wegfallen lassen, wonach er auf einen motorisierten Rollstuhl beschränkt war. Ausgehend davon konnte ich einfach alles anfangen, nur brauchte ich Thorsen-Gedächtnisspeicherröhren – und Miles konnte mich nicht daran hindern, sie zu verwenden; sie waren für jedermann auf dem Markt, der eine kybernetische Sequenz entfernen wollte.

Die Zeichenmaschine konnte warten; ich würde mich zunächst mit dem unbegrenzten Allzweck-Automaten beschäftigen, dem man alle Tätigkeiten eines Menschen einzuprogrammieren vermochte, solange nicht echte Urteilsfähigkeit verlangt wurde.

Nein, zuerst würde ich mir eine einfache Zeichenmaschine zusammenbauen, um mit ihr dann ›Proteus-Pete‹ zu entwerfen. »Was sagst du dazu, Pete? Wir geben dem ersten echten Roboter deinen Namen.«

»Mrarrr?«

»Sei nicht so argwöhnisch. Das ist eine Ehre.« Ich konnte Pete mit meiner Zeichenmaschine entwerfen und ihn sehr schnell verfeinern und verbessern. Ich wollte eine überwältigende Waffe schmieden, die ›Frank‹ verdrängen mußte, bevor er überhaupt produziert wurde. Mit etwas Glück würde ich die beiden in den Bankrott treiben und sie dazu zwingen, mich anzubetteln. Der Gans mit den goldenen Eiern wollte man den Kragen umdrehen, wie?

In Miles' Haus waren die Fenster hell, und am Bordstein stand sein Wagen. Ich parkte vor Miles' Fahrzeug, sagte zu Pete: »Du bleibst am besten hier und paßt auf den Wagen auf. Ruf dreimal ›halt‹, und dann drück ab.«

»Noooo!«

»Wenn du hineinwillst, mußt du in der Tasche bleiben.«

»Blerrt?«

»Kein Widerspruch. Rein in die Tasche, wenn du mit willst.«

Pete sprang in die Tasche.

Miles machte mir auf. Wir gaben uns nicht die Hand. Er führte mich in sein Wohnzimmer und deutete auf einen Stuhl.

Betty war da. Ich hatte sie nicht erwartet, aber eigentlich wunderte ich mich nicht. Ich sah sie an und lächelte. »So ein Zufall! Jetzt erzähl' mir bloß nicht, du wärst extra von Mojave hierhergekommen, um mit meiner Wenigkeit zu plaudern?«

Betty runzelte die Stirn. »Mach keine Witze, Dan. Sag, was du zu sagen hast und verschwinde.«

»Nur nicht so hastig. Ich finde es hier sehr gemütlich . . . mein früherer Teilhaber . . . meine frühere Verlobte. Jetzt fehlt mir noch noch mein früheres Geschäft.«

Miles sagte in beruhigendem Ton: »Na, Dan, sei doch nicht so. Das war nur zu deinem Besten . . . du kannst jederzeit wieder bei uns anfangen. Ich würde mich freuen.«

»Zu meinem Besten, wie? Etwas Ähnliches sagte man dem Pferdedieb kurz vor der Hinrichtung. Aber was das Wiederkommen betrifft – wie steht's damit, Betty? Kann ich zurückkommen?«

Sie biß sich auf die Unterlippe. »Selbstverständlich, wenn Miles dafür ist.«

»Erst gestern hieß es noch: ›Wenn Dan einverstanden ist, selbstverständlich.‹ Aber alles verändert sich; so ist das Leben. Und ich komme nicht zurück, Kinder, ihr braucht euch nicht aufzuregen. Ich bin nur hergekommen, um ein paar Dinge in Erfahrung zu bringen.«

Miles sah Betty an. Sie fragte: »Zum Beispiel?«

»Na, erstens, wer von euch den Betrug ausgeheckt hat? Oder habt ihr den Plan gemeinsam entwickelt?«

Miles sagte schleppend: »Das ist ein häßliches Wort, Dan.«

»Na, komm, komm, nur keine Leisetreterei. Wenn das Wort schon häßlich ist, was soll man dann erst von der Tat sagen? Ich meine die Fälschung eines Vertrages, die Fälschung von Patentüberschreibungen – das sind Verbrechen, lieber Miles. Jeden zweiten Mittwoch darf man fünf Minuten an die frische Luft, glaube ich. Ganz bin ich mir nicht sicher, aber das FBI wird es mir sicher sagen können. Morgen«, fügte ich hinzu, als er zusammenzuckte.

»Dan, du wirst doch nicht so dumm sein und wegen dieser Sache Stunk machen?«

»Stunk? Ich greife euch von allen Seiten an, zivil- und strafrechtlich. Ihr werdet euch wundern . . . wenn ihr nicht auf meine Bedingung eingeht. Aber ich habe eure dritte Masche noch vergessen – Diebstahl meiner Aufzeichnungen und Pläne für ›Vielzweck-Frank‹ . . . und das Testmodell dazu, obwohl ihr vielleicht für das Material Geld verlangen könnt, weil ich es der Firma in Rechnung gestellt habe.«

»Diebstahl, so ein Unsinn!« fauchte Betty. »Du hast für die Firma gearbeitet.«

»Wirklich? Fast immer nachts. Und ich war nie Angestellter, Betty, wie ihr beide wißt. Ich habe aus dem auf meinen Aktienanteil entfallenden Gewinn lediglich Beträge für meinen Lebensunterhalt genommen. Was wird man bei Mannix sagen, wenn ich Strafanzeige erstatte und erkläre, die Geräte, für die sich Mannix interessiert – ›Dienstmädchen‹, ›Fensterfritz‹ und ›Frank‹ – waren überhaupt niemals das Eigentum der Firma, sondern sind mir gestohlen worden?«

»Unsinn«, wiederholte Betty grimmig. »Du hast für die Firma gearbeitet. Du hattest einen Anstellungsvertrag.«

Ich lehnte mich zurück und lachte. »Hört mal gut zu, Kinder. Ihr braucht jetzt nicht zu lügen; spart euch das für die Verhandlung auf. Wir sind ganz unter uns. Was ich wirklich wissen möchte, ist folgendes: Von wem stammt die Idee? Die Ausführung kann ich ja bezeugen. Betty, du hast mir ständig Unterlagen zur Unterschrift gebracht. Wenn mehr als ein Durchschlag zu unterschreiben war, hast du die anderen Kopien an das Original geheftet, damit ich es leichter hatte, versteht sich. Du bist ja immer die vollkommene Sekretärin gewesen – und was ich von den Mehrausfertigungen sah, war lediglich der Platz für die Unterschrift. Jetzt weiß ich natürlich, daß du mir in die sauberen Briefstöße ein paar Zeitbomben hineingeschmuggelt hast. Ich weiß auch, daß du die technische Seite des Schwindels übernommen hattest. Miles wäre dazu nicht in der Lage gewesen, mein Gott, er kann ja nicht einmal richtig Maschineschreiben. Aber wer hat die Texte formuliert? Du? Das glaube ich nicht . . . es sei denn, du hättest eine juristische Ausbildung, von der nie die Rede war. Wie steht's, Miles? Könnte eine bescheidene Stenotypistin diese wunderbare Klausel sieben so großartig formulieren? Oder war dazu ein Jurist nötig?«

Miles' Zigarre war schon ausgegangen. Er nahm sie aus dem Mund, sah mich an und sagte vorsichtig: »Dan, alter Freund, wenn du glaubst, uns zu Geständnissen bewegen zu können, hast du dich geirrt.«

»Ach, laß doch den Quatsch, wir sind hier allein. Ihr seid beide so oder so schuldig. Aber ich möchte mir gerne vorstellen, daß Delilah dort mit dem ganzen fix und fertig ausgearbeiteten Plan zu dir kam und dich in einem schwachen Augenblick überrumpelte. Aber ich weiß, daß das nicht stimmt. Wenn Betty nicht selbst Juristin ist, seid ihr Komplicen, vor und nach der Tat. Du hast den Schwindel verfaßt, sie tippte ihn und legte ihn mir zur Unterschrift vor. Richtig?«

»Gib ihm keine Antwort, Miles!«

»Natürlich nicht«, sagte Miles. »Vielleicht hat er ein Tonbandgerät in seiner Tasche.«

»Daran hätte ich denken sollen«, meinte ich, »aber ich habe leider kein Gerät dabei.« Ich öffnete die Tasche, und Pete streckte den Kopf heraus. »Hast du alles mitbekommen, Pete? Seid bloß vorsichtig, Pete hat das Gedächtnis eines Elefanten. Nein, ein Tonbandgerät habe ich nicht mitgebracht – ich bin eben der gute, alte, vertrottelte Dan Davis, der nie vorausdenkt. Ich stolpere so dahin und vertraue meinen Freunden . . . wie ich euch beiden vertraut habe. Ist Betty Juristin, Miles? Oder hast du dich selbst hingesetzt und kaltblütig geplant, wie du mich übers Ohr hauen könntest, ohne daß dir etwas passiert?«

»Miles!« unterbrach mich Betty. »Mit seinem Talent könnte er ein Tonbandgerät von der Größe eines Zigarettenpäckchens machen. Vielleicht ist es nicht in der Tasche, sondern in seinem Anzug.«

»Gute Idee, Betty. Beim nächstenmal dann.«

»Ich bin mir klar darüber, Liebe«, erwiderte Miles. »Wenn er wirklich ein Gerät hat, redest du zu unvorsichtig. Paß lieber auf.«

Betty sagte ein Wort, von dem ich nie gedacht hätte, daß sie es verwenden würde. Ich hob die Brauen. »Ihr faucht euch an? Schon Zwietracht zwischen den Gaunern?«

Miles' Beherrschung begann abzubröckeln, stellte ich mit Genuß fest. Er sagte: »Überleg dir, was du sagst . . . es könnte dir schlecht bekommen.«

»Tz, tz! Ich bin jünger als du und kann mich an den letzten Judolehrgang besser erinnern. Und schießen würdest du nie. Lieber legst du deine Gegner mit gefälschten Dokumenten aufs Kreuz. ›Diebe‹, habe ich gesagt, und ›Diebe‹ meine ich. Ihr seid beide Diebe und Lügner.« Ich wandte mich Betty zu. »Mein Vater brachte mir bei, daß man eine Dame nie als Lügnerin bezeichnen darf, Süße, aber du bist keine Dame. Du bist eine Lügnerin . . . eine Diebin . . . und eine Schlampe.«

Betty wurde feuerrot und warf mir einen Blick zu, der ihre ganze Schönheit auslöschte und Haß und Habgier enthüllte. »Miles!« sagte sie schnell. »Du sitzt einfach da und läßt zu –«

»Sei still!« fuhr Miles sie an. »Seine Unverschämtheit ist doch Berechnung. Er will uns ärgern, damit wir Dinge sagen, die wir später bereuen. Und das tust du beinnahe schon. Halt den Mund.«

Betty schwieg, aber ihr Gesicht war immer noch verzerrt. Miles drehte sich mir zu. »Dan, ich bin immer ein praktisch denkender Mensch gewesen. Ich habe versucht, dir Vernunft beizubringen, bevor du aus der Firma ausgestiegen bist. Schließlich habe ich mich auch bemüht, eine Lösung zu finden, die dir das Unvermeidliche erträglich machte.«

»Du wolltest mich auf die sanfte Tour aufs Kreuz legen, wie?«

»Wie du meinst. Ich bin immer noch für eine friedliche Regelung. Du würdest eine Klage nie durchfechten können, aber als Anwalt weiß ich, daß es immer besser ist, nicht vor Gericht zu gehen als zu gewinnen. Wenn es sich ermöglichen läßt. Vorhin sagtest du, daß ich etwas tun könnte, womit du zu beruhigen wärst. Heraus damit, vielleicht können wir uns einigen.«

»Ach, das. Darauf wäre ich schon noch gekommen. Du kannst es nicht selbst tun, aber vielleicht arrangieren. Es ist ganz einfach. Bring Betty dazu, mir die Aktien wieder zu überschreiben, die ich ihr als Verlobungsgeschenk gegeben habe.«

»Nein!« sagte Betty.

»Ich habe dich doch ersucht, endlich still zu sein«, erklärte Miles.

Ich sah sie an und sagte: »Warum denn nicht, mein vormaliger Liebling. Ich habe mir in dieser Angelegenheit Rat geholt. Da die Aktien im Hinblick auf die Tatsache gegeben wurden, daß du versprochen hattest, mich zu heiraten, bist du nicht nur moralisch, sondern auch gesetzlich verpflichtet, sie zurückzugeben. Es handelte sich nicht um ein ›uneingeschränktes Geschenk‹ – so nennt man das, glaube ich –, sondern um die Übergabe von Wertsachen im Gegenzug für eine versprochene Leistung, die ich nie erhalten habe, nämlich deine reizende Person. Wie wär's? Oder hast du es dir wieder anders überlegt und bist jetzt doch bereit, mich zu heiraten?«

Sie erklärte mir, wo und wie ich sie heiraten durfte.

Miles sagte erschöpft: »Betty, du machst alles nur noch schlimmer. Begreifst du denn nicht, daß er uns nur wütend machen will?« Er sah mich wieder an. »Dan, wenn du deswegen gekommen bist, kannst du gleich wieder gehen. Wären die Umstände so gewesen, wie du sie darstellst, dann hättest du nicht ganz unrecht. Sie waren anders. Du hast Betty die Aktien für geleistete Dienste übertragen.«

»Was? Für welche Dienste? Wo ist der eingelöste Scheck?«

»Er ist nicht nötig. Die Aktien waren Gegenwert für Dienste zugunsten der Firma, die über Bettys Pflichten hinausgingen.«

Ich starrte ihn an. »Das ist mir mal eine Theorie! Hör zu, Miles, alter Knabe, wenn damit Dienste für die Gesellschaft und nicht für mich persönlich bezahlt waren, mußtest du doch davon wissen und bemüht sein, ihr diese Summe zu geben. Schließlich teilten wir uns doch den Gewinn fifty-fifty, obwohl ich die Mehrheit besaß ... oder zu besitzen glaubte. Sag mir jetzt nur nicht, daß du Betty ein Aktienpaket von gleichem Umfang gegeben hast?«

Ich sah, wie sie einander Blicke zuwarfen, und hatte plötzlich eine tolle Idee. »Vielleicht hast du das tatsächlich getan! Ich möchte wetten, daß unser Liebling das verlangt hat, sonst hätte er nicht mitgespielt. Habe ich recht? Dann kannst du Gift darauf nehmen, daß Betty die Überschreibung sofort registrieren ließ ... und die Daten müssen zeigen, daß ich ihr Aktien am Tag unserer Verlobung übertragen habe – du lieber Himmel, die Ankündigung stand ja sogar im Lokalblatt –, während du ihr Aktien übergabst, als du mich hinauswarfst und sie die Verlobung löste – das ist alles schriftlich niedergelegt! Vielleicht wird mir der Richter doch glauben, Miles? Was meinst du?«

Ich hatte sie erwischt, ich hatte sie erwischt! An ihren Gesichtern konnte ich ablesen, daß ich auf den einen Umstand gestoßen war, für den sie keine plausible Erklärung vorbringen konnten und den ich nie hätte erfahren sollen. Ich nutzte meinen Vorteil ... und leistete mir wieder eine ausgefallene Vermutung. Ausgefallen? Nein, logisch. »Wie viele Aktien, Betty? So viel, wie du aus mir nur für das Verlobtsein herausgeholt hast? Für ihn hast du mehr getan; dabei hätte auch mehr herausschauen müssen.« Ich verstummte plötzlich. »Moment mal ... ich fand es schon merkwürdig, daß Betty den weiten Weg hierher gemacht haben sollte, nur um mit mir zu sprechen. Vielleicht war das gar nicht der Fall, vielleicht ist sie die ganze Zeit schon hier. Lebt ihr beiden zusammen? Oder sollte ich sagen: seid ihr verlobt? Oder ... etwa gar schon verheiratet?« Ich dachte nach. »Ich wette, daß es so ist. Miles, du bist kein Schwärmer wie ich. Ich wette mein zweites Hemd, daß du auf ein bloßes Heiratsversprechen hin Betty nie und nimmer Aktien übertragen würdest. Aber als Heiratsgeschenk vielleicht – vorausgesetzt, daß dir das Stimmrecht dafür bleibt. Schenk dir die Antwort. Ich werde morgen schon alles herausfinden. Das ist ja auch schriftlich niedergelegt.«

Miles sah Betty an und sagte: »Spar dir die Mühe. Ich darf dir Mrs. Gentry vorstellen.«

»So? Herzlichen Glückwunsch, ihr beiden. Ihr seid einander

würdig. Aber jetzt zu meinen Aktien. Da mich Mrs. Gentry verständlicherweise nicht heiraten kann, möchte ich –«

»Mach dich nicht lächerlich, Dan. Ich habe deine albernen Theorien längst zerfetzt. Betty bekam von mir genau wie von dir Aktien. Aus demselben Grund, für Dienste zugunsten der Firma. Wie vorhin erwähnt, ist das alles schriftlich niedergelegt. Betty und ich haben vor einer Woche geheiratet ... aber du wirst feststellen, daß die Aktien schon vor einiger Zeit an sie übergegangen sind. Du kannst die beiden Vorgänge nicht miteinander in Zusammenhang bringen. Nein, sie bekam Aktien von uns beiden, weil sie für die Firma sehr viel getan hat. Nachdem du die Verlobung gelöst hattest und aus der Firma ausgeschieden warst, heirateten wir.«

Ich war betroffen. Miles war zu klug, eine Lüge aufzutischen, die ich nach einigen Nachforschungen allzu leicht widerlegen konnte. Aber irgend etwas stimmte nicht.

»Wann und wo habt ihr geheiratet?«

»Letzten Donnerstag im Standesamt von Santa Barbara. Aber das geht dich ja nichts an.«

»Vielleicht nicht. Wann fand die Aktienüberschreibung statt?«

»Ich weiß es nicht genau. Wenn du willst, kann ich es feststellen.«

Verdammt noch mal, es klang einfach nicht echt, daß er ihr Aktien geschenkt haben sollte, bevor sie an ihn gebunden war. Solchen Blödsinn brachte nur ich fertig, zu ihm paßte so etwas nicht. »Mich stört da etwas, Miles. Wenn ich einen Privatdetektiv beauftragen würde, könnte ich dann vielleicht herausbringen, daß ihr beiden ein bißchen früher schon einmal geheiratet habt? Vielleicht in Yuma oder Las Vegas? Oder seid ihr schnell nach Reno geflogen, damals bei der Reise nach Washington wegen der Steuern? Vielleicht stellt sich heraus, daß eine solche Eheschließung registriert ist und die Daten der Aktienüberschreibung und meiner Patentschenkung sehr schön übereinstimmen. Wie?«

Miles klappte nicht zusammen; er sah Betty nicht einmal an. Der Haß in ihrem Gesicht hätte auch durch einen Treffer ins Schwarze nicht gesteigert werden können. Aber das Ganze schien trotzdem zu stimmen, und ich beschloß, meiner Vermutung nachzugehen.

Miles sagte ruhig: »Dan, ich habe Geduld mit dir gehabt und mich bemüht, versöhnlich zu sein. Dafür ernte ich nichts als Beschimpfungen. Es ist wohl an der Zeit, daß du jetzt gehst, sonst will ich doch noch einmal versuchen, ob ich dich nicht hinauswerfen kann – dich und deine lausige Katze!«

»Olé!« erwiderte ich. »Das ist das erste herzhafte Wort heute abend. Aber nenn Pete nicht lausig. Er versteht Englisch und könnte in Wut geraten. Na schön, mein Ex-Freund, ich verschwinde ... aber ich möchte eine kurze Abschiedsrede halten, eine ganz kurze. Wir werden uns dann kaum noch etwas zu sagen haben. Einverstanden?«

»Tja ... einverstanden. Mach es kurz.«

»Miles, ich muß mit dir reden«, zischte Betty.

Er winkte wortlos ab. »Schieß los.«

Ich wandte mich an Betty. »Du willst das sicher nicht hören, Betty. Ich empfehle dir zu gehen.«

Sie blieb natürlich. Darauf hatte ich ja abgezielt. Ich sah ihn wieder an. »Miles, ich bin nicht allzu zornig auf dich. Es spottet jeder Beschreibung, was Männer für unehrliche Frauen tun. Wenn Samson und Mark Anton verwundbar waren, kann ich dir den Unfall nicht übelnehmen. Eigentlich sollte ich dir sogar dankbar sein. Ein bißchen bin ich es auch. Jedenfalls tust du mir leid.« Ich sah zu Betty hinüber. »Du hast sie jetzt am Hals und mußt sehen, wie du mit ihr fertig wirst ... mich hat das Ganze nur Geld und vorübergehend meine Gemütsruhe gekostet. Aber was wird sie dich kosten? Sie hat mich betrogen, ja, es ist ihr sogar gelungen, dich, meinen Freund, dafür einzuspannen ... wann, glaubst du, wird sie sich mit einem neuen Trottel zusammentun und dich übers Ohr hauen? Nächste Woche? Nächsten Monat? Vielleicht erst nächstes Jahr! So sicher ein Mörder an den Tatort –«

»Miles!« schrie Betty auf.

Miles sagte mit gefährlicher Ruhe: »Hau ab!« und ich wußte, daß er es ernst meinte. Ich stand auf.

»Wir wollen eben gehen. Du tust mir wirklich leid, Miles. Wir beide haben ursprünglich nur einen Fehler gemacht, und dafür trage ich ebenso die Schuld wie du. Aber du mußt alleine dafür bezahlen. Das ist bedauerlich ... weil der Fehler so winzig war.«

Seine Neugierde gewann die Oberhand. »Was meist du damit?«

»Wir hätten uns fragen müssen, warum eine so kluge, schöne, fähige und allgemein weit über dem Durchschnitt stehende Frau sich bereit erklärte, für ein kleines Angestelltengehalt bei uns zu arbeiten. Wenn wir ihre Fingerabdrücke genommen hätten, wie es die Großfirmen machen, und eine Routine-Überprüfung durchgeführt worden wäre, hätten wir sie vielleicht nicht eingestellt ... und wir beide wären noch Partner.«

Wieder ins Schwarze getroffen! Miles blickte seine Frau plötzlich an, und sie sah aus wie eine – nun – in die Enge getriebene Ratte kann man nicht sagen, weil Ratten nicht die Figur Bettys haben.

Und ich konnte die Finger nicht davon lassen. Ich mußte noch in der Wunde herumstochern. Ich ging auf sie zu und sagte: »Na, Betty? Wenn ich das Glas neben dir mitnähme und die Fingerabdrücke überprüfen ließe, was würde ich finden? Steckbriefe in den Postämtern? Großbetrügereien? Oder Bigamie? Vielleicht heiratest du arme Idioten wegen ihres Geldes, wie? Ist Miles dem Gesetz nach wirklich dein Ehemann?« Ich nahm das Glas vom Tisch.

Betty schlug es mir aus der Hand.

Und Miles schrie mich an.

Ich hatte es zu weit getrieben. Ich war dumm genug gewesen, ohne Waffen in diesen Raubtierkäfig zu treten, und dann hatte ich das oberste Gesetz aller Dompteure vergessen. Ich wandte der Bestie den Rücken zu. Miles schrie, und ich drehte mich um. Betty griff nach ihrer Handtasche ... und ich erinnere mich noch, gedacht zu haben, warum sie ausgerechnet jetzt eine Zigarette rauchen wollte.

Dann spürte ich den Stich der Kanüle.

Ich entsinne mich nur, eines gefühlt zu haben, als meine Knie einknickten und ich auf den Teppich stürzte: fassungsloses Staunen darüber, daß Betty mir so etwas antun konnte. Wenn man alles andere beiseite ließ, lief es darauf hinaus, daß ich ihr immer noch vertraute.

4

Ich war nie völlig bewußtlos. Mir wurde schwindlig und dunkel vor den Augen, als die Droge zu wirken begann – sie wirkt noch schneller als Morphium. Miles brüllte Betty etwas zu und packte mich unter den Armen, als ich zusammenbrach. Nachdem er mich durchs Zimmer in einen Sessel gezerrt hatte, verging sogar das Schwindelgefühl.

Trotz meiner Wachheit war ein Teil von mir tot. Ich weiß heute, was sie mir eingespritzt hatte: die Geisterdroge, die Antwort Onkel Sams auf Gehirnwäsche. Soviel ich weiß, ist sie bei uns an Gefangenen nie ausprobiert worden, aber man erfand sie beim Studium der Gehirnwäsche, und nun war sie da, verboten, aber höchst wirksam. Dasselbe Zeug verwendet man bei der Schnell-Psychoanalyse, aber es bedarf meines Wissens eines Gerichtsbeschlusses, selbst für Psychiater.

Weiß Gott, woher Betty das Zeug hatte.

Aber damals hatte ich diese Gedanken nicht, ich hatte überhaupt keine. Ich lag einfach zusammengesunken da, passiv wie eine Pflanze, hörte, was vorging, sah alles, was sich vor meinen Augen abspielte – aber wenn Marilyn Monroe ohne Badeanzug vorbeigegangen wäre, hätte ich ihr mit den Blicken nicht einmal folgen können.

Außer, man hätte es mir befohlen.

Pete sprang aus seiner Tasche, trabte zu mir und erkundigte sich, was los sei. Als ich nicht antwortete, begann er meine Schienbeine zu bearbeiten und eine Erklärung zu verlangen. Als ich immer noch nicht reagierte, sprang er auf meinen Schoß, stellte die Vorderpfoten auf meine Brust, sah mir ins Gesicht und wollte jetzt endlich wissen, was los sei, und zwar auf der Stelle.

Ich sagte nichts, und er begann zu schreien.

Jetzt wurden Miles und Betty aufmerksam. Nachdem mich Miles im Sessel abgeladen hatte, war er zu Betty gegangen und hatte mit Bitterkeit gesagt: »Jetzt haben wir die Bescherung! Bist du verrückt geworden?«

»Nur die Nerven nicht verlieren, Liebling«, erwiderte Betty. »Wir besorgen es ihm ein für allemal.«

»Was? Wenn du glaubst, daß ich dir bei einem Mord behilflich bin –«

»Quatsch! Das wäre zwar das Logischste . . . aber dazu fehlt dir der Mumm. Zum Glück ist das bei dieser Droge nicht nötig.«

»Was meinst du damit?«

»Er wird jetzt genau tun, was ich ihm sage. Schwierigkeiten kann er uns jetzt nicht mehr machen.«

»Aber . . . mein Gott, Betty, du kannst ihn doch nicht in alle Ewigkeit betäubt halten. Wenn er aufwacht –«

»Hör mit dem Juristengeschwätz auf. Ich weiß, wie dieses Zeug wirkt, du nicht. Wenn er aufwacht, wird er tun, was ich ihm befohlen habe. Ich werde ihm sagen, daß er uns nie verklagen oder anzeigen darf, dann wird er es nie tun. Ich werde ihm befehlen, seine Nase nie mehr in unsere Angelegenheiten zu stecken, gut, er wird uns in Ruhe lassen. Wenn ich ihm sage, daß er nach Timbutku verschwinden soll, wird er hinfahren. Ich sage ihm, daß er alles Vorgefallene vergessen soll, und er wird es vergessen.«

Ich hörte zu, verstand sie, war aber nicht im geringsten interessiert. Wenn jemand gerufen hätte: »Das Haus brennt!« hätte ich auch das begriffen, wäre aber ebensowenig interessiert gewesen.

»Das glaube ich nicht.«

»Wirklich nicht?« Sie sah ihn seltsam an. »Das solltest du aber.«

»Was? Wie meinst du das?«

»Laß nur, laß nur. Dieses Mittel wirkt, Liebling. Aber zuerst müssen wir –«

In diesem Augenblick begann Pete zu heulen. Man hört so etwas nicht oft, mancher Mensch überhaupt nie. Katzen heulen nicht, wenn sie kämpfen, gleichgültig, wie schwer sie sich verletzen; aus einfachem Mißvergnügen heraus tun sie es nie, nur in einer unerträglichen Lage, der sie machtlos gegenüberstehen.

Miles drehte sich um und sagte: »Diese vermaledeite Katze! Wir müssen sie hinausschaffen.«

»Bring sie um«, sagte Betty.

»Was? Du bist immer so rigoros. Dan würde um dieses wertvollen Tieres willen mehr Stunk machen, als wenn wir ihm alles abgenommen hätten. Hier –«, er drehte sich um und nahm Petes Tasche.

»Dann bring' ich sie um!« sagte Betty wutentbrannt. »Das wollte ich schon seit Monaten tun.« Sie sah sich nach einer Waffe um und fand sie auch, einen Schürhaken vom offenen Kamin. Sie lief hinüber und holte ihn.

Miles hob Pete auf und versuchte, ihn in die Tasche zu stecken.

Versuchte ist das richtige Wort. Pete läßt sich von anderen Leuten als Ricky und mir nicht besonders gerne aufheben, und selbst ich hätte mich nicht ohne weiteres dazu bereit gefunden, solange er mit dieser Lautstärke heulte; das Risiko in solchen Fällen ist viel zu groß. Aber selbst wenn er nicht so nervös gewesen wäre, hätte sich Pete nicht ohne Protest am Genick packen lassen.

Pete fuhr Miles mit den Krallen in den Unterarm und mit den Zähnen in den linken Daumen. Miles schrie auf und ließ ihn fallen.

Betty kreischte: »Vorsicht, Miles!« und schlug mit dem Schürhaken zu.

Ihre Absichten waren klar, sie besaß die nötige Kraft und hatte eine geeignete Waffe. Aber sie war nicht sehr geschickt im Umgang damit, während Pete gut zu kämpfen verstand. Er wich dem Schlag aus und griff sie an, zwei Pfoten an jedes Bein.

Betty schrie und ließ den Schürhaken fallen.

Von der Jagd bekam ich nicht allzu viel mit. Ich sah immer noch geradeaus und konnte den Großteil des Wohnzimmers überblicken, aber außerhalb dieses Gesichtsfeldes blieb mir alles verborgen, weil mir niemand befahl, in eine andere Richtung zu blicken. Ich verfolgte also die Geschehnisse zumeist mit dem Gehör, bis auf eine Gelegenheit, als sie durch mein Sichtfeld rasten, zwei Menschen, ein Katze jagend – dann, mit unglaublicher Plötzlichkeit, zwei von einer Katze gejagte Menschen. Abgesehen von dieser einen kurzen Szene vernahm ich vom Kampf nur Poltern, Laufschritte, Rufe, Flüche und Schreie.

Aber ich glaubte nicht, daß sie Pete auch nur einmal berührt haben.

Das Schlimmste, was mir an diesem Abend passierte, war, daß ich in Peters größter Stunde, bei seiner größten Schlacht, seinem größten Sieg nicht nur nicht alle Einzelheiten mitbekam, sondern völlig unfähig war, ihn zu bewundern. Ich sah und hörte, aber ich hatte keine Meinung; in seinem mächtigsten Augenblick war ich betäubt.

Ich erinnere mich heute daran und finde ein Gefühl in mir, das ich damals nicht aufbringen konnte. Aber es ist nicht dasselbe. Ich kann das Verlorene nicht nachholen.

Das Poltern und Fluchen hörte plötzlich auf, und kurz danach kamen Miles und Betty ins Wohnzimmer zurück. Keuchend stieß Betty hervor: »Wer hat diese . . . Tür offengelassen?«

»Du selbst. Halt den Mund. Er ist weg.« Miles blutete im Gesicht und an den Händen; er betupfte die Rißwunden im Gesicht, aber sie bluteten weiter. Irgendwann mußte er gestolpert und hingefallen sein, sein Anzug sah danach aus, und das Jackett war am Rücken geplatzt.

»Ich denke gar nicht daran, den Mund zu halten. Hast du eine Pistole im Haus?«

»Was?«

»Ich will die verdammte Katze abknallen.« Betty war in noch

schlechterem Zustand als Miles. Pete hatte bei ihr mehr Hautfläche für seine Angriffe gefunden – Beine, nackte Arme und Schultern. Sie würde in nächster Zeit keine trägerlosen Kleider tragen können, und wenn sie nicht schnell fachmännische Hilfe bekam, würden sogar Narben bleiben. Sie sah aus wie eine Furie nach einem ungezügelten Kampf mit ihren Schwestern.

»Setz dich hin!« sagte Miles.

»Ich will die Katze umbringen!«

»Dann bleib stehen. Wasch dich wenigstens. Ich helfe dir mit Jod und Verbandszeug, und du hilfst mir. Aber vergiß die Katze, wir sind sie endlich los.«

Betty erwiderte etwas Unverständliches, aber Miles hatte es offensichtlich besser verstanden. »Du mich auch«, sagte er. »Paß auf, Betty, wenn ich eine Pistole hätte – ich sage nicht, daß ich wirklich eine habe – und du würdest hinausgehen und damit herumknallen, käme binnen zehn Minuten die Polizei, würde herumschnüffeln und Fragen stellen, ob du die Katze triffst oder nicht. Willst du das, solange er hier ist?« Er deutete auf mich. »Und wenn du heute ohne Waffe hinausgehst, wird dich die Bestie wahrscheinlich umbringen.« Er machte ein finsteres Gesicht. »Solche Tiere gehören verboten. Dieses Viehstück ist ja lebensgefährlich. Hör ihn dir an.«

Wir konnten Pete um das Haus gehen hören. Er heulte nicht mehr, jetzt stieß er sein Kriegsgeschrei aus – er forderte sie heraus, ihre Waffen zu wählen und herauszukommen, einzeln oder zu mehreren.

Betty horchte und schauderte. Miles sagte: »Mach dir keine Sorgen. Er kann nicht herein. Ich habe alle Türen abgeschlossen, auch jene, die du vergessen hattest.«

»Ich habe sie zugemacht!«

»Wie du meinst.« Miles prüfte die Fenster. Nach einiger Zeit verließ Betty das Zimmer, und er folgte ihr. Während sie weg waren, hörte Pete plötzlich zu schreien auf. Ich weiß nicht, wie lange sie fortblieben; die Zeit bedeutete mir nichts.

Betty kam als erste zurück. Make-up und Frisur waren exquisit; sie trug ein langärmliges, hochgeschlossenes Kleid und hatte die zerfetzten Strümpfe gewechselt. Abgesehen von kleinen Heftpflastern im Gesicht waren keine Kampfspuren mehr zu sehen. Ohne die grimmige Miene hätte ich sie – unter anderen Gegebenheiten, versteht sich – reizend gefunden.

Sie kam direkt auf mich zu und befahl mir, aufzustehen, was ich auch tat. Sie durchsuchte mich schnell und geschickt, vergaß weder Uhrtäschchen, Hemdtaschen, noch die schräge Tasche in der linken Jackett-Innenseite, die bei den meisten Anzügen fehlt. Die Ausbeute war gering – die Brieftasche mit ein paar Banknoten, Ausweisen und Führerschein, Schlüssel, Kleingeld, Nasenspray gegen den Smog, verschiedene Kleinigkeiten und den Umschlag mit dem Scheck, den sie mir geschickt hatte. Sie drehte ihn um, las den Giriervermerk und sah mich fragend an.

»Was soll das, Dan? Hast du dich versichern lassen?«

»Nein.« Ich hätte ihr alles erzählt, aber ich konnte nur jeweils die letzte Frage beantworten.

Sie runzelte die Stirn und legte den Umschlag zu den anderen Sachen. Dann sah sie Petes Tasche. Anscheinend erinnerte sie sich an das Seitenfach, denn sie kramte darin herum.

Sie fand die vierfache Ausfertigung der mehr als zwölf Formulare, die ich bei der Mutual unterschrieben hatte. Sie setzte sich und begann zu lesen. Ich blieb stehen wie eine Schneiderpuppe.

Dann kam Miles herein. Er trug Bademantel und Hausschuhe und hatte für eine beträchtliche Menge an Gaze und Heftpflaster Verwendung gefunden. Er sah aus wie ein drittklassiger Mittelgewichtler nach einer schweren Niederlage. Eine Bandage trug er wie eine Skalplocke; Pete mußte ihn erwischt haben, als er am Boden lag.

Betty hob den Kopf und wies stumm auf die Dokumente. Er setzte sich und fing an zu lesen. Er holte sie bald ein und las das letzte Dokument über ihre Schulter gebeugt.

»Jetzt sieht die Sache ganz anders aus«, meinte sie.

»Milde ausgedrückt. Diese Papiere gelten für den 4. Dezember – das ist morgen. Betty, wir müssen ihn so schnell wie möglich fortschaffen!« Er sah auf seine Uhr. »Morgen früh werden sie ihn suchen.«

»Miles, wenn es brenzlig wird, verlierst du immer gleich die Nerven. Das ist doch ein ausgesprochen glücklicher Zufall.«

»Wieso?«

»Die Geisterdroge, so gut sie ist, sie hat einen Nachteil. Angenommen, du spritzt sie jemandem ein und erklärst ihm genau, was er tun soll. Schön, er tut es. Er führt deine Befehle aus; es bleibt ihm nichts anderes übrig. Verstehst du etwas von Hypnose?«

»Nicht viel.«

»Kennst du außer der Juristerei überhaupt etwas, Liebling? Du bist sehr einseitig. Ein posthypnotischer Befehl – und darum handelt es sich praktisch – mag im Widerspruch stehen zu dem, was der Betroffene wirklich tun will, in den meisten Fällen ist es tatsächlich so. Früher oder später kann ihn das zu einem Psychiater treiben. Wenn der Psychiater etwas taugt, wird er herausfinden, was los ist. Es besteht die Möglichkeit, daß Dan zu einem Psychiater geht und von meinen Befehlen loskommt. Dann könnte er uns ungeahnte Schwierigkeiten machen.«

»Verdammt, du hast doch gesagt, die Droge wirkt todsicher.«

»Mein Gott, Miles, man muß im Leben oft Risiken eingehen. Nur dann macht es Spaß. Laß mich nachdenken.«

Nach einer Weile sagte sie: »Das Einfachste und Sicherste ist, ihn seinen Schlaf tun zu lassen. Wir haben ihn dann ebenso endgültig los, als wäre er tot – dabei gehen wir kein Risiko ein. Statt ihm komplizierte Anweistungen zu geben und darauf zu hoffen, daß er sie auch beherzigt, brauchen wir ihm nur zu befehlen, daß er sich dem Kaltschlaf unterziehen soll, ihn dann zu wecken und fortzuschaffen – oder zumindest wegzubringen und dann zu wecken.« Sie wandte sich mir zu. »Dan, wann wirst du mit dem Schlaf anfangen?«

»Überhaupt nicht.«

»Was? Und die Dokumente hier?«

»Papiere für den Kaltschlaf. Verträge mit der Mutual-Versicherung.«

»Er ist übergeschnappt«, bemerkte Miles.

»Mmm ... natürlich. Ich vergesse immer wieder, daß man unter dem Einfluß des Mittels nicht denken kann. Man hört, spricht und kann Fragen beantworten ... aber es müssen die richtigen Fragen sein.« Sie kam ganz nah heran und sah mir in die Augen. »Dan, du sollst mir jetzt alles über die Sache mit dem Kaltschlaf erzählen. Fang ganz von vorne an. Du hast die Dokumente hier; anscheinend sind sie heute erst unterschrieben worden. Jetzt behauptest du, daß du nicht mehr magst. Erzähle mir alles, weil ich wissen will, warum du es tun wolltest und dich jetzt anders entschieden hast.«

Ich erzählte also. Auf diese genaue Anweisung konnte ich antworten. Der Bericht nahm viel Zeit in Anspruch, weil ich alles bis in die kleinste Einzelheit schilderte.

»In der Auto-Gaststätte hast du es dir also anders überlegt? Du hast beschlossen, hierherzukommen und uns Schwierigkeiten zu machen?«

»Ja.« Ich wollte weitersprechen, wollte alles über die Fahrt hierher erzählen, wollte berichten, was ich zu Pete und er zu mir gesagt hatte, daß ich an einem Drugstore ausgestiegen war, um meine Aktien sicherzustellen, wie ich zu Miles' Haus gefahren war, daß Pete nicht im Wagen hatte warten wollen, wie –

Aber sie gab mir keine Gelegenheit dazu. Sie sagte: »Du hast es dir wieder anders überlegt, Dan. Du willst den Kaltschlaf. Du wirst dich dem Kaltschlaf unterziehen. Du läßt dich durch nichts in der Welt davon abhalten. Verstehst du mich? Was wirst du tun?«

»Ich werde den Kaltschlaf machen. Ich möchte den ...« Ich begann zu schwanken. Seit über einer Stunde stand ich wie ein Fahnenmast auf derselben Stelle, ohne auch nur einen Muskel zu bewegen. Ich begann langsam nach vorn zu fallen.

Sie sprang zurück und sagte scharf: »Setz dich!«

Ich setzte mich.

Betty wandte sich an Miles. »Das wär's. Ich hämmere ihm das so lange ein, bis nichts mehr passieren kann.«

Miles sah auf die Uhr. »Mittags soll er also beim Arzt sein.«

»Wir haben Zeit genug. Aber wir fahren ihn lieber selbst hin, damit wir ganz ... Nein, zum Teufel!«

»Was ist denn?«

»Die Zeit ist zu kurz. Ich habe ihm sehr viel eingespritzt, weil das Zeug schnell wirken mußte – bevor er mich angreifen konnte. Gegen Mittag wird er zwar für die meisten Laien normal erscheinen, aber einen Arzt können wir nicht beschwindeln.«

Vielleicht wird er nur ganz oberflächlich untersucht. Das Gutachten ist doch schon fertig.«

»Du hast gehört, was ihm der Arzt gesagt hat. Er wird ihn danach untersuchen, ob er Alkohol getrunken hat. Das bedeutet, daß er die Reflexe prüfen, seine Reaktionszeit testen, ihm in die Augen sehen wird und – oh, einfach alles, was er nicht tun dürfte. Miles, es hat keinen Sinn.«

»Und wenn wir ihn einfach einen Tag später abliefern?«

»Sei still und laß mich nachdenken.«

Sie begann nach einer Weile meine Papiere durchzublättern. Dann verließ sie das Zimmer, kam mit einer Juwelierslupe zurück, die sie sich wie ein Monokel ins rechte Auge klemmte, und untersuchte sorgfältig alle Dokumente. Miles fragte sie, was das zu bedeuten habe, aber sie winkte ungeduldig ab.

Nach einer Weile nahm sie die Lupe aus dem Auge und sagte: »Gott sei Dank müssen alle die von der Regierung herausgegebenen Formulare benützen. Miles, bring mir das Branchen-Telefonbuch.«

»Wozu?«

»Hol es, hol es. Ich brauche den genauen Firmennamen – oh, ich kenne ihn schon, aber ich möchte ganz sichergehen.«

Murrend brachte Miles das Telefonbuch. Sie blätterte eine Weile darin, dann sagte sie: »Ja. ›Master Insurance Company of California‹ ... und auf jedem Formular ist Platz genug dafür. ›Motors‹ wäre zwar besser als ›Master‹, aber bei der ›Motors Insurance‹ habe ich keine Verbindungen, und außerdem weiß ich nicht einmal, ob man sich dort mit Kaltschlaf abgibt.«

Sie hob den Kopf. »Miles, du mußt mich sofort zur Fabrik hinausfahren.«

»Was?«

»Oder weißt du einen schnelleren Weg, zu einer elektrischen Schreibmaschine zu kommen? Nein, am besten fährst du alleine hinaus und bringst sie mir; ich muß telefonieren.«

Er runzelte die Stirn. »Ich begreife langsam, was du vorhast. Aber das ist Wahnsinn, Betty. Du weißt ja gar nicht, welches Risiko du eingehst.«

Sie lachte. »Das meinst du. Ich sagte dir doch, daß ich gute Beziehungen habe, bevor wir uns zusammentaten. Hättest du das Geschäft mit Mannix alleine geschafft?«

»Na ... ich weiß nicht.«

»Aber ich. Und vielleicht weißt du auch nicht, daß die ›Master-Versicherung‹ dem Mannix-Konzern gehört?«

»Nein, das wußte ich nicht. Ich verstehe aber den Zusammenhang nicht ganz.«

»Meine Beziehungen wirken immer noch, das meinte ich damit. Paß auf, Liebling, die Firma, bei der ich früher gearbeitet habe, half dem Mannix-Konzern bei den Steueranmeldungen ... bis mein Chef das Land verließ. Warum, glaubst du, haben wir so viel herausgeschlagen, obwohl wir Danny nicht anbieten konnten? Jetzt beeil dich und hole mir die Schreibmaschine, dann darfst du einer Künstlerin bei der Arbeit zusehen. Nimm dich vor der Katze in acht!«

Miles knurrte etwas, verließ das Zimmer, kam aber sofort zurück. »Betty? Hat Dan nicht unmittelbar vor dem Haus geparkt?«

»Warum?«

»Sein Wagen ist nicht mehr da.« Er wirkte bedrückt.

»Vielleicht hat er ihn in der Seitenstraße abgestellt. Das ist doch unwichtig. Besorg die Schreibmaschine und beeile dich!«

Er ging wieder. Ich hätte ihnen sagen können, wo ich geparkt hatte, aber da mich niemand fragte, dachte ich nicht darüber nach. Ich dachte überhaupt nicht.

Betty ging in ein anderes Zimmer und ließ mich allein. Als es langsam Tag wurde, kam Miles zurück, erschöpft unsere Schreibmaschine schleppend. Dann wurde ich wieder allein gelassen.

Einmal kam Betty herein und sagte: »Dan, du hast hier ein Papier, mit dem du die Versicherung bittest, sich um deine Aktien zu kümmern. Das willst du nicht; du möchtest sie mir schenken.«

Ich erwiderte nichts. Sie machte ein verärgertes Gesicht und sagte: »Drücken wir es anders aus. Du willst sie mir schenken. Du weißt, daß du sie mir geben willst. Das weißt du doch, nicht wahr?«

»Ja. Ich will sie dir geben.«

»Gut. Du willst sie mir geben. Du mußt sie mir geben. Du kannst nicht glücklich sein, bis du sie mir gegeben hast. Wo sind sie? In deinem Wagen?«

»Nein.«

»Wo denn?«

»Ich habe sie mit der Post verschickt.«

»Was?« schrie sie. »Wann? An wen? Warum?«

Wenn sie die zweite Frage als letzte gestellt hätte, wäre ich in der Lage gewesen, sie zu beantworten. Aber ich reagierte auf die letzte Frage, zu etwas anderem war ich nicht fähig. »Ich habe sie überschrieben.«

Miles kam herein. »Wohin hat er sie getan?«

»Er sagt, mit der Post verschickt ... weil er sie überschrieben habe! Du mußt seinen Wagen durchsuchen – vielleicht glaubt er nur, den Brief aufgegeben zu haben. Bei der Besprechung in der Versicherung hatte er die Urkunde jedenfalls noch bei sich.«

»Überschrieben!« wiederholte Miles. »Lieber Gott! Wem denn?«

»Ich frage ihn. Dan, wem hast du deine Aktien überschrieben?«

»Der ›Bank of Amerika‹.« Sie fragte nicht nach dem Grund, sonst hätte ich ihr alles über Ricky erzählt.

Aber sie ließ die Schultern hängen und seufzte. »Nichts mehr zu machen, Miles. Die Aktien können wir abschreiben. Aus der Bank holen wir sie nie heraus.« Sie richtete sich plötzlich auf. »Aber vielleicht hat er sie noch gar nicht abgeschickt. Wenn nicht, dann lösche ich die Übertragung von der Rückseite, daß man meinen könnte, die Urkunde sei in der Wäscherei gewesen. Dann wird er sie wieder überschreiben ... aber mir.«

»Uns«, verbesserte Miles.

»Das ist Nebensache. Such den Wagen.«

Miles kam nach geraumer Zeit zurück und berichtete. »Er ist in der ganzen Umgebung nicht zu finden. Ich bin durch alle Straßen gefahren. Er muß mit der Taxe gekommen sein.«

»Du hast ihn doch selbst sagen hören, daß er seinen eigenen Wagen benützt hat.«

»Draußen steht er jedenfalls nicht. Frag ihn, wann und wo er den Brief aufgegeben hat.«

Betty tat es und ich sagte: »Kurz bevor ich hierher kam. Ich warf den Brief Ecke Sepulveda- und Ventura-Boulevard in den Briefkasten.«

»Glaubst du, daß er lügt?« fragte Miles.

»Er kann nicht lügen, nicht in seinem Zustand. Außerdem hat er so klar geantwortet, daß ein Irrtum ausgeschlossen ist. Vergessen wir's, Miles. Vielleicht stellt sich nach seiner Einlieferung heraus, daß die Überschreibung rechtsungültig ist, weil er sie bereits an uns verkauft hat ... wenigstens laß ich mir seine Unterschrift auf ein paar Blatt Papier geben. Versuchen können wir es jedenfalls.«

Sie versuchte meine Unterschrift zu bekommen, und ich bemühte mich. Aber in meinem Zustand konnte ich für ihre Bedürfnisse nicht gut genug schreiben. Sie riß mir schließlich das Blatt aus der Hand und sagte bösartig: »Du ekelst mich an! Deinen Namen kann ich ja besser schreiben.« Dann beugte sie sich vor und zischte: »Hätte ich nur deine Katze umgebracht!«

Sie ließen mich ein paar Stunden in Ruhe. Dann kam Betty herein und sagte: »Danny, du bekommst jetzt eine Spritze, dann wirst du dich viel besser fühlen. Du kannst aufstehen, herumgehen und dich benehmen wie sonst auch. Du bist auf keinen Menschen wütend, schon gar nicht auf Miles und mich. Wir sind deine besten Freunde. Das sind wir, nicht wahr? Wer sind deine besten Freunde?«

»Du. Du und Miles.«

»Aber ich bin noch mehr. Ich bin deine Schwester. Sag es.«

»Du bist meine Schwester.«

»Gut. Jetzt machen wir eine schöne Autofahrt, und dann mußt du lange schlafen. Du bist krank gewesen, und wenn du aufwachst, bist du gesund. Verstehst du mich?«

»Ja.«

»Wer bin ich?«

»Du bist mein bester Freund. Du bist meine Schwester.«

»Braver Junge. Roll den Ärmel hoch.«

Ich spürte die Kanüle nicht, aber beim Herausziehen tat es weh. Ich setzte mich auf, schüttelte mich und sagte: »Das hat weh getan. Was war das?«

»Ein Mittel, damit du dich besser fühlst. Du bist krank gewesen.«

»Ja, ich bin krank. Wo ist Miles?«

»Er wird gleich hier sein. Jetzt deinen anderen Arm. Schieb den Ärmel hinauf.«

Ich sagte: »Wozu?« aber ich schob ihn hinauf und ließ mir noch eine Spritze geben. Ich zuckte zusammen.

Sie lächelte. »Das hat doch gar nicht weh getan, oder?«

»Was? Nein, es hat nicht weh getan. Wozu dient das?«

»Damit du auf der Fahrt schläfrig bist. Wenn wir dort sind, wachst du auf.«

»Schläfrig – schön. Ich möchte schlafen. Ich möchte lange schlafen.« Dann schaute ich mich um. »Wo ist Pete? Pete sollte doch mit mir schlafen.«

»Pete?« sagte Betty. »Ja, erinnerst du dich denn nicht, mein Lieber? Du hast Pete zu Ricky geschickt. Sie wird sich um ihn kümmern.«

»Ach ja!« Ich lachte befreit. Ich hatte Pete zu Ricky geschickt; jetzt fiel es mir wieder ein, wie ich ihn bei der Post aufgegeben hatte. Das war gut. Ricky liebte Pete; sie würde gut für ihn sorgen, während ich schlief.

Sie fuhren mich zum Consolidad-Sanktum in Sawtelle, das viele kleinere Versicherungsgesellschaften benützten, weil sie nicht über eigene Anlagen verfügten. Ich schlief den ganzen Weg, wurde aber sofort wach, als mich Betty ansprach. Miles blieb im Wagen, und sie führte mich hinein. Das Mädchen im Empfang sah auf und fragte: »Davis?«

»Ja«, bestätigte Betty. »Ich bin seine Schwester. Ist der Vertreter von ›Master-Insurance‹ da?«

»Sie finden ihn unten im Behandlungsraum neun – man wartet bereits. Sie können die Papiere dort dem Herrn von ›Masters‹ geben.« Sie sah mich interessiert an. »Ist er schon untersucht?«

»O ja!« versicherte Betty. »Mein Bruder kommt wegen eines schweren Leidens. Er steht unter Morphium . . . wegen der Schmerzen.«

Die Empfangsdame schnalzte mitfühlend mit der Zunge. »Na, dann beeilen Sie sich. Durch diese Tür und dann links.«

In Zimmer neun befanden sich ein Mann im Straßenanzug, ein anderer in weißem Mantel und eine Krankenschwester. Sie halfen mir beim Ausziehen und behandelten mich wie ein schwachsinniges Kind, während Betty wieder erklärte, daß ich der Schmerzen wegen ein Betäubungsmittel bekommen hätte. Als ich ausgezogen auf dem Tisch lag, drückte mir der Mann im weißen Mantel die Finger tief in den Bauch. »Mit dem gibt es wenigstens keinen Ärger«, verkündete er. »Er ist leer.«

»Seit gestern abend hat er nichts mehr zu trinken und zu essen bekommen«, bestätigte Betty.

»Sehr schön. Manchmal treten die Leute vollgestopft wie Weihnachtsgänse hier an. Unvernünftiger geht es wirklich nicht.«

»Richtig. Sehr richtig.«

»Ja. Na schön, mein Sohn, jetzt mach mal eine Faust, damit ich dir die Spritze geben kann.«

Ich tat es, und wallender Nebel schien sich um mich auszubreiten. Plötzlich fiel mir etwas ein. Ich versuchte mich aufzusetzen. »Wo ist Pete? Ich will Pete sehen.«

Betty küßte mich auf die Stirn. »Nur ruhig, sei schön brav! Pete konnte doch nicht mitkommen, hast du das vergessen? Pete mußte bei Ricky bleiben.« Ich beruhigte mich, und sie sagte leise zu den anderen: »Unser Bruder Pete hat ein krankes kleines Mädchen zu Hause.«

Ich schlief ein.

Bald wurde es mir sehr kalt. Aber ich konnte mich nicht bewegen, um die Decke hochzuziehen.

5

Ich beschwerte mich beim Barmixer über die Klimaanlage – sie war zu weit aufgedreht, und wir mußten uns alle erkälten. »Macht nichts«, versicherte er mir. »Das fühlen Sie im Schlaf nicht. Schlaf ... Schlaf ... Abendsuppe, wunderbarer Schlaf.« Er hatte Bettys Gesicht.

»Wie wär's mit einem warmen Getränk?« wollte ich wissen. »Ein Tom und Jerry? Oder heißer Rum?«

»Sie sind ein Gauner!« erwiderte der Arzt. »Schlafen ist viel zu gut für ihn, werft den Kerl hinaus!«

Ich versuchte, mich mit den Beinen an der Messingstange festzuklammern, aber an dieser Bartheke gab es keine Messingstange, was mir komisch vorkam, und ich fiel flach auf den Rücken, was noch seltsamer war, falls man nicht einen Bettendienst für Leute ohne Füße eingerichtet hatte. Ich hatte keine Füße, wie sollte ich sie also unter einer Messingstange einhaken? Hände auch nicht. »Schau, Mammi, keine Hände!« Pete saß auf meinem Brustkorb und heulte.

Ich war wieder in der Grundausbildung ... in sehr fortgeschrittener Grundausbildung, denn ich befand mich im Camp Hale bei einer dieser albernen Übungen, wo sie einem Schnee ins Hemd werfen, damit man ein Mann wird. Ich mußte den allergrößten Berg in ganz Colorado besteigen; er war aus Eis, dabei hatte ich keine Füße. Trotzdem trug ich den größten Rucksack, den es je gegeben hat. Ich erinnerte mich, daß man feststellen wollte, ob sich Soldaten anstelle von Mulis verwenden ließen, und man hatte mich genommen, weil ich entbehrlich war. Wenn die kleine Ricky nicht angeschoben hätte, wäre ich überhaupt nicht hinaufgekommen.

Der Hauptfeldwebel drehte sich um, und er hatte ein Gesicht wie Betty. Er glühte vor Zorn. »Los, du! Ich kann mir nicht leisten, auf dich zu warten. Mir ist es egal, ob du es schaffst oder nicht ... aber du kannst nicht schlafen, bevor du oben bist.«

Meine fehlenden Füße trugen mich nicht mehr weiter, und ich fiel in den Schnee, und er war eisig warm, und ich schlief ein, während die kleine Ricky jammerte und mich anflehte, es nicht zu tun. Aber ich mußte schlafen.

Ich wachte im Bett bei Betty auf. Sie schüttelte mich und sagte: »Wach auf, Dan! Ich kann nicht dreißig Jahre auf dich warten;

eine Frau muß an ihre Zukunft denken.« Ich versuchte aufzustehen und ihr die Goldsäcke zu geben, die unter dem Bett lagen, aber sie waren verschwunden ... und außerdem hatte ein ›Dienstmädchen‹ mit ihrem Gesicht das ganze Gold hervorgeholt, in die Mulde auf seiner Oberseite gelegt und war aus dem Zimmer gerannt. Ich versuchte, ihm nachzulaufen, aber ich hatte keine Füße, überhaupt keinen Körper, stellte ich fest. »Ich habe nichts, und niemand kümmert sich um mich ...« Die Welt bestand aus Hauptfeldwebeln und Arbeit ... welchen Unterschied machte es also, wo oder wie man arbeitete? Ich ließ mir das Geschirr wieder anlegen und kletterte von neuem den Eisberg hinauf. Er war ganz weiß und wunderbar rund, und wenn ich nur bis zur rosigen Spitze steigen konnte, würden sie mich schlafen lassen; etwas anderes wollte ich nicht. Aber ich schaffte es nie ... keine Hände, keine Füße, nichts.

Auf dem Berg wütete ein Waldbrand. Der Schnee schmolz nicht, aber ich spürte die Hitze in Wellen gegen mich heranbranden, während ich mich hinaufmühte. Der Hauptfeldwebel beugte sich über mich und sagte: »Wachen Sie auf ... wachen Sie auf ... wachen Sie auf.«

Kaum hatte er mich geweckt, verlangte er schon wieder, daß ich schlafen sollte. Ich weiß nicht mehr genau, was dann alles passierte. Einige Zeit lag ich auf einem vibrierenden Tisch, Lampen leuchteten, Schläuche liefen durch den Raum, viele Menschen hatten sich versammelt. Aber als ich ganz wach war, lag ich in einem Krankenhausbett und fühlte mich recht wohl, abgesehen von dem schlaffen, halb schwebenden Gefühl, das man nach einem Schwitzbad hat. Ich besaß wieder Hände und Füße. Aber niemand wollte mit mir sprechen, und jedesmal, wenn ich eine Frage zu stellen versuchte, steckte mir eine Krankenschwester irgend etwas in den Mund. Ich wurde sehr viel massiert.

Dann fühlte ich mich eines Morgens großartig und stieg sofort nach dem Aufwachen aus dem Bett. Ich stand etwas unsicher auf den Beinen, aber das war alles. Ich wußte, wer ich war, ich wußte, wie ich hierher gekommen war, und ich wußte, daß alles andere Träume gewesen waren.

Ich wußte, wer mich hierher gebracht hatte. Falls mir Betty während meiner Betäubung Befehle gegeben hatte, ihre Tricks zu vergessen, schienen die Anweisungen entweder nicht gewirkt zu haben, oder dreißig Jahre Kaltschlaf beseitigten den hypnotischen

Effekt. Manche Einzelheiten blieben ein wenig verschleiert, aber ich wußte, wie sie mich hereingelegt hatten.

Ich war nicht besonders wütend deswegen. Gewiß, es war erst gestern passiert, weil gestern genau einen Schlaf lang hinter einem liegt – aber der Schlaf hatte dreißig Jahre gedauert. Dieses Gefühl läßt sich nicht präzise definieren, weil es rein subjektiv ist, aber meine Erinnerung hatte alle Ereignisse des Gestern deutlich bewahrt, während meine Stellung zu diesen Geschehnissen wie zu längst Vergangenem war. Sie haben sicher im Fernsehen Überblendungen gesehen, wenn z. B. das Gesicht eines Menschen in Großaufnahme übertragen wird? So ähnlich war das ... meine bewußte Erinnerung in Nahaufnahme, meine gefühlsmäßige Reaktion auf etwas weit Entferntes, weit Zurückliegendes.

Ich hatte wirklich vor, Miles und Betty aufzusuchen und sie zu Katzenfutter zu verarbeiten, aber das eilte nicht. Nächstes Jahr war früh genug. Im Augenblick drängte es mich, einen Blick auf das Jahr 2000 zu werfen.

Apropos Katzenfutter ... wo war Pete? Er mußte doch irgendwo in der Nähe sein. Oder der Arme hatte den Langen Schlaf nicht überlebt.

Dann – und erst in diesem Augenblick – fiel mir ein, daß mein Plan, Pete mitzunehmen, vereitelt worden war.

Ich nahm Betty und Miles aus dem Fach ›demnächst‹ und legte sie in das Fach ›dringend, eilt sehr!‹ Meine Katze umbringen wollen, wie?

Sie hatten Schlimmeres getan als Pete umzubringen; sie hatten ihn ausgesetzt ... er mußte seine Tage in engen Gassen auf der Suche nach Abfällen verbringen, während er abmagerte und sein freundliches Gemüt zu Argwohn allen zweibeinigen Wesen gegenüber verzerrt wurde.

Sie hatten ihn in dem Glauben sterben lassen – denn jetzt war er längst tot –, daß ich ihn im Stich gelassen hatte.

Dafür würden sie mir bezahlen ... wenn sie noch lebten. Mit allen Fasern meines Herzens hoffte ich, sie noch am Leben zu finden!

Ich entdeckte, daß ich vor meinem Bett stand, nur im Schlafanzug, das Gestell umklammernd, um mich aufrecht zu halten. Ich sah mich im Zimmer um, weil ich eine Schwester rufen wollte. Krankenhauszimmer hatten sich nicht sehr verändert. Es gab kein Fenster, und ich wußte nicht, woher das Licht kam, das Bett war hoch und schmal, wie Krankenhausbetten in meiner Erinnerung immer ausgesehen hatten, aber es war zu erkennen, daß man es nicht nur als Schlafplatz konstruiert hatte. Unter anderem schien es an der Unterseite eine Röhrenanlage zu besitzen, die ich für eine mechanische Bettpfanne hielt, und der Nachttisch war Teil des Bettrahmens. Obwohl ich mich normalerweise für solche Konstruktionen sehr interessiert hätte, wollte ich jetzt nur die birnenförmige Klingel finden, mit der man die Schwester herbeirufen kann – ich mußte meine Sachen verlangen.

Die Klingel fehlte, aber ich fand den Ersatz dafür: einen Druckschalter am Rand des Tisches, der kein richtiger Tisch war. Meine Hand streifte ihn beim Tasten, und ein durchsichtiges Feld gegenüber der Kopfseite meines Bettes leuchtete auf: ›Pflegeruf‹. Beinahe sofort blinkten die Worte auf: ›Einen Augenblick, bitte.‹

Schnell rollte die Tür zur Seite, und eine Krankenschwester kam herein. Diese Wesen hatten sich nicht sehr verändert. Meine Schwester war recht hübsch, hatte die Festigkeit eines Grundausbilders beim Militär, trug ein kleines weißes Käppchen auf kurzem, orchideenfarbenem Haar und eine weiße Uniform. Der Zuschnitt war eigenartig und der Stoff bedeckte hier Stellen, ließ dort Haut sehen, wo die Mode von 1970 dies nicht zugelassen hätte –, aber bei den Frauen muß man ja stets auf alles gefaßt sein.

»Sie gehen sofort wieder ins Bett!«

»Wo sind meine Sachen?«

»Gehen Sie ins Bett. Sofort!«

Ich blieb ruhig. »Hören Sie, Schwester, ich bin freier Bürger, volljährig und nicht vorbestraft. Ich brauche nicht ins Bett zu gehen, und ich werde es auch nicht tun. Zeigen Sie mir jetzt, wo meine Sachen sind, oder soll ich so hinausgehen und sie selbst suchen?«

Sie sah mich an, drehte sich dann plötzlich um und ging hinaus; die Tür schnellte vor ihr zur Seite.

Bei mir öffnete sie sich nicht. Ich versuchte immer noch, hinter das Geheimnis zu kommen, weil ich mir sagte, daß, was von einem Ingenieur ausgedacht worden war, von einem anderen auch zu erraten sein mußte, als sie wieder aufging und ein Mann hereinkam.

»Guten Morgen«, sagte er. »Ich bin Dr. Albrecht.«

Die Kleidung war für einen Arzt äußerst merkwürdig, aber seine Art und die müden Augen wirkten überzeugend. Ich glaubte ihm. »Guten Morgen, Doktor. Ich möchte meine Sachen haben.«

Er trat weit genug ins Zimmer, daß sich die Tür hinter ihm schließen konnte, dann holte er ein Päckchen Zigaretten aus der Tasche. Er nahm eine davon heraus, wedelte kurz damit hin und her, steckte sie in den Mund und rauchte; sie brannte von selbst. Er bot mir das Päckchen an. »Bitte?«

»Äh – nein, danke.« Ich schüttelte den Kopf. Ich habe immer mit einer neben mir glimmenden Zigarette an der Arbeit gesessen; der Fortschritt ließ sich an überquellenden Aschenbechern und den Brandflecken auf dem Zeichenbrett ablesen. Jetzt wurde mir beim Anblick einer Zigarette ein wenig mulmig, und ich fragte mich, ob ich mir in den verschlafenen Jahren das Rauchen abgewöhnt hatte.

»Mr. Davis, ich bin sechs Jahre hier tätig. Ich bin Spezialist für Hypnologie, Wiedererweckung und ähnliche Gebiete. Hier und anderswo habe ich insgesamt achttausenddreiundsiebzig Patienten geholfen, aus der Hypothermie ins normale Leben zurückzukehren – Sie sind Nummer 8074. Ich habe diese Leute alle möglichen seltsamen Dinge tun sehen, als sie erwachten, seltsam für Laien, nicht für mich. Manche wollten sofort wieder schlafen und schrien mich an, wenn ich sie wachhielt, andere schlafen tatsächlich wieder ein, und wir müssen sie in eine andere Anstalt überführen. Manche weinen unaufhörlich, wenn sie erkennen, daß sie nicht in das Jahr zurückkehren können, in dem sie zu Hause sind. Und wieder andere verlangen wie Sie ihre Sachen und wollen sofort auf die Straße hinauslaufen.«

»Na und? Warum denn nicht? Bin ich ein Gefangener?«

»Nein. Sie können Ihre Sachen haben. Sie sind wohl aus der Mode, aber das ist Ihr Problem. Während ich sie holen lasse, könnten Sie mir aber sagen, was denn so dringend ist, daß Sie es noch in dieser Minute erledigen müssen ... nachdem es dreißig Jahre Zeit hatte? So lange sind Sie in Untertemperatur gewesen – dreißig Jahre lang. Ist es wirklich so dringend? Oder könnten Sie es bis zum Nachmittag verschieben? Vielleicht sogar auf morgen?«

Ich wollte eben antworten, daß es sehr dringend sei, dann klappte ich den Mund wieder zu und sah ihn betroffen an. »So dringend ist es auch wieder nicht.«

»Würden Sie mir dann den persönlichen Gefallen tun, sich wieder ins Bett zu legen, untersuchen zu lassen, zu frühstücken und mit mir zu reden, bevor Sie in alle Richtungen zugleich davongaloppieren? Vielleicht kann ich Ihnen dann sogar sagen, in welcher Richtung Sie davonstürmen müssen.«

»Schon gut, Doktor. Entschuldigen Sie.« Ich kroch ins Bett. Das tat mir gut – ich war plötzlich müde und zittrig.

»Macht nichts. Sie sollten andere Patienten erst sehen. Wir müssen sie oft von der Decke herunterholen.« Er strich die Bettdecke glatt, dann beugte er sich über den angebauten Tisch. »Dr. Albrecht auf Siebzehn. Schicken Sie einen Pfleger mit dem Frühstück . . . Menü vier minus.«

Er sah mich an und sagte: »Drehen Sie sich auf die Seite und ziehen Sie die Jacke hoch. Während ich Sie untersuche, können Sie Fragen stellen. Wenn Sie Lust haben.«

Ich versuchte nachzudenken, während er meine Rippen betastete. Er benützte ein Stethoskop, das wie ein Miniatur-Hörgerät aussah. Aber einen Nachteil hatten sie immer noch nicht beseitigt; die Membrane auf meiner Haut war kalt und hart.

Was fragt man nach dreißig Jahren? Sind wir schon auf anderen Planeten gelandet? Wer versucht diesmal den ›Krieg als Ende aller Kriege‹ zu propagieren? Kommen Säuglinge aus Reagenzgläsern? »Gibt es in den Foyers der Filmtheater noch Puffreis-Automaten?«

»Bei meinem letzten Kinobesuch gewiß. Ich komme kaum ins Kino. Übrigens heißt das jetzt statt ›Film‹ ›Grabby‹.«

»So? Warum?«

»Gehen Sie einmal hin, dann werden Sie's schon sehen. Aber schnallen Sie sich fest an; bei manchen Szenen wird das ganze Theater genullt. Hören Sie, Mr. Davis, wir haben alle Tage mit diesem Problem zu tun. Für jedes Eingangsjahr gibt es ein Anpassungsvokabular sowie historische und kulturelle Zusammenfassungen. Das ist unbedingt nötig, weil eine Fehlanpassung sehr gefährlich werden kann, wenn wir den Schock auch abzufangen versuchen.«

»Äh – das kann ich mir vorstellen.«

»Eben. In Extremfällen wie bei Ihnen kommt das häufig vor. Sie haben immerhin dreißig Jahre geschlafen.«

»Ist das ein Maximum?«

»Ja und nein. Fünfunddreißig Jahre Kaltschlaf sind die längste Periode, mit der wir Erfahrungen haben, seit der erste Klient im Dezember 1955 auf Untertemperatur gebracht wurde. Sie sind der Mann mit der längsten Schlafdauer, den ich je ins Bewußtsein zurückgebracht habe. Aber hier gibt es inzwischen schon Leute, deren Vertragsdauer bis zu eineinhalb Jahrhunderten beträgt. Man hätte Sie eigentlich für dreißig Jahre gar nicht akzeptieren dürfen;

damals wußte man noch nicht genug. Man hat mit Ihnen allerhand riskiert. Sie hatten Glück.«

»Wirklich?«

»Sicher. Drehen Sie sich um.« Er untersuchte mich weiter und meinte: »Aber nach allem, was wir inzwischen dazugelernt haben, wäre ich in der Lage, einen Menschen für eine Periode von tausend Jahren im Kaltschlaf zu belassen, wenn es eine Möglichkeit der Finanzierung gäbe ... ein Jahr lang müßte man ihn bei der Temperatur halten, bei der Sie geschlafen haben, um ihn dann in einer Millisekunde auf minus hundertzehn Grad fallen zu lassen. Er würde am Leben bleiben, glaube ich. Jetzt wollen wir einmal Ihre Reflexe prüfen.«

Diese Sache mit dem ›fallen‹ kam mir verdächtig vor. Dr. Albrecht fuhr fort: »Setzen Sie sich auf und schlagen Sie die Beine übereinander. Das Sprachenproblem wird für Sie nicht schwierig zu lösen sein. Ich habe mich natürlich bemüht, den Wortschatz von 1970 zu verwenden. Ich halte mir einiges auf meine Fähigkeit zugute, die Eingangssprache jedes meiner Patienten zu beherrschen; ich habe mich einem Hypnosekurs unterzogen. Aber Sie werden unsere Sprache binnen einer Woche beherrschen; es handelt sich nur um zusätzliche Wörter.«

Ich überlegte, ob ich ihm sagen sollte, daß er einige Ausdrücke gebraucht hatte, die 1970 noch nicht verwendet worden waren, hielt es aber für unhöflich. »Das wär's jetzt«, sagte er schließlich. »Mrs. Schultz hat versucht, Sie zu erreichen.«

»Wer?«

»Sie kennen sie nicht? Sie behauptete, eine alte Bekannte zu sein.«

»Schultz«, wiederholte ich. »Ich habe wohl irgendwann einmal mehrere Mrs. Schultzes gekannt, aber die einzige, an die ich mich erinnern kann, ist meine Volksschullehrerin. Sie wird ja inzwischen wohl schon gestorben sein.«

»Vielleicht hatte sie auch den Kaltschlaf gewählt. Na ja, Sie können sich die Nachricht geben lassen, sobald Sie Lust dazu haben. Ich werde Ihren Entlassungsschein unterschreiben. Aber wenn Sie schlau sind, bleiben Sie noch ein paar Tage, bis Sie sich zurechtfinden. Ich komme später noch einmal vorbei. Na dann, ›toi, toi, toi!‹, wie man in Ihrer Zeit sagte. Hier kommt schon der Pfleger mit Ihrem Frühstück.«

Ich fand ihn als Arzt besser denn als Sprachkenner. Aber ich dachte nicht mehr daran, als ich den Pfleger sah. Er rollte herein, wich sorgfältig Dr. Albrecht aus, der hinausging, ohne ihn zu beachten oder ihm aus dem Weg zu gehen.

Der Pfleger kam heran, schob den Tisch übers Bett, klappte ihn auf und stellte mein Frühstück auf. »Soll ich Ihnen Kaffee eingießen?«

»Ja, bitte.« Ich war nicht besonders scharf darauf, weil ich ihn lieber heiß trinken wollte, wenn ich alles andere verzehrt hatte. Aber ich wollte das Eingießen beobachten.

Denn ich war angenehm berührt ... vor mir stand ›Vielzweck-Frank‹.

Nicht das primitive, grob konstruierte, erste Modell, das mir Miles und Betty gestohlen hatten, natürlich nicht. Dieses Exemplar glich dem ersten ›Frank‹ wie ein superschnelles Turbinenauto dem ersten Personenwagen. Aber man kennt seine eigene Arbeit. Ich hatte die ersten Pläne entworfen, und das hier war das unvermeidliche Endprodukt ... Franks Urenkel, verbessert, verfeinert, hochgezüchtet, aber aus derselben Familie.

»Noch etwas?«

»Einen Augenblick.«

Anscheinend hatte ich etwas Falsches gesagt, denn der Automat nahm eine Plastikkarte aus seinem Leib. Die Karte blieb durch eine dünne Metallkette mit ihm verbunden. Ich sah mir die Karte an und las den Text:

»Stimm-Code ›Eifriger Erich‹, Modell XVII-a wichtiger Hinweis! Dieser Automat versteht die menschliche Sprache nicht. Er hat kein Begriffsvermögen, denn er ist nur eine Maschine. Zu Ihrer Erleichterung ist jedoch seine Reaktion auf eine Liste gesprochener Befehle justiert. Er ignoriert alles, was sonst in seiner Gegenwart geredet wird, oder er zeigt dieses Blatt vor, wenn ein Satz die Auslösung nicht bewirkt. Bitte genau durchlesen.

Danke
Aladin-Autotechnische Gesellschaft
Hersteller von ›Eifriger Erich‹,
›Mal-Max‹, ›Bau-Bruno‹, ›Gärtner-George‹, ›Nanny‹ und ›Williwaw‹,
Planung nach Wunsch. Beratung bei Automatik-Problemen.
›Stets zu Ihren Diensten.‹«

Der letzte Satz fand sich auf dem Warenzeichen, das Aladin beim Reiben seiner Wunderlampe und einen aufquellenden Geist zeigte.

Darunter fand sich eine lange Liste einfacher Anweisungen ›Halt‹, ›Gehen‹, ›Ja‹, ›Nein‹, ›Langsamer‹, ›Schneller‹, ›Komm her‹, ›Hol eine Schwester‹, und so weiter. Dann kam eine kürzere Liste von Arbeiten, wie sie in Krankenhäusern üblich sind, wie Rückenmassagen, aber auch Tätigkeiten, von denen ich noch nie gehört hatte. Die Liste endete abrupt mit der Erklärung: »Die Arbeiten 87 bis 242 dürfen nur vom Krankenhauspersonal angeordnet werden. Aus diesem Grund sind die Befehlsformulierungen hier nicht angeführt.«

Ich hatte den ersten ›Vielzweck-Frank‹ nicht auf Stimmsteuerung konstruiert; man mußte Knöpfe drücken. Das lag nicht etwa daran, daß mir das nicht eingefallen wäre; vielmehr hätten die Analysator- und Telefonanlagen für diese Aufgaben mehr Raum eingenommen, mehr gewogen und gekostet als der ganze ›Frank‹ senior. Ich dachte, daß ich auf dem Gebiet der Miniaturtechnik und Vereinfachung noch allerhand zu lernen hatte, bevor ich mich hier an die Arbeit machen konnte. Aber es drängte mich, damit anzufangen, weil ich am ›Eifrigen Erich‹ sehen konnte, daß mir das mehr Spaß als je zuvor machen würde – wie viele Möglichkeiten gab es da! Die Technik ist die Kunst des Praktikablen und hängt mehr vom Gesamtzustand des Berufszweigs als vom einzelnen Ingenieur ab. Wenn die Zeit für Eisenbahnen reif ist, werden sie gebaut – nicht einen Tag vorher. Da brauchte man nur an Leonardo da Vinci zu denken, der seiner Zeit so weit voraus gewesen war, daß die meisten seiner Pläne nicht in die Praxis umgesetzt werden konnten.

Ich durfte mich auf das Leben hier – oder vielmehr ›jetzt‹ – freuen.

Ich gab die Hinweiskarte zurück, stieg aus dem Bett und suchte das Typenschild. Unten an der Karte hatte ich beinahe den Vermerk ›Dienstboten-AG‹ erwartet, und ich fragte mich, ob ›Aladin‹ eine Tochtergesellschaft des Mannix-Konzerns sei. Das Typenschild verriet mir nicht viel mehr als Modellbezeichnung, Seriennummer, Fabrik und ähnliches, aber es führte die Patente auf, etwa vierzig an der Zahl, und das erste davon war, wie ich interessiert vermerkte, 1970 zugeteilt worden . . . zweifellos auf meinem Originalmodell, auf meinen Plänen beruhend.

Ich fand auf dem Tisch Bleistift und Notizblock und notierte mir die Nummer des ersten Patents, aber mein Interesse war rein platonisch. Auch wenn man es mir gestohlen hatte – wovon ich überzeugt war –, war es 1987 ausgelaufen, wenn sich die Patentgesetze nicht geändert hatten, und nur die nach 1984 gewährten Patentrechte würden noch gelten. Aber ich wollte Bescheid wissen.

Im Automaten glomm ein Lämpchen auf, und er verkündete: »Ich werde gerufen. Darf ich gehen?«

»Was? Natürlich. Geh nur.« Er begann nach der Befehlsliste zu greifen. Hastig sagte ich: Gehen!«

»Danke. Auf Wiedersehen.« Er machte einen Bogen um mich.

»Ich danke auch.«

»Gern geschehen.«

Der Mann, der die Antwortsätze des Automaten diktiert hatte, verfügte über eine angenehme Baritonstimme.

Ich kroch wieder ins Bett und aß mein Frühstück, das ich hatte kalt werden lassen – aber es war nicht kalt. Frühstück vier minus mochte etwa einem mittelgroßen Vogel genügen, aber ich stellte fest, daß es ausreichte, obwohl ich sehr hungrig gewesen war. Mein Magen mußte eingeschrumpft sein. Erst nach dem Essen fiel mir ein, daß ich zum erstenmal seit dem Ablauf einer ganzen Generation wieder etwas zu mir genommen hatte. Ich kam darauf, weil eine Speisekarte beilag – was ich für Speck hielt, war aufgeführt als ›Gegrillte Hefestreifen nach Bauernart‹.

Aber trotz des dreißigjährigen Fastens dachte ich nicht ans Essen; man hatte dem Frühstück eine Tageszeitung beigegeben; die Groß-Los-Angeles-›Times‹ für Mittwoch, den 13. Dezember 2000.

Im Format hatten sich die Zeitungen nicht verändert. Sie bestanden aus Glanzpapier, und die Bilder waren entweder vielfarbig oder Schwarz-Weiß-Stereo – die Herstellung der letzteren konnte ich mir nicht vorstellen. Seit meiner Kindheit hatte es Stereobilder gegeben, die man ohne Bildgucker betrachten konnte; als kleiner Junge in den fünfziger Jahren hatte ich immer gebannt vor den Reklamen für Tiefkühlkost gestanden. Aber dafür hatte man ziemlich dicken, durchsichtigen Kunststoff für einen Raster aus winzigen Prismen verwenden müssen. Die Stereobilder hier befanden sich auf dünnem Papier.

Ich gab es auf und sah mir den Rest der Zeitung an. Der ›Eifrige Erich‹ hatte sie auf ein Lesegestell gelegt, und eine Weile schien es, als könnte ich nur die erste Seite lesen, weil ich nicht wußte, wie das vermaledeite Ding aufzumachen war. Die Blätter schienen festgefroren zu sein.

Schließlich berührte ich zufällig die rechte untere Ecke des ersten Blattes; sie rollte sich auf und klappte um ... ein Phänomen elektrisch geladener Oberflächen, von dort aus gesteuert. Die anderen Seiten rollten sich der Reihe nach rasch um, sobald ich die erwähnte Stelle berührte.

Mindestens die Hälfte der ganzen Zeitung war mir so vertraut, daß ich heimwehkrank wurde – ›Ihr Horoskop heute‹, ›Bürgermeister eröffnet neue Talsperre‹, ›Sicherheitsbestimmungen schränken Pressefreiheit ein‹, ›Baseball-Sensation‹, ›Ungewöhnliche Hitze gefährdet Wintersport‹, ›Pakistan warnt Indien‹ – und so weiter. Das kannte ich schon.

Einige der anderen Meldungen waren mir neu, erklärten sich aber von selbst: ›Mondverbindung für Gemeinden noch gesperrt‹, ›Raumstation durch zwei Lecks beschädigt, keine Todesopfer‹, ›Vier Weiße in Kapstadt gelyncht – Einschreiten der UN gefordert‹, ›Gastgeber-Müller fordern höhere Honorare‹, ›Amateure sollen nicht mehr geduldet werden‹, ›Mississippi-Pflanzer nach Antigeisterdrogen-Gesetz angeklagt‹, – Seine Verteidigung: ›Die Kerle sind nicht süchtig, nur dumm!‹ –

Ich war mir ziemlich sicher, was das letzte zu bedeuten hatte ... aus eigener Erfahrung.

Aber einige Nachrichten blieben mir völlig unklar. Die ›Wogglies‹ hatten sich ausgebreitet, und drei weitere Städte in Frankreich waren evakuiert worden; der König wollte das Gebiet bestäuben lassen, König? Na ja, in der französischen Politik war alles möglich, aber was war dieser ›poudre sanitaire‹, den man gegen die ›Wogglies‹ verwenden wollte? – was immer das sein mochte. Radioaktivität vielleicht? Hoffentlich hatte man sich einen windstillen Tag ausgesucht ... vorzugsweise den dreißigsten Februar. Ich hatte selbst einmal eine Überdosis Radioaktivität erwischt, durch die Schuld eines idiotischen Technikers in Sandia. Bis zum Erbrechen war mein Zustand damals noch nicht gediehen, aber eine Curie-Mahlzeit möchte ich keinem Menschen empfehlen.

Die für den Strand von Laguna zuständige Abteilung der Polizei von Los Angeles war mit ›Ley-Spulen‹ ausgerüstet worden, und der Abteilungschef empfahl allen Halbstarken, die Stadt auf dem schnellsten Wege zu verlassen. »Meine Leute haben Anweisung, zuerst zu narken und dann erst zu subspüren. Das Theater hat aufzuhören!«

Ich merkte mir vor, den Laguna-Strand zu meiden, bis ich in Erfahrung gebracht hatte, worum es hier ging. Ich wußte nicht recht, ob ich mich subspüren lassen wollte, auch wenn es erst nachher sein sollte.

Das sind nur Beispiele. Es gab alle möglichen Meldungen, die ganz normal begannen und sich dann im Kauderwelsch verloren.

Ich las weiter, und mein Blick fiel auf neue Überschriften. Da gab es die bekannten über Geburten, Todesfälle, Heiraten und Scheidungen, aber jetzt fand man auch ›Einlieferungen‹ und ›Austritte‹, die nach Sanktum-Namen aufgeführt waren. Ich suchte unter ›Sawtelle Cons. Sanc.‹ und fand meinen Namen. Ich gehörte also irgendwie dazu.

Aber das weitaus Interessanteste an der ganzen Zeitung waren die Anzeigen. Eine Annonce unter ›Bekanntschaften‹ hatte es mir besonders angetan: ›Attraktive, noch junge Witwe mit großer Reiselust wünscht reifen Mann mit ähnlichen Neigungen kennenzulernen. Wunsch: Zweijahres-Heiratsvertrag.‹ Aber die Geschäftsanzeigen schossen den Vogel ab.

›Dienstmädchen‹ und ihre Schwestern, Kusinen und Tanten starrten mich aus allen Seiten an ... und man benützte immer noch das von mir für unseren Briefkopf entworfene Markenzeichen – ein stämmiges Mädchen mit Besen. Ich bereute, mich so hastig meiner Aktien der ›Dienstboten-AG‹ entledigt zu haben; wahrscheinlich waren sie jetzt mehr wert als alles andere. Nein, falsch. Wenn ich die Aktien damals bei mir gehabt hätte, wären sie mir von diesem Gaunerpaar abgenommen worden. Statt dessen hatte Ricky sie bekommen.

Ich notierte mir, vor allem zuerst Ricky zu suchen. Sie allein war mir von meiner Welt geblieben, und ich dachte sehr viel an sie. Liebe kleine Ricky! Wenn sie zehn Jahre älter gewesen wäre, hätte ich nicht einen Blick an Betty verschwendet ... und mir nicht die Finger verbrannt.

Moment mal, wie alt mußte sie jetzt sein? Vierzig – nein, einundvierzig. Es war schwer, sich Ricky in einem solchen Alter vorzustellen. Immerhin, heutzutage war man damit noch längst keine alte Frau – nicht einmal zu meiner Zeit. Aus einer Entfernung von zehn Metern konnte man Einundvierzig von Achtzehn kaum unterscheiden.

Wenn irgend etwas schiefgegangen und sie trotz der ihr überschriebenen Aktien arm geworden war – dann, verdammt noch mal, würde ich sie heiraten! Jawohl! Es spielte keine Rolle, daß sie etwa zehn Jahre älter war als ich; angesichts meiner Dummheiten brauchte ich einen älteren Menschen, der sich um mich kümmerte und mir gelegentlich auf die Finger klopfte – und dazu war Ricky genau die richtige Frau. Sie hatte Miles und sein Haus mit Kleinmädchenernst gemanagt, als sie noch nicht einmal zehn Jahre alt gewesen war. Mit vierzig Jahren würde sie genauso sein, nur ein wenig milder.

Ich kam mir gar nicht mehr vor, als sei ich zum erstenmal in einem freien Land. Ricky – das war die Lösung aller Probleme.

Tief in mir hörte ich dann plötzlich eine Stimme: »Hör mal zu, du Trottel, du kannst Ricky nicht heiraten, weil ein so liebes Mädchen wie sie mindestens schon seit zwanzig Jahren verheiratet ist. Sie wird vier Kinder haben ... vielleicht einen Sohn, der größer ist als du ... und ganz bestimmt einen Mann, der dich in deiner Rolle als guter alter Onkel Danny gar nicht schätzt.«

Ich lauschte und riß die Augen auf. Dann sagte ich mit schwacher Stimme: »Na schön – ich hab' den Zug also wieder mal verpaßt. Aber ich will sie trotzdem suchen. Mehr als erschießen kann man mich nicht. Sie ist außerdem der einzige Mensch, der Pete verstanden hat.«

Ich blätterte wieder um, plötzlich sehr bedrückt bei dem Gedanken, zugleich Ricky und Pete verloren zu haben. Nach einer Weile schlief ich über der Zeitung ein und schnarchte, bis der ›Eifrige Erich‹ oder sein Zwillingsbruder das Essen brachte.

Während ich schlief, träumte ich, daß mich Ricky auf dem Schoß hatte und sagte: »Ist ja alles gut, Danny. Ich habe Pete gefunden, und jetzt bleiben wir alle bei dir. Nicht wahr, Pete?«

»Yeeow!«

Der zusätzliche Wortschatz war eine Kleinigkeit; viel mehr Zeit brauchte ich für die geschichtliche Zusammenfassung. In dreißig Jahren kann eine Menge passieren, aber warum das niederschreiben, wo doch alle Leute besser Bescheid wissen als ich? Ich war nicht davon überrascht, daß die Großasiatische Republik uns aus dem südamerikanischen Handelsgebiet verdrängte; seit dem Vertrag von Formosa hatte man damit rechnen müssen. Auch die Verwirrung in Indien setzte mich nicht in Erstaunen. Daß England eine Provinz Kanadas geworden war, verblüffte mich einen Augenblick. Wedelte der Schwanz jetzt wirklich mit dem Hund? Ich schenkte mir die Panik von 1987; Gold war ein wunderbares Material für viele Zwecke, ich konnte es nicht als Tragödie ansehen, daß es jetzt billig war und keine Währungen mehr stützte, gleichgültig, wie viele Menschen bei der Umwälzung das letzte Hemd verloren hatten.

Ich hörte auf zu lesen und dachte über die Dinge nach, die man mit billigem Gold jetzt machen konnte – im Hinblick auf das hohe spezifische Gewicht, auf die gute Leitfähigkeit und außerordentliche Verformbarkeit ... dann schrak ich zusammen, weil ich begriff, daß ich zuerst die technische Literatur nachlesen mußte. Trotzdem, allein in der Atomtechnik war Gold von unschätzbarem Wert. Die Bearbeitungsfähigkeit dieses Stoffes, für Miniaturtechnik wie geschaffen ... wieder dachte ich nach, weil ich mir plötzlich ziemlich sicher war, daß der ›Eifrige Erich‹ den Schädel sicher voll Gold hatte. Ich mußte herausfinden, was seit meiner Abwesenheit ausgetüftelt worden war.

Das Sawtelle-Sanktum hatte keine Bibliothek, die mir technische Lektüre geboten hätte, deswegen erklärte ich Dr. Albrecht, ich sei jetzt reif für die Entlassung. Er zuckte die Achseln, bezeichnete mich als Idioten und stimmte zu. Aber ich blieb noch eine Nacht. Ich stellte fest, daß ich allein vom Liegen und Lesen der Texte mit einem Buchlesegerät völlig erschöpft war.

Kurz nach dem Frühstück am nächsten Morgen brachte man mir moderne Kleidung ... und ich brauchte Hilfe beim Anziehen. Die Kleidung war an sich nicht einmal so merkwürdig – obwohl ich noch nie kirschrote, weit ausladende Hosen getragen hatte –, aber ich brachte die Verschlüsse ohne fachmännische Unterweisung nicht zu. Meinem Großvater wäre es mit Reißverschlüssen ebenso ergangen, wenn man ihn nicht langsam an die Aufgabe herangeführt hätte. Es handelte sich natürlich um die ›Engsitz-Verschlußsäume‹ – ich dachte schon, ich müßte mir jemand engagieren, der mich ins Badezimmer begleitete, bevor ich begriff, daß die Adhäsion axial polarisiert war.

Dann verlor ich beinahe meine Hose, als ich versuchte, das Hüftband ein wenig zu weiten.

Niemand lachte mich aus.

»Was werden Sie anfangen?« fragte Dr. Albrecht.

»Ich? Zuerst besorge ich mir eine Straßenkarte, dann suche ich mir ein Zimmer. Ich werde geraume Zeit nichts tun als Fachliteratur verschlingen ... vielleicht ein ganzes Jahr lang. Ich bin ein überholter Ingenieur. Das möchte ich nicht bleiben.«

»Mmmm. Na, viel Glück. Rufen Sie mich ruhig an, wenn Sie Hilfe brauchen.«

Ich streckte die Hand aus. »Vielen Dank, Doktor. Sie haben mir sehr geholfen. Äh, vielleicht sollte ich nicht davon sprechen, bevor ich mit der Vermögensverwaltung gesprochen habe, und einigermaßen feststeht, wie wohlhabend ich bin – aber ich möchte mich nicht nur mit Worten erkenntlich zeigen. Der Dank für das, was ich von Ihnen bekommen habe, sollte ein wenig handgreiflicher sein. Sie verstehen mich doch?«

Er schüttelte den Kopf. »Ich bin Ihnen verbunden, aber meine Honorare sind durch meinen Vertrag mit dem Krankenhaus gedeckt.«

»Aber –«

»Nein. Ich kann nichts nehmen, also sprechen wir nicht mehr darüber.« Er drückte mir die Hand und sagte: »Auf Wiedersehen. Wenn Sie auf dieser Gleitbahn bleiben, kommen Sie zum Hauptbüro.« Er zögerte. »Falls es Ihnen anfangs ein wenig zu anstrengend ist, Sie haben noch Anrecht auf vier Tage Erholung und Neu-Anpassung ohne zusätzliche Kosten. Alles schon bezahlt. Warum sollten Sie das nicht ausnützen? Sie können kommen und gehen, wie Sie wollen.«

Ich lachte. »Danke. Sie können eine Wette darauf eingehen, daß ich nicht zurückkomme – höchstens als Besucher.«

Ich sprang beim Hauptbüro von der Gleitbahn ab und erklärte der Empfangsdame, wer ich sei. Der Automat überreichte mir einen Umschlag, in dem sich, wie ich sehen konnte, eine weitere telefonische Nachricht von Mrs. Schultz befand. Ich hatte sie immer noch nicht angerufen, weil ich nicht wußte, wer sie war, und das Sanktum Besuche und Anrufe für wiedererweckte Klienten nur zuließ, wenn diese damit einverstanden waren. Ich sah mir den Umschlag nur kurz an und steckte ihn dann in meine Bluse. Währenddessen dachte ich, daß ich vielleicht einen Fehler begangen hatte, als ich ›Vielzweck-Frank‹ zu vielseitig machte. Früher gab es als Empfangsdamen nur hübsche Mädchen, keine Maschinen.

Der Empfangsautomat sagte: »Hier herüber bitte. Unser Schatzmeister möchte Sie sprechen.«

Nun, auch ich wollte zu ihm, also ging ich hinüber. Ich fragte mich, wieviel Geld ich inzwischen angesammelt hatte, und gratulierte mir zu meiner Kühnheit bei der Investierung meines Vermögens. Zweifellos waren meine Aktien bei der Panik von 1987 gefallen, aber inzwischen mußten sie wieder oben angelangt sein – ich wußte sogar, daß zwei Aktienpakete jetzt hohen Wert besaßen. Ich hatte den Wirtschaftsteil der ›Times‹ gelesen. Die Zeitung trug ich immer noch bei mir.

Der Schatzmeister war ein menschliches Wesen, wenn er auch allzusehr wie ein Schatzmeister aussah. Er drückte mir hastig die Hand. »Guten Tag, Mr. Davis. Ich heiße Doughty. Nehmen Sie bitte Platz.«

»Guten Tag, Mr. Doughty«, sagte ich. »Ich werde Ihre Zeit nicht über Gebühr in Anspruch nehmen müssen. Sagen Sie mir nur das eine: Regelt meine Versicherung die finanzielle Seite durch Ihr Büro oder soll ich zur Zentrale gehen?«

»Nehmen Sie doch bitte Platz. Ich muß Ihnen verschiedenes erklären.«

Ich setzte mich. Sein Büroassistent – wieder der gute alte ›Frank‹ – brachte ihm eine Akte, und Doughty sagte: »Das sind Ihre Originalverträge. Wollen Sie sie sich ansehen?«

Und ob ich das wollte. Seit dem Erwachen fragte ich mich, ob es Betty gelungen war, den Scheck zu ihren Gunsten auszuwerten. Gewiß, er war notariell beglaubigt gewesen, also nicht so leicht zu stehlen wie ein normaler, aber Bettys Ideen waren oft recht originell.

Mit großer Erleichterung stellte ich fest, daß sie bis auf den Nebenvertrag für Pete und die schriftliche Abmachung über die Verwendung meines Aktienbesitzes an der ›Dienstboten-AG‹ nichts genommen hatte. Die beiden anderen Papiere mußte sie wohl verbrannt haben, um keine Unannehmlichkeiten zu haben. Sorgfältig prüfte ich die Stellen, wo sie ›Mutual Versicherungsgesellschaft‹ in ›Master Versicherungsgesellschaft für Kalifornien‹ abgeändert hatte.

Sie war wirklich eine Künstlerin in ihrem Fach, das mußte man neidlos zugeben. Ein guter Kriminalist mit Mikroskop, Vergleichs-Stereo, chemischen Untersuchungen und ähnlichem hätte wohl beweisen können, daß die Dokumente gefälscht worden waren, aber ich nicht. Ich fragte mich nur, wie sie mit dem Giriervermerk auf der Scheckrückseite zurechtgekommen war, da beglaubigte Schecks grundsätzlich nur auf nicht radierbarem Papier ausgefertigt werden dürfen. Einen Radiergummi hatte sie wohl auch nicht benützt – was dem einen einfällt, kann ein anderer übertrumpfen . . . und Betty war in dieser Hinsicht mit allen Wassern gewaschen.

Mr. Doughty räusperte sich. Ich hob den Kopf. »Können wir die Sache gleich hier abschließen?«

»Ja.«

»Dann also kurz und bündig: Wieviel?«

»Mmm . . . Mr. Davis, bevor wir zu dieser Frage kommen, möchte ich Ihre Aufmerksamkeit auf ein zusätzliches Dokument lenken . . . und auf einen besonderen Umstand. Das hier ist der Vertrag zwischen unserem Institut und der ›Master-Versicherung‹ für Ihre Hypothermie, Betreuung und Wiedererweckung. Sie sehen, daß das Gesamthonorar im voraus bezahlt ist. Damit sind sowohl Sie als auch wir gedeckt. Das Vermögen wird beim obersten Gericht hinterlegt und daraus vierteljährlich der jeweilige Betrag an uns abgeführt.«

»Gut. Klingt sehr vernünftig.«

»Das ist es auch. Die Hilflosen werden dadurch geschützt. Sie müssen sich nun darüber im klaren sein, daß dieses Sanktum eine eigene Gesellschaft ist und der Betreuungsvertrag mit dem für die Bearbeitung Ihrer Vermögensangelegenheiten abgeschlossenen nichts zu tun hat.«

»Worauf wollen Sie hinaus?«

»Besitzen Sie, abgesehen von den Beträgen, die Sie bei der Master-Versicherung hinterlegt haben, noch anderes Vermögen?«

Ich dachte nach. Früher hatte ich einmal ein Auto besessen . . . aber der Himmel wußte, was daraus geworden war. Mein Konto in Mojave hatte ich gleich zu Beginn der Sauftour abgeräumt, und an dem Tag, als ich in Miles' Haus und in der Patsche gelandet war, trug ich höchstens dreißig bis vierzig Dollar bei mir. Bücher, Kleidung, Rechenschieber und die übrigen Kleinigkeiten waren sowieso dahin. »Nicht einmal eine Busfahrkarte, Mr. Doughty.«

»Dann – so leid es mir tut, Ihnen das sagen zu müssen – stehen Sie ohne Vermögen da.«

Ich brachte geraume Zeit kein Wort heraus. »Was soll das heißen? Du lieber Gott, einige der Firmen, bei denen ich Aktien gekauft hatte, sind in ausgezeichneter Verfassung. Das weiß ich ganz genau. Hier steht es schwarz auf weiß.« Ich hob anklagend meine Zeitung.

Er schüttelte den Kopf. »Tut mir leid, Mr. Davis, aber Sie besitzen keine Aktien mehr. Die ›Master-Versicherung‹ mußte Konkurs anmelden.«

Ich war froh, daß ich saß. Mir wurde ganz übel. »Wie ist das passiert? Bei der Panik?«

»Nein, nein. Zum Teil lag es am Zusammenbruch des Mannix-Konzerns ... aber natürlich wissen Sie davon nichts. Er ereignete sich nach der Panik, und man kann wohl sagen, daß er in der Panik seinen Ursprung hatte. Die ›Master-Versicherung‹ wäre trotzdem nicht zusammengebrochen, wenn man sie nicht systematisch ausgeraubt hätte ... ›Melken‹ nennt man das mit einem unfeinen Wort. Bei normaler Konkursverwaltung hätte man noch einiges retten können, aber sogar daran haperte es. Bis man dahinterkam, war die Firma nur noch ein hohles Gebäude ... und die Verantwortlichen hatten sich rechtzeitig abgesetzt. Unter der heutigen Gesetzgebung könnte so etwas nie passieren, wenn Ihnen das ein Trost ist.«

Nein, das war kein Trost, und außerdem glaubte ich es nicht. Mein Vater hatte immer behauptet, daß sich die Möglichkeiten für Betrügereien mit der Komplizierung der Gesetze vervielfachten.

Aber er pflegte auch zu sagen, daß ein kluger Mann immer darauf vorbereitet sein muß, auf sein Gepäck zu verzichten. Ich fragte mich, wie oft man mich noch dazu zwingen würde, bis ich als ›klug‹ gelten durfte. »Äh, Mr. Doughty, aus reiner Neugier eine Frage: Wie ist es der ›Mutual-Versicherung‹ ergangen?«

»Der Mutual? Eine erstklassige Firma. Während der Panik mußte sie natürlich wie alle anderen Unternehmen Verluste hinnehmen, aber man hat sie überstanden. Sind Sie dort etwa versichert?«

»Nein.« Ich klärte ihn nicht auf, es war sinnlos. An die Mutual konnte ich mich nicht wenden; meinen Vertrag dort hatte ich nicht erfüllt. Ich konnte die ›Master-Versicherung‹ auch nicht verklagen, weil man einer Leiche nichts mehr wegnehmen kann.

Wenn Miles und Betty noch am Leben waren, konnte ich sie verklagen – aber wozu? Ich hatte ja nicht den geringsten Beweis.

Außerdem wollte ich Betty nicht verklagen. Es würde viel schöner sein, sie mit ›null und nichtig‹ zu tätowieren – mit einer möglichst stumpfen Nadel. Dann mußte ich Rache für Pete nehmen. Ich hatte mir für dieses Verbrechen die passende Strafe noch gar nicht ausgedacht.

Plötzlich fiel mir ein, daß Miles und Betty an die Mannix-Leute hatten verkaufen wollen, als sie mich übers Ohr hauten. »Mr. Doughty, sind Sie sicher, daß der Mannix-Konzern kein Vermögen mehr besitzt? Ist er denn nicht Eigentümer der ›Dienstboten-AG?«

»›Dienstboten-AG‹? Meinen Sie die Automatik-Geräte-Firma?«

»Ja, natürlich.«

»Das halte ich kaum für möglich. Es ist sogar ausgeschlossen, weil der Mannix-Konzern überhaupt nicht mehr besteht. Natürlich kann ich nicht behaupten, daß es nie eine Verbindung zwischen der ›Dienstboten-AG‹ und den Mannix-Leuten gab. Aber sehr eng kann sie nicht gewesen sein, sonst hätte ich davon gehört.«

Ich ließ es sein. Wenn Miles und Betty von Mannix mit in den Untergang gerissen worden waren, sollte es mir recht sein. Sollte aber Mannix die ›Dienstboten-AG‹ besessen und sie ebenfalls gemolken haben, so mußte Ricky schwere Verluste erlitten haben. Und Ricky sollte nicht zu Schaden kommen, gleichgültig, was sonst auf dem Spiel stand.

Ich erhob mich. »Na, dann vielen Dank dafür, daß Sie es mir sanft beigebracht haben, Mr. Doughty. Ich muß jetzt gehen.«

»Bleiben Sie noch, Mr. Davis ... wir in diesem Institut fühlen uns für unsere Klienten weit über den Buchstaben des Vertrages hinaus verantwortlich. Sie werden begreifen, daß es sich bei Ihnen nicht um den ersten derartigen Fall handelt. Unser Vorstand hat mir nun einen kleinen Fonds für Überbrückungen in solchen Härtefällen zur Verfügung gestellt. Er –«

»Keine Wohltätigkeit, Mr. Doughty. Trotzdem vielen Dank.«

»Es handelt sich nicht um Almosen, Mr. Davis, sondern um ein Darlehen. Glauben Sie mir, Verluste mit solchen Darlehen haben wir kaum ... und wir möchten nicht, daß Sie unser Haus mit leeren Taschen verlassen.«

Ich dachte angestrengt nach. Ich hatte nicht einmal Geld fürs Haarschneiden. Geld ausleihen ist aber andererseits eine äußerst riskante Sache ... und ein kleines Darlehen ist schwerer zurückzuzahlen als eine Million. »Mr. Doughty«, sagte ich schleppend, »Dr. Albrecht erklärte mir vorhin, mir stünden noch vier Pflegetage zu.«

»Das ist sicherlich richtig – ich müßte auf Ihrer Karte nachsehen. Übrigens werfen wir keinen Menschen hinaus, auch wenn der Vertrag abgelaufen ist.«

»Das hatte ich auch nicht angenommen. Aber wie hoch ist der Tagessatz für ein Zimmer wie meines?«

»Wie? Unsere Zimmer stehen nicht gegen Bezahlung eines bestimmten Pflegesatzes zur Verfügung. Wir sind ja kein Krankenhaus; wir betreiben nur ein Therapieheim für unsere Klienten.«

»Ja, gewiß. Aber Sie müssen den Satz doch kennen, weil er immerhin für die Kalkulation wichtig sein dürfte.«

»Mmmm ... ja und nein. Die Zahlen werden nicht auf dieser Grundlage errechnet. Die Unterkonten sind Abschreibung, Spesen, Betrieb, Reserven, Diätküche, Personal und so weiter. Ich könnte aber schätzen.«

»Äh, nicht nötig. Was würden in einem vergleichbaren Krankenhaus Bett und Verpflegung kosten?«

»Da weiß ich nicht genau Bescheid. Immerhin darf man vielleicht von etwa hundert Dollar pro Tag ausgehen.«

»Vier Tage ständen mir noch zu. Leihen Sie mir vierhundert Dollar?«

Er erwiderte nichts, statt dessen rief er seinem mechanischen Gehilfen einen Zahlen-Code zu. Dann wurden mir acht Fünfzig-Dollar-Scheine in die Hand gezählt. »Danke«, sagte ich erfreut, als ich das Geld einsteckte. »Ich werde mich bemühen, den Betrag nicht allzulange schuldig zu bleiben. Sechs Prozent? Oder sind die Zinsen gestiegen?«

Er schüttelte den Kopf. »Das ist kein Darlehen. Nach Ihren Bemerkungen vorhin habe ich den Betrag mit der von Ihnen nicht in Anspruch genommenen Zeit aufgerechnet.«

»Was? Hören Sie, Mr. Doughty, ich wollte Sie nicht einseifen. Selbstverständlich werde ich –«

»Bitte. Ich habe meinem Gehilfen aufgetragen, den Betrag auszugleichen, als ich ihn anwies. Wollen Sie unseren Buchhaltern wegen lumpiger vierhundert Dollar Schwierigkeiten machen? Ich wäre bereit gewesen, Ihnen weit mehr zu leihen.«

»Na ja ... da kann ich wohl nichts mehr sagen. Übrigens, Mr. Doughty, wieviel Geld ist das eigentlich? Wie stehen die Preise?«

»Hmmm ... das ist eine schwierige Frage.«

»Geben Sie mir einfach einen Hinweis. Wieviel muß man für eine Mahlzeit in einem Restaurant bezahlen?«

»Das ist noch verhältnismäßig preiswert. Für zehn Dollar bekommen Sie eine sehr anständige Mahlzeit, wenn Sie sich auf preiswerte Lokale beschränken.«

Ich bedankte mich und ging angenehm überrascht von dannen. Mr. Doughty erinnerte mich an einen Zahlmeister, den ich beim Militär kennengelernt hatte. Es gibt nur zwei Sorten von Zahlmeistern: Die einen zeigen einem, wo in den Vorschriften steht, daß man nicht bekommen kann, was einem zusteht, und die anderen suchen in den Bestimmungen, bis sie einen Paragraphen finden, der einem etwas zukommen läßt, selbst wenn man keinen Anspruch hat.

Doughty gehörte zur zweiten Sorte.

Das Sanktum stand am Wilshire-Boulevard. Vor der Fassade standen Bänke, Sträucher und Blumen. Ich setzte mich auf eine Bank, um Inventur zu machen und zu entscheiden, ob ich mich nach Osten oder nach Westen wenden sollte. Bei Mr. Doughty hatte ich mir nichts anmerken lassen, aber in Wirklichkeit war ich ziemlich erschüttert, obwohl ich so viel Geld in der Tasche bei mir trug, daß ich wenigstens für eine Woche nicht Hunger zu leiden brauchte.

Aber die Sonne schien warm, und das Dröhnen des Autoverkehrs war angenehm, ich war jung – biologisch wenigstens –, hatte zwei Hände und meinen Kopf. Ich pfiff vor mich hin und schlug die ›Times‹ auf, um die Stellenangebote zu überfliegen.

Ich widerstand der Versuchung, unter der Rubrik ›Ingenieure‹ nachzuschauen, und wandte mich sofort zur Spalte ›Ungelernt‹.

Die Spalte war außerordentlich kurz. Ich konnte sie kaum finden.

6

Am zweiten Tag, Freitag, dem 15. Dezember, fand ich eine Stellung.

Ich kam ein wenig unsanft mit dem Gesetz in Berührung und hatte einige Schwierigkeiten mit neuartigen Gewohnheiten. Ich stellte fest, daß ›Wiederanpassung durch Lektüre‹ etwas gänzlich anderes war als durch Erfahrung am eigenen Leib.

Ich hätte mich wohl leichter zurechtgefunden, wenn ich in Omsk, Santiago oder Djakarta aufgewacht wäre. In einer fremden Stadt weiß man, daß anders gelebt wird, aber in Groß-Los-Angeles erwartete ich unbewußt, alles wie früher vorzufinden, obwohl ich die Veränderungen mit eigenen Augen sehen konnte. Dreißig Jahre vergehen natürlich wie nichts; jeder macht im Lauf seines Lebens Veränderungen in kleinerem und größerem Umfang mit, aber schlagartig sind sie eben doch schwer zu verdauen.

Manche Wörter hatten einen völlig anderen, meist auch zweideutigen oder gar eindeutigen Sinn bekommen. Ich geriet zu Anfang häufig in peinliche, ja sogar in gefährliche Situationen.

Aber ich kam zurecht. In meiner Stellung mußte ich neue Bodenlimousinen zu Schrott zerdrücken, damit sie nach Pittsburgh in die Stahlwerke geliefert werden konnten. Cadillacs, Chryslers, Eisenhowers, Lincolns – alle Arten großer, neuer, starker Turbinenautos, die noch nicht einen Kilometer gefahren waren. Zwischen die Pressenkiefer schieben, dann knirsch! peng! – Schrott für Hüttenöfen.

Mir tat das anfangs weh, weil ich immer noch mit den Gleitbahnen zur Arbeit kommen mußte und mir nicht einmal einen Schwerkraftwagen leisten konnte. Ich gab meiner Meinung Ausdruck und hätte beinahe meinen Posten verloren ... bis dem Schichtführer einfiel, daß ich ein Schläfer und somit nicht ganz zurechnungsfähig war.

»Das ist eine ganz einfache Wirtschaftlichkeitsrechnung. Die überschüssigen Fahrzeuge hat die Regierung als Sicherheit für Preisstütz-Darlehen angenommen. Sie sind jetzt zwei Jahre alt und können nie verkauft werden ... also verschrottet die Regierung die Fahrzeuge und verkauft sie wieder der Stahlindustrie. Man kann einen Hüttenofen nicht nur mit Erz betreiben; er braucht auch Schrott. Das müßten sogar Sie als Schläfer wissen. Tatsächlich wird bei dem herrschenden Mangel an hochwertigen Erzen der Bedarf an Schrott immer größer. Die Stahlindustrie hat diese Autos bitter nötig.«

»Aber warum werden sie denn überhaupt gebaut, wenn man sie nicht verkaufen kann? Das sieht doch nach Verschwendung aus.«

»Es sieht nur so aus. Wollen Sie Arbeitslosigkeit? Soll der Lebensstandard sinken?«

»Na ja, warum exportiert man dann die Fahrzeuge nicht? Auf dem freien Markt im Ausland müßte doch mehr dafür zu erzielen sein als der Schrottwert.«

»Was! – und den Exportmarkt kaputtmachen? Wenn wir Fahrzeuge in großen Mengen ins Ausland exportieren, würde man außerdem sehr böse auf uns werden – Japan, Frankreich, Deutschland, Großasien, alle Länder. Was haben Sie vor? Wollen Sie einen Krieg anfangen?« Er seufzte und fuhr in väterlichem Ton fort: »Gehen Sie in die Stadtbibliothek und holen Sie sich ein paar Bücher. Sie haben kein Recht auf eine eigene Meinung über diese Angelegenheiten, bis Sie sich genau informiert haben.«

Ich hielt den Mund. Ich sagte ihm nicht, daß ich meine ganze Freizeit in der Stadt- oder Universitätsbibliothek verbrachte. Ich hatte bisher nirgends zugegeben, daß ich – jedenfalls früher – Ingenieur war – das jetzt zu behaupten wäre dasselbe gewesen, als hätte ich mich bei Du Pont eingefunden, um zu erklären: »Herr, Ihr seht einen Alchimisten vor Euch. Könnt Ihr meine Dienste gebrauchen?«

Ich kam noch einmal auf das Thema zu sprechen, weil mir auffiel, daß nur sehr wenige der zu verschrottenden Autos wirklich fahrbereit waren. Die Verarbeitung zeigte erhebliche Mängel, und oft fehlten Armaturen und Klimaanlagen. Aber als ich eines Tages ein Fahrzeug entdeckte, bei dem man sogar die Turbinen vergessen hatte, machte ich den Mund auf.

Der Schichtführer starrte mich an. »Du lieber Himmel, Sie verlangen doch wohl nicht, daß man bei Überschuß-Fahrzeugen beste Handwerksarbeit liefert? Diese Autos waren als Sicherheit gedacht, bevor sie überhaupt vom Fließband gingen.«

Diesmal hielt ich endgültig den Mund. Ich würde gut daran tun, mich auf Ingenieurtechnik zu beschränken; von Wirtschaftstheorie verstand ich nichts.

Aber ich hatte sehr viel Zeit zum Nachdenken. Mein Posten war für mich keine richtige Stellung; die ganze Arbeit leistete ›Vielzweck-Frank‹ in seinen verschiedenen Verkleidungen. ›Frank‹ und seine Brüder steuerten die Presse, schoben die Autos an die richtige Stelle, fuhren den Schrott an, zählten und wogen die Ladungen; meine Aufgabe bestand nur darin, auf einer kleinen Plattform zu stehen – sitzen durfte ich nicht – und einen Schalter zu bewachen, mit dem die ganze Anlage stillgelegt werden konnte, sobald irgend etwas schiefging. Das kam nie vor, aber ich stellte bald fest, daß ich in jeder Schicht mindestens einen Defekt entdecken, alles abstellen und eine Reparaturmannschaft auf den Weg schicken mußte. Das erwartete man von mir.

Nun ja, ich verdiente einundzwanzig Dollar am Tag und konnte mich wenigstens ernähren.

Nach Abzug von Sozialversicherung, Gewerkschaftsbeitrag,

Einkommensteuer, Verteidigungssteuer, Krankenkasse und Wohlfahrtsfonds konnte ich ungefähr sechzehn davon heimtragen. Mr. Doughty hatte nicht recht gehabt, als er eine Mahlzeit zehn Dollar kosten ließ. Man bekam ein sehr anständiges Mittagessen schon für drei Dollar, wenn man nicht auf echtem Fleisch bestand, und kein Mensch kennt den Unterschied zwischen einem synthetischen und einem echten Hacksteak. Bei den vielen Gerüchten über geschmuggeltes Fleisch, von dem man radioaktiv verseucht werden konnte, war ich mit Ersatzprodukten sehr zufrieden.

Ein anderes Problem war es gewesen, ein Zimmer zu finden. Seit Los Angeles der Slumbeseitigung im Sechswöchigen Krieg entgangen war, hatte sich dort eine erstaunliche Anzahl von Flüchtlingen eingefunden – ich mußte mich wohl dazuzählen, obwohl ich mich damals nicht dafür gehalten hatte –, und offensichtlich war auch nicht ein einziger davon wieder heimgefahren, selbst Leute nicht, deren Häuser noch standen. Die Stadt – wenn man Groß-Los-Angeles noch eine Stadt nennen kann, sie ist eher ein Zustand – war schon zu meiner Zeit am Ersticken gewesen; jetzt platzte sie aus allen Nähten. Vielleicht war es ein Fehler, den Smog zu beseitigen; in den sechziger Jahren suchten wenigstens jedes Jahr ein paar Leute wegen Asthma das Weite.

Jetzt schien überhaupt kein Mensch mehr wegzuziehen.

Am Tag nach meiner Entlassung aus dem Sanktum war ich mit mehreren Problemen beschäftigt, nämlich wie ich 1. eine Stellung, 2. ein Zimmer finden, 3. die Entwicklung in meinem Beruf aufholen, 4. Ricky finden, 5. wieder in meinen Beruf zurückkehren, 6. Betty und Miles aufspüren und ihnen alles heimzahlen sollte – ohne im Gefängnis zu landen, und 7. diverses erledigen konnte, zum Beispiel die Nachforschung nach dem Originalpatent für den ›Eifrigen Erich‹ betreiben und den Nachweis für meine Vermutung erbringen, daß es sich in Wirklichkeit um ›Vielzweck-Frank‹ handelte. Wichtig war das allerdings nicht, ich wollte nur meine Neugier befriedigen.

Obiges habe ich in der tatsächlichen Rangordnung wiedergegeben, weil mir schon vor Jahren klargeworden war, daß man schön der Reihe nach vorgehen muß, wenn man nicht auf dem trockenen sitzen will. Manches lief natürlich parallel; ich hatte vor, Ricky sowie Betty und Konsorten zu suchen, während ich alles Greifbare über meinen Berufszweig verschlang. Eine Stellung zu finden, trat schließlich an die erste Stelle, weil Dollars der Schlüssel zu allem und jedem sind ... und vor allem, wenn man sie nicht hat.

Nachdem man mich sechsmal hintereinander abgewiesen hatte, war ich einer Anzeige bis hinaus nach San Bernardino gefolgt, nur um dort zehn Minuten zu spät zu kommen. Ich hätte mir sofort eine billige Schlafstelle mieten müssen; statt dessen hielt ich mich für besonders schlau und fuhr in die Innenstadt zurück, wo ich ein Zimmer finden, am nächsten Morgen sehr früh aufstehen und als erster bei einem künftigen Arbeitgeber erscheinen wollte.

Woher sollte ich mich auskennen? Ich ließ meinen Namen auf die Wartelisten von vier Personen setzen und landete im Park. Ich ging dort bis Mitternacht spazieren, um mich warm zu halten, dann gab ich es auf – der Winter in Los Angeles ist subtropisch mit starker Betonung auf sub. Ich flüchtete mich in eine der Stationen am Wilshire-Boulevard ... und gegen zwei Uhr morgens wurde ich mit den anderen Landstreichern zusammen festgenommen.

Die Gefängnisse waren schöner geworden. Hier war es wenigstens warm, und von den Schaben verlangte man immerhin, daß sie sich die Füße abputzten.

Ich wurde wegen Landstreicherei angezeigt. Der Richter, ein junger Mann, sah nicht einmal von seiner Zeitung auf, als er fragte: »Alle zum erstenmal straffällig?«

»Ja, Euer Ehren.«

»Dreißig Tage oder Arbeitsverpflichtung. Die nächsten.«

Man begann, uns hinauszutreiben, aber ich rührte mich nicht vom Fleck. »Einen Augenblick, Euer Ehren.«

»Was? Paßt Ihnen etwas nicht? Sind Sie schuldig oder nicht?«

»Äh – das kann ich wirklich nicht sagen, weil ich nicht weiß, was ich getan habe. Sehen Sie –«

»Wollen Sie einen Pflichtverteidiger? Dann müssen wir Sie einsperren, bis einer frei ist. Eine Woche dauert das der Rückstände wegen auf jeden Fall ... aber Sie haben ein Anrecht darauf.«

»Ich komme nicht mit. Vielleicht möchte ich doch lieber eine Arbeitsverpflichtung, obwohl ich mich da auch nicht auskenne. Eigentlich hätte ich von Euer Ehren gerne einen Rat, wenn das möglich ist.«

Der Richter sagte zum Gerichtsdiener: »Führen Sie die anderen hinaus.« Er wandte sich wieder an mich. »Dann heraus damit. Aber ich sage Ihnen gleich, daß Ihnen mein Rat nicht gefallen wird. Ich bin lange genug in meinem Beruf, um alle denkbaren Erklärungen zu kennen und sie zu verachten.«

»Ja, Sir. Meine Geschichte ist kein Schwindel; sie läßt sich leicht nachprüfen. Sehen Sie, ich bin gestern erst nach dem Langen Schlaf entlassen worden, und –«

Aber er machte ein angewidertes Gesicht. »Zu diesen Leuten gehören Sie? Ich habe mich oft gefragt, was unsere Großeltern dazu bewog, uns ihr ganzes Pack aufzuladen. Was diese Stadt am allerwenigsten braucht, sind mehr Menschen ... vor allem solche, die nicht einmal in ihrer eigenen Zeit zurechtgekommen sind. Am liebsten würde ich Sie mit der Nachricht zurückschicken, daß die Zukunft, von der man dort träumt, nicht mit Gold gepflastert ist.« Er seufzte. »Aber das würde wohl kaum etwas nützen. Nun, was erwarten Sie von mir? Daß ich Ihnen noch einmal eine Chance gebe? Damit Sie in einer Woche hier wieder auftauchen?«

»Das ist wenig wahrscheinlich. Ich habe Geld genug, um mich über Wasser zu halten, bis ich eine Stellung finde und –«

»Was? Warum treiben Sie sich dann herum, wenn Sie Geld haben?«

»Ich bin da ganz unschuldig hineingeschlittert.« Diesmal ließ er mich reden. Als ich ihm erklärte, wie ich von der ›Master-Versicherungsgesellschaft‹ hereingelegt worden war, änderte sich sein Verhalten von Grund auf.

»Diese Banditen! Meine Mutter zahlte zwanzig Jahre lang treu und brav ihre Prämie und bekam nicht einen Cent. Warum haben Sie mir das nicht gleich gesagt?« Er nahm eine Karte aus der Tasche, schrieb etwas darauf und sagte: »Gehen Sie damit zum Einstellungsbüro bei der Überschuß- und Schrott-Behörde. Wenn Sie keine Stellung bekommen, melden Sie sich heute nachmittag wieder bei mir. Aber lassen Sie sich nicht mehr beim Streunen erwischen. Das erzeugt nicht nur Verbrechen und Unmoral, Sie laufen auch große Gefahr, einem ›Geisterdrogen‹-Händler in die Klauen zu geraten.«

Auf diese Weise bekam ich eine Stellung als Auto-Verschrotter. Aber ich glaubte immer noch, keinen Fehler begangen zu haben, als ich mich zuerst für die Stellungssuche entschied. Ein Mann mit dicker Brieftasche ist überall zu Hause – die Polizeibeamten lassen ihn in Ruhe.

Ich fand auch ein anständiges Zimmer in einer Gegend West-

Los-Angeles', die vom Neuen Plan nicht berührt worden war. Früher konnte es höchstens als Besenkammer gedient haben.

Ich möchte keineswegs den Eindruck erwecken, das Jahr 2000 habe mir im Vergleich zu 1970 mißfallen. Es paßte mir ebensogut wie 2001, das wenige Wochen nach meiner Wiedererweckung das alte Jahr ablöste. Trotz häufig auftretender Heimwehanfälle hielt ich Groß-Los-Angeles zu Beginn des dritten Jahrtausends bei weitem für die großartigste Stadt, die ich je gesehen hatte. Tempo, Sauberkeit und eine ungemein erregende Atmosphäre, trotz der Überfüllung ... und selbst ihr rückte man auf grandiose Weise zu Leibe. Die nach dem Neuen Plan umgemodelten Stadtreihen erfreuten das Herz jedes Technikers. Wenn die Stadtverwaltung berechtigt gewesen wäre, für zehn Jahre jeden Neuzuzug zu verbieten, hätte sich das Wohnungsproblem lösen lassen. Da das aber nicht in ihrer Macht stand, mußte man eben versuchen, mit den über die Sierras heranziehenden Schwärmen so gut wie möglich fertig zu werden ... und diese Leistung ließ sich kaum überbieten. Sogar die Mißerfolge waren kolossaler Natur.

Es lohnte sich, dreißig Jahre geschlafen zu haben, um zu einer Zeit zu erwachen, da der Katarrh besiegt war und kein Mensch mehr mit tropfender Nase herumlief. Das bedeutete mir mehr als die Forschungskolonie auf der Venus.

Zwei Dinge beeindruckten mich am allermeisten, ein wichtiges und ein nebensächliches. Das wichtige war natürlich die Null-Schwerkraft. Im Jahre 1970 hatte ich zwar von den Schwerkraft-Forschungen des Babson-Instituts gehört, aber keine verwertbaren Resultate erwartet – mit Recht; die grundlegende Theorie wurde in der Universität von Edinburgh entwickelt. Aber schon in der Schule hatte ich gelernt, daß die Schwerkraft unbeeinflußt bleiben mußte, weil sie ein Prädikat des Raumes sei.

Man ändert also die Struktur des Raumes. Nur zeitweise und örtlich begrenzt, versteht sich, aber mehr ist für die Bewegung eines schweren Gegenstandes auch nicht nötig. Er muß mit Mutter Erde trotzdem in Feldbeziehung bleiben, so daß die Theorie für Raumschiffe nicht verwendbar ist – im Jahre 2001 jedenfalls. Wetten auf die Zukunft gehe ich nicht mehr ein. Ich erfuhr, daß man zur Hebung eines Objektes immer noch Energie aufwenden mußte, um das Schwerkraftpotential zu überwinden. Im umgekehrten Fall benötigte man einen Energieverwerter, wenn man etwas herabsinken lassen wollte, damit die Kilopond untergebracht werden konnten, sonst hätte es kräftig gedonnert. Aber um ein Objekt, sagen wir, von San Franzisko nach Groß-Los-Angeles in horizontaler Linie zu befördern, brauchte man es nur in die Höhe zu bringen und dann dahintreiben zu lassen, ohne weiteren Energieaufwand.

Großartig!

Ich versuchte die Theorie zu studieren, aber die mathematischen Formeln beginnen bei den Endresultaten der Tensorrechnung; da kann ich nicht mehr mit. Ingenieure sind allerdings selten theoretische Mathematiker; das ist auch nicht nötig. Sie brauchen nur das Prinzip einigermaßen begriffen zu haben, um praktische Anwendungsmöglichkeiten zu finden – sie mußten nicht mehr als die Arbeitshypothesen kennen, und die ließen sich erlernen.

Das Nebensächliche, von dem ich vorhin sprach, waren die Veränderungen in der Damenmode durch die ›Engsitzstoffe‹. Nackte Haut in den Strandbädern konnte mich nicht erschüttern; diese Entwicklung war schon 1970 zu ahnen gewesen. Aber die tollen Dinge, die das weibliche Geschlecht mit ›Engsitz‹ anstellte, benahmen einem schon manchmal den Atem. Mein Großvater war 1890 geboren; einige Modeerscheinungen von 1970 hätten wohl auch auf ihn gewirkt.

Aber mir gefiel diese neue Welt, und ich hätte mich in ihr glücklich fühlen können, wenn ich nicht die meiste Zeit einsam gewesen wäre. Es gab Stunden – vor allem mitten in der Nacht –, da hätte ich alles für einen lädierten Kater oder die Chance, die kleine Ricky einmal in den Zoo führen zu können, hergegeben . . . auch für die Kameradschaft zwischen Miles und mir, als wir noch nichts als harte Arbeit und Hoffnungen vor uns gehabt hatten.

2001 war noch nicht alt, und ich hatte kaum die Hälfte des beabsichtigten Pensums durchgeackert, als es mich schon juckte, meinen angenehmen Job aufzugeben und ans Zeichenbrett zurückzukehren. In meinem Beruf waren so viele Dinge möglich geworden, die man 1970 noch als phantastisch verschrien hatte; ich wollte mich an die Arbeit machen und ein paar Dutzend Ideen ausprobieren.

Beispielsweise hatte ich erwartet, daß der Gebrauch von automatischen Sekretärinnen üblich sein würde – ich meine damit eine Maschine, der man diktieren kann, wofür man dann einen Geschäftsbrief ausgespuckt bekommt, der in Orthographie, Interpunktion und Einteilung fehlerlos ist, ohne daß sich damit ein menschliches Wesen zu befassen brauchte. Aber es gab sie nicht.

Gewiß, irgend jemand hatte eine Maschine erfunden, die tippen konnte, aber sie war nur für eine phonetische Sprache wie Esperanto geeignet und vermochte mit Ausspracheähnlichkeiten bei Sinnunterschied nicht fertig zu werden. Die Menschen geben aber die unlogischen Gesetze des Englischen zugunsten eines Erfinders nicht auf. Der Berg muß zum Propheten kommen.

Wenn eine Oberschülerin die komplizierten Regeln der englischen Aussprache zu erlernen und im allgemeinen das Richtige niederzuschreiben vermag, wie läßt sich das einer Maschine beibringen?

Unmöglich – das war die übliche Antwort. Für solche Aufgaben sei menschliches Urteils- und Begriffsvermögen erforderlich.

Aber eine Erfindung ist bis zu dem Tag, an dem sie gemacht wird, immer unmöglich – deswegen werden ja Patente erteilt.

Mit den jetzt zur Verfügung stehenden Gedächtnisspeicherröhren und der hochentwickelten Mikrotechnik – hinsichtlich der vielfältigen Verwendung des Goldes für technische Zwecke hatte ich übrigens richtig geraten – mußte es doch ein leichtes sein, hunderttausend Ton-Codes in einen Kubikzoll zu pressen ... mit anderen Worten, jedes Wort eines mittelgroßen Wörterbuches auf gesprochene Befehle hin zu verschlüsseln. Aber das war gar nicht nötig; zehntausend würden mehr als genug sein. Wer verlangt von einer Stenotypistin, daß sie Worte wie ›Tetrapodie‹ und ›Pyrophyllit‹ beherrscht? Solche Wörter muß man ihr eben vorbuchstabieren, wenn sie auftreten. Na schön, wir kodieren die Maschine, im gegebenen Fall auch Buchstabierung zu verarbeiten. Wir konstruieren Ton-Code-Leitungen für Interpunktion ... und für verschiedene Briefformate ... zum Heraussuchen von Adressen aller Art aus einer Kartei ... zur Fertigung beliebig vieler Durchschriften ... und sehen mindestens tausend leere Wort-Codes vor für ein Sondervokabular, das dem jeweiligen Beruf typisch ist – und stellen das Gerät so ein, daß der Besitzer-Klient die Sonderausdrücke selbst einprogrammieren kann; ein Wort wie ›Stenobentisch‹ bei niedergedrückter Gedächtnisspeichertaste einmal buchstabiert und für immer einprogrammiert.

Alles ganz einfach. Es handelt sich nur darum, bereits auf dem Markt vorhandene Geräte zusammenzubauen und zu einem Serienmodell zu glätten.

Ein schweres Problem stellten nur die Homonyme dar. Gab es in der Stadtbibliothek ein Wörterbuch englischer Homonyme? Gewiß ... und ich begann die unvermeidbaren Homonym-Paare zu zählen, um herauszufinden, wie viele davon sich mit der Informationstheorie verarbeiten ließen, und wie viele Sonderkodierung benötigten.

Ich wurde ganz nervös. Ich verschwendete nicht nur dreißig Stunden wöchentlich an eine völlig nutzlose Arbeit; in einer Bibliothek konnte ich auch nichts Richtiges leisten. Ich brauchte eine Werkstätte, wo ich die Schwierigkeiten ausbügeln, Kataloge, Zeitschriften, Rechenmaschinen und alles andere unbedingt Erforderliche ausleihen konnte.

Ich entschied, daß ich zumindest in einen verwandten Beruf umsteigen mußte. So dumm war ich nicht, daß ich mich schon wieder für einen Ingenieur gehalten hätte; es gab zuviel, wovon ich noch keine Ahnung hatte – wiederholt fiel mir eine Methode, ein neuer Weg ein, worauf ich in der Bibliothek feststellen mußte, daß jemand dieses Problem klarer, besser und billiger zehn oder fünfzehn Jahre vorher gelöst hatte.

Ich mußte in ein Ingenieurbüro und das allgemeine Wissen durch tägliche Erfahrung in mich aufnehmen. Ich hoffte, eine Stellung als technischer Anfangszeichner zu finden.

Daß man jetzt motorbetriebene halbautomatische Zeichenmaschinen benützte, war mir bekannt; ich hatte Bilder davon gesehen, wenn mir auch die Gelegenheit, eines dieser Geräte selbst auszuprobieren, bisher versagt geblieben war. Aber nach meinem Gefühl mußte ich die Bedienung in zwanzig Minuten erlernen können, denn sie entsprach weitgehend einer meiner früheren Ideen; es handelte sich um eine Maschine, die in derselben Beziehung zum altmodischen Zeichenbrett plus Winkel stand wie eine Schreibmaschine zur Handschrift. Ich hatte mir ausgedacht, gerade oder geschwungene Linien nur durch Tastendruck auf eine Bildfläche zu zaubern.

In diesem Fall war ich mir aber sicher, daß meine Erfindung nicht gestohlen worden war, im Gegensatz zum ›Vielzweck-Frank‹, weil meine Zeichenmaschine nur in meinem Kopf existiert hatte. Jemand war auf die gleiche Idee gekommen und hatte sie logisch weiterentwickelt. Wenn es an der Zeit ist, Eisenbahnen zu bauen, werden sie gebaut.

Die Aladin-Leute, dieselbe Firma, bei der man den ›Eifrigen Erich‹ herstellte, machten auch eine der besten Zeichenmaschinen, den ›Mal-Max‹. Ich griff meine Ersparnisse an, kaufte mir einen guten Anzug und eine gebrauchte Aktentasche, stopfte sie mit Zeitungen voll und stellte mich mit dem Wunsch, eine dieser Maschinen zu kaufen, in einem Verkaufsbüro von ›Aladin‹ ein. Ich bat um eine Vorführung.

Als ich dann endlich an ein Modell von ›Mal-Max‹ herankonnte, passierte mir etwas Merkwürdiges. ›Deja vu‹ nennen die Psychologen das – ›ich bin schon einmal hier gewesen‹. Das verdammte Ding war genauso entwickelt worden, wie ich es getan hätte, wenn mir die Zeit dazu geblieben wäre ... anstatt in den Langen Schlaf versenkt zu werden.

Fragen Sie mich nicht, warum ich das in diesem Augenblick so deutlich spürte. Man kennt doch seinen eigenen Arbeitsstil. Ein Kunstkritiker wird einen Rubens von einem Rembrandt an der Pinselführung, der Lichtverteilung, der Komposition und ähnlichem unterscheiden. Bei unserem Beruf handelt es sich nicht um Wissenschaft, sondern um Kunst, und bei der Behandlung technischer Probleme gibt es immer mindestens ein Dutzend verschiedener Lösungswege. Ein Konstrukteur ›signiert‹ durch die Auswahl seine Werke genauso wie ein Maler.

›Mal-Max‹ schien so unbestreitbar mein eigen Geistes Kind, daß ich einige Zeit völlig verwirrt war. Ich begann mich zu fragen, ob man die Telepathie doch nicht einfach in Grund und Boden verdammen durfte.

Ich versäumte nicht, die Nummer des ersten Patents in Erfahrung zu bringen. In meinem Zustand war ich nicht überrascht, als Datum dafür das Jahr 1970 zu finden. Ich beschloß, den Erfinder in Erfahrung zu bringen. Vielleicht war es einer meiner eigenen Lehrer, von dem ich unbewußt einiges übernommen hatte. Oder es handelte sich um einen Ingenieur, mit dem ich irgendwann einmal zusammengearbeitet hatte.

Vielleicht lebte der Erfinder noch. In diesem Fall gedachte ich ihn einmal aufzusuchen, um mich mit dem Mann bekannt zu machen, dessen Verstand auf den Bahnen des meinigen lief.

Es gelang mir jedoch, mich zusammenzunehmen und mir das Gerät vom Verkäufer vorführen zu lassen. Er hätte sich kaum zu bemühen brauchen; ›Mal-Max‹ und ich waren füreinander geschaffen. Nach zehn Minuten konnte ich besser damit umgehen als er. Endlich hörte ich widerstrebend auf, hübsche Bilder zu zeichnen, ließ mir Preislisten, Rabattangebote, Kundendiensthinweise und so weiter geben, dann verschwand ich mit der Bemerkung, ich würde mich wieder melden, als er mir gerade den Federhalter zum Unterschreiben reichte. Pech für ihn, aber ich hatte ihm ja nicht mehr gestohlen als eine Stunde Zeit.

Von dort ging ich zum Hauptwerk der ›Dienstboten-AG‹ und bewarb mich um eine Stellung.

Ich wußte, daß Miles und Betty mit dieser Firma nichts mehr zu tun hatten. In der knapp bemessenen Zeit zwischen meiner Arbeit und der drängenden Notwendigkeit, Berufswissen aufzuholen, hatte ich nach Miles und Betty und ganz besonders nach Ricky geforscht. Nicht einer von ihnen war im Telefonbuch aufgeführt, noch sonst irgendwo in den Vereinigten Staaten, denn ich hatte im Zentralbüro in Cleveland für eine Gesamtnachforschung im ganzen Land bezahlt. Gegen vierfaches Honorar, denn Betty ließ sich weder unter ›Gentry‹ noch unter ›Darkin‹ finden.

Beim Wählerverzeichnis für den Bezirk Los Angeles hatte ich auch kein Glück.

Die ›Dienstboten-AG‹ gab in einem Schreiben, unterzeichnet vom siebzehnten Vizepräsidenten für die Beantwortung alberner Fragen, verklausuliert zu, daß vor dreißig Jahren einmal Leute jenes Namens dort beschäftigt gewesen seien, man mir aber jetzt nicht weiterhelfen könne.

Eine dreißig Jahre alte Spur wieder aufzunehmen, ist nicht die richtige Aufgabe für einen Amateur mit wenig Zeit und noch weniger Geld. Ich verfügte nicht über ihre Fingerabdrücke, sonst hätte ich mich an das FBI gewandt. Ich kannte die Nummern ihrer Sozialversicherungskarten nicht. Mein Land war nie bereit gewesen, Polizeistaat-Methoden einzuführen, also gab es kein Amt, das für jeden Bürger eine Akte führte, noch wäre ich in der Lage gewesen, an solche Unterlagen heranzukommen, wenn es sie auch gegeben hätte.

Eine gutbezahlte Privatdetektei hätte vielleicht in E-Werk-Unterlagen, Zeitungsarchiven und weiß Gott was noch herumkramen und sie aufspüren können. Dazu hatte ich weder das nötige Kleingeld noch die Begabung und Zeit, es selbst zu machen.

Bei Miles und Betty gab ich schließlich auf, während ich mir versprach, Ricky durch beruflich dazu prädestinierte Leute suchen zu lassen, sobald meine Finanzen es gestatteten. Ich war bereits zu dem Schluß gelangt, daß sie keine Aktien der ›Dienstboten-AG‹ besaß; ich hatte auch der Bank of America geschrieben und mich erkundigt, ob man dort jemals treuhänderisch irgendeinen Besitz für sie verwaltet hatte. Ich bekam einen Formularbrief, dem ich entnehmen konnte, daß derartiges vertraulich sei, also hatte ich erwidert, daß ich ein Schläfer sei und sie als einzige Verwandte suche. Darauf erhielt ich einen netten Brief, unterschrieben von einem der Treuhandbeamten, der mir mitteilte, daß er bedaure, nicht einmal in meinem Fall von den Vorschriften abgehen zu können. Er fühle sich jedoch berechtigt, mir die negative Information zukommen zu lassen, daß zugunsten einer Frederica Virginia Gentry in keiner der Zweigstellen jemals ein Treuhandfonds errichtet worden sei.

Das schien jedenfalls eine Streitfrage zu klären. Irgendwie war es den beiden Gaunern gelungen, der kleinen Ricky die Aktien abzunehmen. Meine Überschreibung mußte durch die Bank of America gegangen sein. Aber dazu war es nicht gekommen. Arme Ricky! Wir waren beide ausgeraubt worden.

Ich unternahm einen letzten Versuch. Das Archiv der Schulbehörde in Mojave besaß Unterlagen über eine Schülerin namens Frederica Virginia Gentry ... aber die erwähnte Schülerin sei 1971 von dort verzogen. Über den weiteren Aufenthalt könne man mir nichts mitteilen.

Es war mir schon ein Trost, daß man überhaupt zugab, Ricky habe existiert. Aber die Auswahl an Schulen in den Vereinigten Staaten war riesengroß. Wie lange würde es dauern, bis ich jede einzelne davon angeschrieben hatte? Und ließ sich die gewünschte Antwort aus den dortigen Unterlagen überhaupt geben, vorausgesetzt, man war bereit, sie mir zu erteilen?

In einer Viertelmilliarde Menschen verschwindet ein kleines Mädchen wie ein Kieselstein im Ozean.

Der Mißerfolg meiner Nachforschungen ließ mir jedoch freie Hand, bei der ›Dienstboten-AG‹ um eine Stellung einzukommen, nun, da ich wußte, daß Miles und Betty dort nichts mehr zu schaffen hatten. Ich hätte natürlich bei hundert anderen Automationsfirmen vorsprechen können, aber die ›Dienstboten-AG‹ und ›Aladin‹ waren die großen Namen, auf ihrem Gebiet so wichtig wie Ford und General Motors zur Hoch-Zeit der Bodenfahrzeuge. Die ›Dienstboten-AG‹ wählte ich aus gefühlsmäßigen Gründen; ich wollte sehen, wozu sich mein alter Laden entwickelt hatte.

Am Montag, dem 5. März 2001, betrat ich das Personalbüro, stellte mich in die Reihe für Angestellte, füllte ein Dutzend Formulare aus, die nichts mit meinem Beruf zu tun hatten, und eines, das damit in Zusammenhang stand . . . und erhielt den Bescheid, mich nicht wieder zu melden, man würde mich verständigen.

Ich trieb mich dort herum und arbeitete mich schließlich bis zu einem stellvertretenden Hilfspersonalsachberater vor. Er besah sich widerstrebend das eine entscheidende Formular und erklärte mir dann, mein Examen habe nichts zu sagen, weil seit meiner letzten vergleichbaren Tätigkeit dreißig Jahre ins Land gegangen seien.

Ich machte ihm begreiflich, daß ich ein Schläfer sei.

»Noch schlimmer. Außerdem stellen wir Leute über fünfundvierzig Jahre grundsätzlich nicht ein.«

»Aber ich bin doch nicht fünfundvierzig, sondern dreißig.«

»Sie sind 1940 geboren. Tut mir leid.«

»Was soll ich denn anfangen? Mich erschießen?«

Er zuckte die Achseln. »An Ihrer Stelle würde ich um Altersruhegeld eingeben.«

Ich ging schnell hinaus, bevor ich mich bemüßigt fühlte, ihm einige Ratschläge zu geben. Dann ging ich eineinhalb Kilometer um das Werksgelände herum zum Vordereingang und trat ein. Der geschäftsführende Direktor hieß Curtis, ich verlangte ihn zu sprechen, indem ich stur behauptete, nur mit ihm verhandeln zu können. Bei der ›Dienstboten-AG‹ setzte man nicht die eigenen Empfangsautomaten ein; die Mädchen waren aus Fleisch und Blut. Nach einiger Zeit erreichte ich schließlich ein Büro in den oberen Stockwerken, das meiner Schätzung nach etwa zwei Türen vom Chef entfernt war, und dort stieß ich auf eine eigensinnige Dame, die darauf bestand, Näheres zu erfahren.

Ich sah mich um. Das Büro war riesengroß, mindestens vierzig Leute hielten sich darin auf, ganz zu schweigen von den Maschinen. Sie sagte scharf: »Na? Sagen Sie, was Sie wünschen, dann erkundige ich mich bei Mr. Curtis' Terminsekretärin.«

Mit lauter Stimme sagte ich: »Ich möchte wissen, wie er sich das mit meiner Frau vorstellt!«

Sechzig Sekunden später war ich in seinem Privatbüro. Er hob den Kopf. »Nun? Was, zum Teufel, soll dieser Unsinn bedeuten?«

Ich brauchte eine halbe Stunde Zeit und eine Menge alter Unterlagen, um ihn davon zu überzeugen, daß ich keine Frau hatte, dafür aber der eigentliche Gründer der Firma sei. Dann wurde es bei Whisky und Zigarren gemütlich, und ich lernte den Verkaufsleiter, den Chefingenieur und andere Abteilungsdirektoren kennen.

»Wir haben Sie für tot gehalten«, erklärte mir Curtis. »Tatsächlich steht das auch in der amtlichen Geschichte unserer Gesellschaft.«

»Ein Gerücht. Das muß irgendein anderer D. B. Davis sein.«

Der Verkaufsleiter, Jack Galloway, sagte plötzlich: »Was treiben Sie jetzt eigentlich, Mr. Davis?«

»Nichts besonders Aufregendes. Ich – äh – ich war im Autogeschäft. Aber ich steige aus. Warum?«

»Warum? Ist das nicht sonnenklar?« Er wandte sich an den Chefingenieur, Mr. McBee. »Hast du das gehört, Mac? Ihr Ingenieure seid alle gleich; ein Verkaufsargument überseht ihr einfach. ›Warum‹? Weil Sie großartige Verkaufsreklame sind, deshalb! Weil Sie die romantische Note ins Spiel bringen. Gründer der Firma kommt aus dem Grab, um sein Werk zu besuchen. Erfinder des ersten Haushaltsroboters besichtigt Früchte seines Genies.«

Hastig fuhr ich dazwischen. »Einen Augenblick mal – ich bin kein Reklamemodell und kein Filmstar. Ich möchte meine Ruhe haben. Ich bin wegen einer Stellung hier ... als Ingenieur.«

Mr. McBees Augenbrauen schossen in die Höhe, aber er schwieg.

Wir diskutierten hitzig. Galloway versuchte mir beizubringen, daß meine Pflicht gegenüber der von mir gegründeten Firma diesen kleinen Liebesdienst einfach fordere. Mr. McBee sagte wenig, aber es war klar, daß er mich nicht als wünschbaren Zugang für seine Abteilung hielt – einmal fragte er mich sogar, was ich von der Konstruktion von Feststoff-Schaltungen verstünde. Ich mußte zugeben, daß ich mein geringes Wissen darüber aus bescheidener Lektüre geschöpft hatte.

Curtis schlug schließlich einen Kompromiß vor. »Hören Sie, Mr. Davis, Sie sind wirklich in einer einzigartigen Lage. Man könnte beinahe sagen, daß Sie nicht nur dieses Unternehmen, sondern den ganzen Industriezweig ins Leben gerufen haben. Trotzdem hat sich, seit Sie den langen Schlaf antraten, einiges verändert, wie Mr. McBee andeutete. Was sagen Sie dazu, wenn wir Sie mit dem Titel eines ... äh, ›Forschungsingenieur Emeritus‹ übernehmen?«

Ich zögerte. »Was würde das bedeuten?«

»Was Sie daraus zu machen belieben. Ich sage Ihnen aber gleich ganz ehrlich, daß Sie sich mit Mr. Galloway arrangieren müssen. Wir machen diese Geräte nicht nur, wir müssen sie auch verkaufen.«

»Äh – hätte ich vielleicht eine Chance, irgend etwas zu planen und zu entwerfen?«

»Das hängt von Ihnen ab. Sie bekommen alle erforderlichen Einrichtungen und können tun, was Sie wollen.«

»Werkstättenanlagen auch?«

Curtis sah McBee an. »Gewiß, gewiß«, sagte der Chefingenieur. »Im Rahmen natürlich.«

»Das wäre also erledigt«, meinte Galloway. »Mich entschuldigen Sie wohl, B. J.? Laufen Sie nicht davon, Mr. Davis – wir möchten Sie zusammen mit dem ersten ›Dienstmädchen‹ aufnehmen.«

Wir wurden fotografiert. Ich freute mich, die Maschine wiederzusehen, die ich mit eigenen Händen und mit manchen Schweißtropfen zusammengebaut hatte. Ich wollte feststellen, ob sie noch funktionierte, aber McBee war nicht einverstanden – er glaubte wohl nicht recht, daß ich wirklich mit ihr umgehen konnte.

Den ganzen März und April hindurch fühlte ich mich in ›meiner‹ Firma sehr wohl. Ich verfügte über alle erdenklichen Geräte, technischen Zeitschriften, Kataloge, eine Handbücherei, einen ›Mal-Max‹ – eine Zeichenmaschine wurde im Werk selbst nicht hergestellt, also nahm man das Beste, was auf dem Markt war –, und ich konnte mit Berufskollegen diskutieren ... das war Musik für meine Ohren.

Vor allem freundete ich mich mit Chuck Freudenberg an, dem Stellvertreter McBees. Für mich war er der einzige richtige Ingenieur im Betrieb; alle anderen waren hochnäsige Mechaniker ... einschließlich McBee. Nachdem wir uns näher kennengelernt hatten, gab Chuck zu, daß er derselben Meinung war. »Mac will mit neuen Dingen in Wirklichkeit gar nichts zu tun haben. Er ist hoffnungslos altmodisch.«

»Was leistet er denn eigentlich in seiner Stellung?«

Freudenberg kannte die Einzelheiten nicht, aber es hatte den Anschein, als sei die jetzt existierende Gesellschaft eine Herstellerfirma gewesen, die sich von der ›Dienstboten-AG‹ nur die Nutzungsrechte an den Patenten hatte übertragen lassen. Dann war vor zwanzig Jahren einer jener steuersparenden Zusammenschlüsse erfolgt, wobei Aktien der ›Dienstboten-AG‹ gegen solche der Herstellerfirma ausgetauscht wurden, während die neue Firma den Namen der von mir gegründeten Gesellschaft annahm. Chuck vermutete, daß McBee damals eingestellt worden war. »Er ist wohl beteiligt.«

Chuck und ich saßen oft abends bei einem Glas Bier und sprachen über berufliche Dinge. Ursprünglich hatte er sich für mich interessiert, weil ich ein Schläfer war. Zu viele Leute zeigten eine morbide Neugier für Schläfer, und ich vermied in der Regel, von meiner Erfahrung zu sprechen. Chuck war jedoch vom Zeitsprung fasziniert, und er interessierte sich ernsthaft für die Welt vor seiner Geburt.

Dafür war er auch bereit, die Konstruktionen zu kritisieren, die mir immer einfielen, und mich zu bremsen, wenn ich Probleme wälzte, die längst als alte Hüte galten ... im Jahre 2001. Unter seiner gutmütigen Anleitung wurde ich zu einem modernen Ingenieur.

Als ich ihm aber eines Aprilabends die Idee zu meiner Automatik-Sekretärin auseinandersetzte, sagte er langsam: »Dan, hast du daran während der Dienstzeit gearbeitet?«

»Was? Nein, eigentlich nicht. Warum?«

»Wie ist dein Vertrag formuliert?«

»Ich habe gar keinen. Curtis hat mich eingestellt, Galloway fotografiert; das war alles.«

»Mmmm ... ich würde da lieber nichts unternehmen, bis du genau weißt, wo du stehst. Das ist wirklich etwas ganz Neuartiges. Und ich habe das Gefühl, daß du es schaffen könntest.«

»So habe ich das noch gar nicht gesehen.«

»Laß das mal auf sich beruhen. Du weißt, wie die Firma im Augenblick steht. Sie verdient Geld, und wir produzieren ordentliche Geräte. Aber in den letzten fünf Jahren haben wir außer lizenzierten Artikeln nichts Neues herausgebracht. Ich kann an Mac nichts Neues vorbeischmuggeln. Aber du könntest Mac umgehen und dich an den Chef selbst wenden. Und das laß lieber bleiben ... außer du möchtest die Maschine nur fürs Gehalt an die Firma übergeben.«

Ich befolgte seinen Rat und plante weiter, verbrannte aber alle Zeichnungen, die mir gelungen erschienen. Sobald ich sie einmal im Kopf hatte, brauchte ich die Zeichnungen nicht mehr. Mein Gewissen beschwerte das nicht; ich war schließlich nicht als Ingenieur, sondern nur als Aushängeschild für Galloway eingestellt worden. Sobald mein Werbewert ausgenützt war, würde man mir ein Monatsgehalt und ein Dankschreiben aushändigen und mich hinauskomplimentieren.

Aber dann war ich endlich wieder auf dem laufenden und

konnte meinen eigenen Laden aufmachen. Wenn Chuck etwas riskieren wollte, gedachte ich ihn mitzunehmen.

Statt meine Lebensgeschichte an die Presse weiterzugeben, schlachtete Jack Galloway sie stufenweise für die großen Magazine aus; ›Life‹ sollte im Anschluß an den Bildbericht ›Vor einem drittel Jahrhundert‹ wieder eine große Sache über mich bringen. ›Life‹ ließ sich darauf nicht ein, aber er plazierte die Geschichte in mehreren anderen Zeitschriften.

Ich überlegte mir schon, ob ich mir einen Bart wachsen lassen sollte. Dann wurde mir klar, daß mich kein Mensch erkennen würde und ich für niemanden interessant war.

Ich bekam eine gewisse Anzahl von Sonderlingsbriefen, einschließlich eines Schreibens, in dem mir ein Unbekannter versicherte, ich müßte ewig in der Hölle braten, weil ich Gottes Pläne für mein Leben durchkreuzt habe. Im übrigen ließ man mich ungeschoren.

Aber am Donnerstag, dem 3. Mai 2001, bekam ich einen Anruf. »Mrs. Schultz ist in der Leitung, Sir. Wollen Sie sie sprechen?«

Schultz? Verdammt, ich hatte Doughty bei unserem letzten Gespräch versprochen, das zu erledigen. Aber ich schob es immer wieder hinaus. Mrs. Schultz war sicher eine von den Verrückten, die sich auf Schläfer spezialisiert hatten.

Aber laut Doughty hatte sie seit meiner Entlassung mehrmals angerufen. Man gab ihr meine Anschrift nicht und erklärte sich nur bereit, mich zu verständigen.

Nun, ich war es Doughty wohl schuldig, sie endlich abzuwimmeln. »Stellen Sie durch.«

»Ist dort Danny Davis?« Mein Bürotelefon besaß keinen Bildschirm. Sie konnte mich nicht sehen.

»Am Apparat. Sie heißen Schultz?«

»Oh, Danny, Liebling, wie gut, daß ich endlich wieder deine Stimme höre!«

Ich sagte eine Weile nichts. Sie fuhr fort: »Kennst du mich denn nicht?«

Ich kannte sie recht gut. Es war Betty Gentry.

7

Ich verabredete mich mit ihr.

Mein erster Gedanke war, sie zum Teufel zu wünschen und aufzulegen. Seit langem hatte ich erkannt, wie kindisch Rache war. Sie würde mir Pete nicht zurückbringen, und ich könnte höchstens im Gefängnis landen, wenn ich Gleiches mit Gleichem heimzahlte. Seit ich die Suche nach Miles und Betty aufgegeben hatte, dachte ich kaum noch an die beiden.

Aber Betty wußte vielleicht, wo Ricky war. Ich ließ mich also dazu herbei, ein Treffen zu vereinbaren.

Ich sollte sie zum Essen ausführen, aber da machte ich nicht mit. Ich bin kein Pedant in Etikettefragen, aber essen ist etwas, das man nur mit Freunden tun soll. Ich war bereit, sie zu sehen, hatte aber nicht die Absicht, mit ihr zu essen oder zu trinken. Ich ließ mir ihre Adresse geben und versprach, am Abend gegen acht Uhr dort zu erscheinen.

Sie hatte eine kleine Wohnung in einem billigen Mietshaus. Bevor ich läutete, wußte ich schon, daß ihr von der Beute nichts geblieben war, sonst hätte sie nicht dort gewohnt.

Als ich sie dann sah, wurde mir klar, daß jede Rache zu spät kam und die Jahre mir die Mühe abgenommen hatten.

Betty war nicht weniger als dreiundfünfzig Jahre alt, wenn das von ihr damals angegebene Alter stimmte, wahrscheinlich aber schon nahe den Sechzigern. Mit Hilfe der modernen Methoden mochte es einer Frau gelingen, dreißig Jahre lang wie dreißig auszusehen, und viele schafften das auch. Es gab Filmstars, die sich als Großmutter rühmen ließen, während sie jugendliche Heldinnen mimten.

Betty hatte sich so viel Mühe nicht gegeben.

Sie war dick, schrill und neckisch. Man sah deutlich, daß sie ihren Körper noch immer für ihr größtes Kapital hielt, denn sie trug ein ›Engsitz‹-Negligé, das nicht nur zuviel zeigte, sondern auch bewies, daß sie weiblichen Geschlechts war, der Rasse der Säugetiere angehörte, zuviel aß und sich zuwenig bewegte.

Sie merkte nichts von alledem. Das einst so exakt arbeitende Gehirn hatte der Zeit Tribut gezollt; geblieben waren nur ihre Überheblichkeit und ihr unglaubliches Selbstverstrauen. Sie warf sich mir mit spitzen Freudenschreien an den Hals und hätte mich beinahe geküßt, bevor ich ihr entrinnen konnte.

Ich schob sie weg. »Laß das, Betty.«

»Aber Liebling! Ich bin so glücklich, dich wiederzusehen!«

»Das kann ich mir vorstellen.« Ich war mit dem festen Entschluß hingegangen, meine Beherrschung nicht zu verlieren ... ich wollte nur hören, was mich interessierte, und dann sofort wieder verschwinden. Aber es fiel mir schwer. »Erinnerst du dich vielleicht noch, wie du mich beim letztenmal gesehen hast? Mit Drogen vollgepumpt, damit ich in den Kaltschlaf versetzt werden konnte.«

Sie sah mich verwirrt und tief gekränkt an. »Aber das haben wir doch nur um deinetwegen getan, Süßer! Du bist ja so krank gewesen!«

Ich nehme an, daß sie das wirklich glaubte. »Schon gut. Wo ist Miles? Du bist jetzt Mrs. Schultz?«

Ihre Augen weiteten sich. »Weißt du denn nichts?«

»Was soll ich wissen?«

»Der arme Miles ... der arme liebe Miles. Er lebte noch zwei Jahre, nachdem du uns verlassen hattest.« Ihr Gesichtsausdruck veränderte sich plötzlich. »Der Dreckskerl hat mich betrogen!«

»Traurig.« Ich fragte mich, woran er wohl gestorben war. Arsen? Strychnin? Ich beschloß, mich an das Wesentliche zu halten, bevor sie vom Thema abkam. »Was ist aus Ricky geworden?«

»Ricky?«

»Miles' Stieftochter, Frederica.«

»Ach, dieses kleine Biest! Woher soll ich das wissen? Sie zog zu ihrer Großmutter.«

»Wohin? Wie hieß ihre Großmutter?«

»Wo? Tucson – oder Yuma – oder irgendeine andere trostlose Stadt. Vielleicht auch Indio. Liebling, ich will nichts von diesem unmöglichen Kind wissen – nur von uns beiden!«

»Gleich. Wie hieß ihre Großmutter?«

»Danny, Liebling, du bist langweilig. Wie soll ich mich daran noch erinnern können?«

»Wie hieß sie?«

»Oh, Hanolon ... oder Haney ... Heinz. Vielleicht auch Hinckley. Sei kein Frosch, Liebster. Laß uns etwas trinken. Auf unser glückliches Wiedersehen.«

Ich schüttelte den Kopf. »Ich trinke nicht.« Das war beinahe die reine Wahrheit. Nachdem ich entdeckt hatte, daß der Alkohol in

Krisenlagen ein unsicherer Freund ist, beschränkte ich mich gewöhnlich auf ein Bierchen mit Chuck Freudenberg.

»Wie langweilig. Es macht dir aber sicher nichts aus, wenn ich mir einen genehmige.« Sie goß sich schon ein – Gin, den Tröster einsamer Mädchen. Bevor sie ihn hinunterkippte, nahm sie eine Kunststoffflasche aus der Tasche und schüttete zwei Pillen auf die Handfläche. »Willst du auch eine?«

Ich las das Etikett – ›Euphorin‹. Man hielt es für ungiftig, aber die Meinungen widersprachen einander. Es gab Bestrebungen, es in die Klasse der Betäubungsmittel einzustufen. »Danke. Ich bin schon glücklich.«

»Fein.« Sie schluckte die Pillen und jagte den Gin hinterher. Wenn ich etwas in Erfahrung bringen wollte, mußte ich mich beeilen; bald würde sie nur noch dümmlich kichern.

Ich nahm sie beim Arm und drückte sie aufs Sofa, dann setzte ich mich ihr gegenüber. »Betty, erzähle mir von dir. Wie seid ihr beiden mit den Mannix-Leuten zurechtgekommen?«

»Was? Überhaupt nicht.« Sie brauste plötzlich auf. »Das war deine Schuld!«

»Wie? Meine Schuld? Ich bin ja gar nicht dabeigewesen.«

»Natürlich war das deine Schuld. Diesen scheußlichen Apparat, der aus einem alten Rollstuhl zusammengebaut war ... darauf hatten sie es abgesehen. Und dann war er weg.«

»Weg? Wieso?«

Sie sah mich argwöhnisch an. »Das mußt du doch wissen. Du hast ihn ja mitgenommen.«

»Ich? Betty, bist du verrückt? Ich konnte gar nichts mitnehmen. Ich lag im Kaltschlaf. Wo ist das Gerät hingekommen? Und wann verschwand es?« Es paßte zu meiner Vermutung, daß jemand ›Vielzweck-Frank‹ entwendet hatte, wenn Miles und Betty damit nicht zu Großverdienern geworden waren. Von allen Menschen auf dieser Erdkugel war ich der einzige, der damit nichts zu tun haben konnte. Seit jener gräßlichen Nacht, als ich überstimmt worden war, hatte ich ihn nicht mehr zu Gesicht bekommen. »Erzähl schon, Betty. Wo war er? Und wie kommst du auf die Idee, ich könnte ihn mitgenommen haben?«

»Du mußt es gewesen sein. Sonst wußte ja niemand, daß er wichtig war. Dieses Gerümpel! Ich habe Miles noch davor gewarnt, das Ding in die Garage zu stellen.«

»Aber selbst wenn jemand die Maschine gestohlen haben sollte, ließ sich kaum etwas damit anfangen. Zeichnungen, Pläne und Notizen waren doch in eurem Besitz.«

»Nein. Miles hatte sie in die Maschine gesteckt, als wir sie abholen mußten, um sie in Sicherheit zu bringen.«

Ich ging auf den letzten Satz nicht ein. Ich wollte gerade sagen, daß er wohl kaum ein paar Stöße Papier in den ›Vielzweck-Frank‹ hätte stopfen können, als mir einfiel, daß ich am Rollstuhlrahmen vorübergehend ein Abladebrett angebracht hatte, das mein Werkzeug aufnehmen mußte, wenn ich an der Maschine arbeitete.

Unwichtig. Das Verbrechen lag dreißig Jahre zurück. Ich wollte in Erfahrung bringen, wie ihnen die ›Dienstboten-AG‹ aus den Händen geglitten war. »Was habt ihr mit der Firma angefangen, nachdem der Handel mit Mannix platzte?«

»Wir haben sie natürlich weitergeführt. Als Jake kündigte, meinte Miles, wir müßten schließen. Miles war ein Schwächling ... und diesen Jake Schmidt konnte ich nie leiden. Ein heimtückischer Kerl. Dauernd fragte er, warum du Schluß gemacht hättest ... als hätten wir dich halten können! Ich wollte einen guten Produktionsleiter anstellen und weitermachen. Die Firma hätte an Wert gewonnen. Aber Miles blieb stur.«

»Was geschah dann?«

»Tja, wir vergaben die Baulizenz an Geary. Das weißt du doch. Du arbeitest ja jetzt dort.«

Ich wußte es wirklich. Der volle Name der ›Dienstboten-AG‹ lautete jetzt ›Dienstboten-Geräte und Geary-Fabrikations-AG‹, obwohl auf den Schildern nur ›Dienstmädchen‹ stand. Ich schien alles herausgefunden zu haben, was sich dieser alten Scharteke entlokken ließ.

Aber meine Neugier war noch nicht ganz befriedigt. »Nach der Lizenzvergabe an Geary habt ihr eure Aktien verkauft?«

»Was? Wie kommst du denn auf diese Idee?« Ihr Gesicht verzerrte sich, und sie begann zu heulen, bis ihr die Tränen über die Wangen liefen. »Er hat mich betrogen! Er hat mich betrogen! Der dreckige Gauner hat mich betrogen.« Sie schnupfte und fügte hinzu: »Ihr habt mich alle betrogen ... und du warst der Schlimmste, Danny.«

Mir schien das Euphorin seinen Preis nicht wert zu sein. Vielleicht weinte sie gerne. »Wieso hat er dich betrogen, Betty?«

»Was? Na, du weißt doch Bescheid. Er hinterließ alles diesem Biest von Tochter ... nach all den Versprechungen ... nachdem ich ihn gepflegt und umsorgt hatte. Dabei war sie nicht einmal seine eigene Tochter. Das ist Beweis genug.«

Zum erstenmal an diesem Abend gute Nachrichten. Anscheinend hatte Ricky wenigstens einmal Glück gehabt, wenn sie ihr zu Anfang auch meine Aktien abgenommen hatten. Ich kam wieder aufs Thema zurück. »Betty, wie hieß Rickys Großmutter? Und wo haben sie gewohnt?«

»Wo hat wer gewohnt?«

»Rickys Großmutter.«

»Wer ist Ricky?«

»Miles' Tochter. Denk doch mal nach, Betty. Es ist wichtig.«

Das wirkte wie ein Startschuß. Sie wies mit dem Finger auf mich und kreischte. »Ich kenne dich. Du bist in sie verliebt gewesen. Dieses kleine Luder ... sie und ihre gräßliche Katze.«

Als sie Pete erwähnte, schoß der Zorn in mir hoch. Aber ich versuchte, ihn zu unterdrücken. Ich packte sie bei den Schultern und schüttelte sie ein bißchen. »Reiß dich zusammen, Betty. Ich will nur das eine wissen: Wo wohnen sie? Welche Adresse schrieb Miles auf die Briefe?«

Sie stieß mit den Füßen nach mir. »Mit dir will ich überhaupt nicht reden! Du bist ganz gemein zu mir.« Dann schien sie von einem Augenblick auf den anderen nüchtern zu werden. Ruhig sagte sie: »Ich weiß es nicht. Die Großmutter hieß Hanecker oder so ähnlich. Ich habe sie nur einmal bei Gericht gesehen, als sie wegen des Testaments kamen.«

»Wann war das?«

»Gleich nach Miles' Tod, natürlich.«

»Wann ist Miles gestorben, Betty?«

Sie schaltete wieder um. »Du willst zuviel wissen. Du bist wie die Polizei ... Fragen, Fragen, Fragen!« Dann hob sie den Kopf und sagte bittend: »Vergessen wir doch das alles. Jetzt gibt es nur noch dich und mich ... und wir haben das ganze Leben noch vor uns, Liebster. Eine Frau mit Neununddreißig ist nicht alt ... Schultz sagte immer, ich sei das jüngste Frauenzimmer, dem er je begegnet sei – und der alte Bock kannte Weiber genug, glaub mir! Wir könnten miteinander so glücklich sein, Liebster. Wir –«

Ich hatte mehr als genug, auch vom Detektivspielen. »Ich muß gehen, Betty.«

»Was? Aber es ist doch noch ganz früh ... und wir haben die ganze Nacht für uns allein. Ich dachte –«

»Mir ist egal, was du gedacht hast. Ich muß sofort weg.«

»Ach, Liebster! Wie traurig. Wann sehen wir uns wieder? Morgen? Ich bin zwar sehr beschäftigt, aber für dich lasse ich alle Verabredungen auffliegen und –«

»Dir möchte ich nie mehr begegnen, Betty.« Ich ging.

Ich sah sie tatsächlich nie mehr.

Zu Hause badete ich sofort ganz heiß und schrubbte mich von Kopf bis Fuß ab. Dann setzte ich mich hin und versuchte zu addieren, was ich herausgefunden hatte. Betty schien zu glauben, daß der Name von Rickys Großmutter mit ›H‹ anfing und daß sie in einer Wüstenstadt in Arizona oder möglicherweise auch Kalifornien gewohnt hatte. Na ja, vielleicht konnten geschulte Leute damit etwas anfangen.

Vielleicht auch nicht. Auf jeden Fall würde die Arbeit mühsam sein und viel Geld verschlingen; ich mußte warten, bis ich mir das leisten konnte.

Wußte ich sonst noch etwas von Bedeutung?

Miles war nach Bettys Bericht 1972 gestorben. Wenn er in diesem Bezirk das Zeitliche gesegnet hatte, mußte ich das genaue Datum finden und dann den Tag der Testamentseröffnung in Erfahrung bringen können ... wenn sie tatsächlich stattgefunden hatte. Dadurch mochte es vielleicht gelingen, Rickys damaligen Wohnort ausfindig zu machen. Wenn die Gerichte solches überhaupt aufbewahrten – das wußte ich nicht. Wenn ich etwas damit gewann, die Lücke auf achtundzwanzig Jahre zu verkürzen und die Stadt zu bestimmen, in der sie damals gewohnt hatte.

Wenn es überhaupt einen Sinn hatte, nach einer Frau zu suchen, die jetzt einundvierzig Jahre alt, sicher verheiratet war und Kinder hatte. Die brüchige Ruine, zu der Betty Darkin geworden war, hatte mich erschüttert; ich begann zu begreifen, was dreißig Jahre bedeuten konnten. Nicht, daß ich befürchtete, Ricky könnte als erwachsene Frau anders denn graziös und gut sein ... aber würde sie sich denn an mich erinnern? Oh, ganz vergessen hatte sie mich sicher nicht, aber sprach nicht manches dafür, daß ich für sie ein gesichtsloses Wesen sein mußte, der Mann, den sie einmal ›Onkel Danny‹ genannt und der eine nette Katze gehabt hatte?

Lebte ich nicht, genau wie Betty, in einer Scheinwelt?

Immerhin, es konnte nicht schaden, nach ihr zu forschen. Zumindest würden wir jedes Jahr Weihnachtsgrüße austauschen können. Dagegen konnte ihr Mann doch nichts einwenden.

8

Am nächsten Morgen war Freitag, der 4. Mai. Statt ins Büro zu gehen, fuhr ich zum Bezirksarchiv. Man zog gerade um und bat mich, nächsten Monat wiederzukommen. Ich fuhr also zum Verlagsgebäude der ›Times‹ und zog mir mit einem Lesegerät einen steifen Hals zu. Aber ich fand heraus, daß Miles, falls er innerhalb von einem bis drei Jahren nach meiner Einlieferung zum Kaltschlaf krank geworden, bestimmt nicht im Bezirk Groß-Los-Angeles gestorben war, wenn die Todesanzeigen keine Lücken aufwiesen.

Natürlich gab es kein Gesetz, das ihn verpflichtete, in Los Angeles zu sterben. Dafür gibt es keine Vorschriften.

Vielleicht führte man im Staatsarchiv in Sacramento Unterlagen darüber. Ich entschied, daß ich dort einmal vorsprechen mußte, bedankte mich beim Archivar der ›Times‹, ging zum Mittagessen und fand mich schließlich wieder im Betrieb ein.

Zwei Anrufe und ein Brief von Betty erwarteten mich. Ich las den Brief bis zur Anrede ›liebster Danny‹, dann zerriß ich ihn und wies die Vermittlung an, keine Anrufe von Mrs. Schultz mehr entgegenzunehmen. Ich ging zur Buchhaltung und erkundigte mich beim Abteilungsleiter danach, ob es möglich sei, die früheren Besitzverhältnisse bei eingezogenen Aktien zu ermitteln. Er versprach mir, sich darum zu kümmern, und ich gab ihm aus dem Gedächtnis die Nummern der ›Dienstboten-AG‹-Aktien, die mir einmal gehört hatten. Das war keineswegs eine großartige Leistung. Wir hatten zu Anfang genau tausend Aktien ausgegeben, und ich besaß die ersten fünfhundertzehn Stück; Bettys ›Verlobungsgeschenk‹ war von den ersten Nummernserien abgezwackt worden.

Ich ging in mein Büro zurück, wo McBee auf mich wartete.

»Wo sind Sie gewesen?« fragte er mich.

»Unterwegs. Warum?«

»Das ist keine ausreichende Antwort. Mr. Galloway war schon zweimal hier. Ich mußte ihm sagen, daß ich nicht weiß, wo Sie sind.«

»Ach du meine Güte! Wenn Galloway mich braucht, findet er mich schon. Brächte er nur die Hälfte der Zeit, in der er sich neue Reklametricks ausdenkt, damit zu, die Geräte nach ihrem eigenen Wert zu verkaufen, dann ginge es der Firma besser.« Galloway begann mich zu ärgern. Er war zwar Verkaufsleiter, schien aber nur darauf bedacht zu sein, den Werbeagenturen, die für uns arbeiteten, ins Handwerk zu pfuschen. Aber ich bin voreingenommen; mich interessiert nur das Technische. Alles übrige halte ich für unnötigen Papierkram.

Ich wußte, wozu mich Galloway brauchte, und war ihm gerade deswegen ausgewichen. Er wollte mich in Kostüme aus dem Jahr 1900 stecken und Aufnahmen machen. Ich hatte ihm erklärt, daß ich mich in der Kleidung von 1970 fotografieren lassen wollte, sooft er es verlangte, aber 1900, das war immerhin zwölf Jahre vor der Geburt meines Vaters gewesen. Er meinte, daß das keinem Menschen auffallen würde, also wurde ich deutlicher. Er sagte, ich brächte nicht die richtige Einstellung mit.

»Sie haben nicht die richtige Einstellung«, erklärte mir McBee.

»So? Tut mir leid.«

»Sie sind in einer eigenartigen Lage. Sie unterstehen meiner Abteilung, aber ich muß Sie jederzeit an die Verkaufs- und Werbeabteilung abstellen. Von jetzt ab werden Sie wohl besser die Stechuhr benützen, wie alle anderen Betriebsangehörigen auch . . . und wenden Sie sich zuerst an mich, wenn Sie das Büro während der Dienststunden verlassen wollen. Bitte halten Sie sich daran.«

Ich zählte ganz langsam bis zehn. »Mac, benützen Sie die Stechuhr?«

»Was? Natürlich nicht. Ich bin der Chefingenieur.«

»Allerdings. Das steht an Ihrer Tür. Aber passen Sie einmal auf, Mac, ich war in diesem Kramladen Chefingenieur, bevor Sie mit dem Rasieren angefangen haben. Glauben Sie wirklich, daß ich mir das mit der Stechuhr bieten lasse?«

Das Blut schoß ihm ins Gesicht. »Vielleicht nicht. Aber das eine kann ich Ihnen sagen: Wenn Sie es nicht tun, wird Ihr Gehalt gesperrt.«

»So? Sie haben mich nicht eingestellt, Sie können mich auch nicht hinauswerfen.«

»Mmmm . . . das werden wir ja sehen. Auf jeden Fall kann ich Sie aus meiner Abteilung versetzen, hinüber zur Werbung, wohin Sie gehören. Wenn überhaupt irgendwohin.« Er warf einen Blick auf meine Zeichenmaschine. »Bei mir leisten Sie jedenfalls nichts. Ich denke nicht daran, die wertvolle Maschine hier noch länger herumstehen zu lassen.« Er nickte kurz. »Guten Tag.«

Ich ging hinter ihm hinaus. Ein ›Bürojunge‹ rollte herein und legte einen großen Umschlag auf meinen Schreibtisch, aber ich kümmerte mich nicht darum. Ich ging zum Kasino und schäumte innerlich. Wie die meisten engstirnigen Menschen glaubte Mac, schöpferische Arbeit ließe sich nach Stunden abmessen. Kein Wunder, daß die Firma seit Jahren nichts Neues herausgebracht hatte.

Zum Teufel mit ihm. Ich hatte sowieso nicht vor, noch recht lange hierzubleiben.

Etwa eine Stunde später schlenderte ich wieder hinauf und fand in meinem Eingangskorb einen Hausbrief. Ich schlitzte ihn auf, weil ich McBees Rache erwartet hatte.

Aber der Brief kam von der Buchhaltung. Er lautete:

›Lieber Mr. Davis,
Betrifft: die Aktien, nach denen Sie sich erkundigt haben. Dividenden für das größere Paket wurden vom ersten Quartal 1971 bis zum zweiten Quartal 1980 zugunsten einer Person namens Heinicke auf ein Treuhandkonto bezahlt. 1980 fand die Neuorganisation unseres Unternehmens statt; aus den Unterlagen läßt sich ersehen, daß die Anteilscheine der ›Cosmopolitan Versicherungsgesellschaft‹ verkauft wurden, in deren Besitz sie noch sind. Das kleinere Aktienpaket gehörte, wie Sie richtig vermutet haben, bis 1972 Betty D. Gentry. Dann wurde es an die Sierra-Wechselbank übereignet, die es stückweise ›über den Ladentisch‹ verkaufte. Das weitere Schicksal jedes einzelnen Anteilscheines nach der Neuorganisation könnte notfalls geklärt werden, das dauert aber seine Zeit. Wir stehen Ihnen selbstverständlich auch in Zukunft gerne zu Diensten.

Y. E. Reuther, Prok.‹

Ich rief Reuther an, bedankte mich und sagte ihm, daß die Information ausreichend sei. Ich wußte jetzt, daß meine Überschreibung an Ricky nie wirksam geworden war. Da der in den Unterlagen vermerkte Eigentumsübergang betrügerisch war, roch das Ganze sehr nach Betty; die dritte Person mußte entweder eine ihrer Marionetten oder auch ein fingierter Name sein – sie plante damals wohl schon den Betrug an Miles.

Anscheinend war ihr nach Miles' Tod das Bargeld knapp geworden, so daß sie das kleinere Aktienpaket verkaufen mußte. Ich interessierte mich aber nicht dafür, was aus den Anteilscheinen nach dem Verkauf durch Betty geworden war. Ich hatte vergessen,

Reuther um Nachforschungen über Miles' Aktienbesitz zu bitten ... dadurch müßte sich eine Spur zu Ricky ergeben, auch wenn sie die Aktien nicht mehr besaß. Aber es war schon spät; ich nahm mir vor, ihn am Montag wieder anzurufen. Jetzt wollte ich den großen Umschlag öffnen, der auf meinem Schreibtisch lag, denn ich hatte den Absender schon erspäht.

Anfang März schrieb ich das Patentamt wegen der Originalpatente für ›Eifriger Erich‹ und ›Mal-Max‹ an. Meine Überzeugung, daß ›Eifriger Erich› nur ein anderer Name für ›Vielzweck-Frank‹ sei, wurde durch meine erste erregende Erfahrung mit ›Mal-Max‹ etwas erschüttert; ich hatte schon an die Möglichkeit gedacht, dasselbe unbekannte Genie, dem ›Mal-Max‹ eingefallen war, wie ich ihn mir ausgedacht hatte, könnte vielleicht auch ein Äquivalent zu ›Vielzweck-Frank‹ entwickelt haben. Diese Theorie wurde noch durch die Tatsache gestützt, daß beide Patente im selben Jahr erteilt worden waren und sich im Besitz einer Gesellschaft befanden – jedenfalls bis zu ihrem Erlöschen –, nämlich bei ›Aladin‹.

Aber ich mußte Gewißheit haben. Wenn dieser Erfinder noch lebte, wollte ich ihn kennenlernen. Er konnte mir noch einiges beibringen.

Auf mein erstes Schreiben erhielt ich vom Patentamt eine vorgedruckte Mitteilung, wonach sich alle Unterlagen über erloschene Patente jetzt im Nationalarchiv in den Carlsbader Höhlen befänden. Ich schrieb das Archiv an und erhielt einen Formbrief nebst Gebührenliste. Ich schrieb also ein drittesmal und legte eine Postanweisung für die Anfertigung von Kopien aller Unterlagen bei – Beschreibungen, Anträge, Zeichnungen.

In diesem dicken Umschlag mußte sich die Antwort befinden.

Obenauf lag Patent 4 307 909, das Erstpatent für ›Eifriger Erich‹. Ich wandte mich den Zeichnungen zu und ließ zunächst Beschreibung und Antrag unbeachtet. Anträge sind höchstens vor Gericht von Bedeutung; das Grundprinzip ist natürlich, mit den umfassendsten Ausdrücken die ganze Welt mit einzuschließen und sich dann von den Prüfern einschränken zu lassen – deswegen gibt es Patentanwälte. Die Beschreibungen dagegen müssen den Tatsachen entsprechen, aber ich kann Zeichnungen weit schneller lesen als lange Texte.

Ich mußte zugeben, daß die Ähnlichkeit mit ›Vielzweck-Frank‹ nicht besonders groß war. Das Gerät war wesentlich besser; es leistete mehr und kam mit einfacheren Schaltungen aus. Die Grundidee war dieselbe, aber das war ja unvermeidlich.

Ich konnte mich beinahe bei der Planung eines solchen Geräts sehen ... eines hochentwickelten ›Vielzweck-Franks‹. Etwas Ähnliches hatte ich tatsächlich vorgehabt –›Frank‹ ohne Beschränkungen auf Haushaltsarbeiten zu konstruieren.

Ich fand endlich Gelegenheit, den Namen des Erfinders auf Antrag und Beschreibung zu lesen.

Ich erkannte ihn sofort. Er lautete: D. B. Davis.

Ich starrte ihn an, während ich langsam und falsch vor mich hinpfiff. Betty hatte also wieder einmal gelogen. Ich fragte mich, ob von ihrem ganzen Geschwätz auch nur ein einziges Wort stimmte. Natürlich war Betty eine pathologische Lügnerin, aber ich hatte irgendwo gelesen, daß auch solche Menschen ein gewisses System bevorzugen. Sie beginnen mit der Wahrheit und schmücken sie aus, statt irgendwo ins Blaue hineinzuschwindeln. Mein Modell von ›Vielzweck-Frank‹ war überhaupt nie gestohlen worden. Man hatte es vielmehr einem anderen Ingenieur zur Verfeinerung übergeben und dann den Patentierungsantrag in meinem Namen gestellt. Aber der Vertrag mit Mannix war nie zustande gekommen. Das stand fest, weil ich es aus den Unterlagen der Firma ersehen konnte. Aber Betty hatte behauptet, ihr Versäumnis ›Vielzweck-Frank‹ vertragsgemäß zu produzieren, habe den Handel mit Mannix auffliegen lassen.

Hatte Miles sich ›Frank‹ unter den Nagel gerissen und Betty glauben gemacht, die Maschine sei gestohlen worden?

In diesem Fall ... ich gab das Raten auf. Vielleicht mußte ich eine Stellung bei ›Aladin‹ annehmen, bevor ich herausfinden konnte, woher sie das Originalpaket bekommen hatten und wer dafür entschädigt worden war. Vermutlich lohnte es sich nicht, weil das Patent erloschen, Miles tot war, und Betty, selbst wenn sie dabei zu Geld gekommen war, es längst zum Fenster hinausgeworfen hatte. Die für mich wichtige Frage war geklärt, nämlich, daß ich der Erfinder war. Mein Berufsstolz konnte sich beruhigen, und wer braucht Geld, wenn drei Mahlzeiten am Tag gesichert sind? Ich nicht.

Ich beschäftigte mich also mit Patent 4 307 910, dem ersten ›Mal-Max‹.

Die Zeichnungen waren eine reine Freude. Ich hätte sie nicht besser machen können; dieser Junge war wirklich auf Draht. Er hatte sogar für seine Tastatur eine elektrische Schreibmaschine verwendet und auf eine IBM-Patentserie in den Zeichnungen hingewiesen. Das war klug, das war vernünftig; nie etwas neu erfinden, das im Laden nebenan zu kaufen ist.

Ich mußte erfahren, wer dieser begabte Junge war, also schlug ich den Antrag auf.

Es war D. B. Davis.

Nach geraumer Zeit rief ich Dr. Albrecht an. Man holte ihn herbei, und ich stellte mich vor, weil mein Telefon nicht mit Bildschirm ausgerüstet war.

»Ich habe Sie schon an der Stimme erkannt«, erwiderte er. »Freut mich sehr, daß Sie anrufen. Wie kommen Sie in Ihrer neuen Stellung zurecht?«

»Es geht. Einen Anteil am Geschäft haben sie mir bisher noch nicht angeboten.«

»Sie müssen den Leuten Zeit lassen. Sind Sie sonst zufrieden? Haben Sie sich eingelebt?«

»Ja, und ob! Wenn ich gewußt hätte, wie großartig es hier ist, ich hätte mir den Schlaf schon früher gegönnt. Sie brächten mich nicht dazu, ins Jahr 1970 zurückzukehren.«

»Na, hören Sie mal! Ich erinnere mich sehr gut an dieses Jahr. Damals war ich auf einer Farm in Nebraska. Ich ging auf die Jagd und angelte. Ich hatte sehr viel Spaß. Mehr als jetzt.«

»Na ja, jeder nach seinem Geschmack. Mir gefällt es jetzt. Aber hören Sie, Doktor, ich rufe nicht an, um mit Ihnen zu philosophieren; ich schlage mich mit einem kleinen Problem herum.«

»Na, dann heraus damit. Das ist mal eine Abwechslung; die meisten Leute haben große Probleme.«

»Doktor? Ist es auch nur im entferntesten möglich, daß der lange Schlaf Amnesie bewirkt?«

Er zögerte. »Denken läßt sich das immerhin. Ich kann aber nicht sagen, daß mir ein solcher Fall schon begegnet wäre. Ich meine, ohne Zusammenhang mit anderen Ursachen.«

»Wodurch kann Amnesie im allgemeinen entstehen?«

»Durch eine ganze Reihe von Ursachen. Am häufigsten ist wohl der eigene unterbewußte Wunsch des Patienten. Er vergißt viele Geschehnisse oder formt sie um, weil ihm die Wahrheit unerträglich ist. Das ist eine funktionelle Amnesie in Reinkultur. Dann gibt es den althergebrachten Schlag aufs Haupt – Amnesie auf traumatischer Grundlage. Oder Amnesie durch Suggestion ... mit Hilfe von Drogen oder Hypnose. Was ist denn eigentlich los? Finden Sie Ihr Scheckbuch nicht mehr?«

»Das ist es nicht. Soweit ich es beurteilen kann, ist bei mir alles in Ordnung, aber ich finde mich bei den Ereignissen vor dem Schlaf nicht ganz zurecht ... und das macht mir Sorgen.«

»Hm ... gibt es irgendwelche Hinweise auf eine der vorhin erwähnten Möglichkeiten?«

»Ja«, sagte ich langsam. »Äh – eigentlich treffen ja alle zu, abgesehen vom Schlag aufs Haupt ... und selbst dazu kann es gekommen sein, als ich betrunken war.«

»Ich habe den häufigsten vorübergehenden Gedächtnisschwund vergessen«, meinte er trocken, »– Amnesie unter Alkoholeinfluß. Passen Sie auf, warum kommen Sie nicht herüber, damit wir das näher besprechen? Wenn ich nicht finde, wo Sie der Schuh drückt – Sie wissen ja, ich bin kein Psychiater –, schicke ich Sie zu einem Hypno-Analytiker, der Ihre Erinnerung wie eine Zwiebel abschält und Ihnen sagen kann, warum Sie am 2. Februar 1954 die Schule geschwänzt haben. Aber er ist nicht billig. Warum versuchen Sie es nicht zuerst mit mir?«

»Herrgott, Doktor, ich habe Sie schon genug belästigt ... und Sie sind immer so eigensinnig, wenn es um Geld geht.«

»Ich interessiere mich eben für meine Patienten. Ich habe sonst keine Familie.«

Ich wich ihm aus und sagte, ich wolle ihn nächste Woche anrufen, wenn ich bis dahin nicht selbst damit zurechtgekommen sei. Ich wollte zuerst in Ruhe nachdenken.

Es wurde überall dunkel; nur in meinem Büro brannte noch Licht; ›Dienstmädchen‹, Typ Scheuerfrau, kam herein, sah, daß das Zimmer noch besetzt war, und rollte lautlos davon. Ich saß immer noch da.

Nach einer Weile steckte Chuck Freudenberg den Kopf herein und sagte: »Ich dachte, du wärst schon weg. Wach auf und schlaf zu Hause weiter.«

Ich hob den Kopf. »Chuck, ich habe eine großartige Idee. Wir kaufen uns ein Faß Bier und zwei Trinkhalme.«

Er überlegte lange. »Na ja, heute ist Freitag ... und ich habe montags gerne einen Brummschädel.«

»Einstimmig angenommen. Ich muß nur noch ein paar Sachen in diese Aktentasche stopfen.«

Wir tranken ein paar Glas Bier, dann aßen wir zu Abend, dann tranken wir in einem Lokal mit guter Musik wieder Bier, und schließlich zogen wir in ein Lokal um, wo es keine Musik gab, die Nischen mit schallschluckenden Wänden versehen waren und man in Ruhe gelassen wurde, wenn man jede Stunde einmal etwas bestellte. Wir unterhielten uns. Ich zeigte ihm die Patentschriften.

Chuck sah sich den Prototyp vom ›Eifrigen Erich‹ an. »Das ist wirklich allerhand, Dan. Ich bin stolz auf dich. Bekomme ich ein Autogramm?«

»Schau dir das an.« Ich gab ihm die Patentunterlagen über die Zeichenmaschine.

»Irgendwie ist das sogar noch besser. Dan, ist dir klar, daß du auf die Technik unserer Zeit vermutlich mehr Einfluß ausübst als seinerzeit Edison? Weißt du das?«

»Hör auf damit, Chuck. Ich meine es ernst.« Ich deutete auf den Stoß von Fotokopien. »Na schön, ich bin also für eine dieser Maschinen verantwortlich. Aber mit der anderen kann ich nichts zu tun haben. Ich habe sie nicht entworfen . . . oder ich habe einige Ereignisse vor dem Schlaf völlig vergessen. Oder ich leide an Amnesie.«

»Davon redest du jetzt geschlagene zwanzig Minuten. Aber eine Schraube scheint bei dir nicht locker zu sein. Du bist nicht verrückter, als es bei einem Ingenieur normal ist.«

Ich schlug mit der Faust auf den Tisch, daß die Krüge tanzten. »Ich muß einfach dahinterkommen.«

»Nimm dich zusammen. Was willst du tun?«

»Was?« Ich dachte nach. »Ich werde einem Psychiater Geld in den Rachen werfen, damit er es aus mir herausfischt.«

Er seufzte. »Das habe ich mir gedacht. Jetzt hör einmal gut zu, Dan. Nehmen wir einmal an, du bezahlst diesen Gehirnmechaniker, und er stellt fest, daß nichts defekt ist, daß deine Erinnerung lückenlos funktioniert und alle Tassen im Schrank sind. Was dann?«

»Ausgeschlossen.«

»Kolumbus hat man das auch entgegengehalten. Du kommst nicht auf die wahrscheinlichste Erklärung.«

»Und die wäre?«

Ohne mich einer Antwort zu würdigen, winkte er dem Kellner und wies den Automaten an, uns das große Telefonbuch zu bringen.

»Was ist denn?« fragte ich. »Rufst du jetzt vielleicht die Feuerwehr an?«

»Noch nicht.« Er blätterte in dem riesigen Buch und sagte dann: »Dan, schau dir das an.«

Ich sah hin. Er hatte seinen Finger auf ›Davis‹ gelegt. Es gab viele. Aber wo sein Finger lag, standen ein Dutzend ›D. B. Davises‹ – von ›Dabney‹ bis ›Duncan‹.

Es gab drei ›Daniel B. Davises‹. Einer von ihnen war ich.

»Und das bei nicht ganz sieben Millionen Menschen«, sagte er. »Willst du dein Glück bei über zweihundertfünfzig Millionen versuchen?«

»Das beweist gar nichts«, protestierte ich schwach.

»Nein, das nicht«, gab er zu. »Es wäre wirklich mehr als Zufall, wenn zwei Ingenieure mit ähnlichen Talenten zur selben Zeit an derselben Sache arbeiten und auch noch denselben Namen und dieselben Anfangsbuchstaben hätten. Nach der Wahrscheinlichkeitsberechnung könnten wir ungefähr abschätzen, wie groß die Chancen sind, daß so etwas nicht vorkommt. Aber die Leute – vor allem solche, die es eigentlich besser wissen müßten, wie du – vergessen, daß die statistischen Gesetze zwar zeigen, wie unwahrscheinlich ein solches Zusammentreffen ist, gleichzeitig aber auch ebenso klar ausdrücken, daß solche Zufälle wirklich vorkommen. Hier sieht es danach aus. Mir gefällt das wesentlich besser als der Gedanke, daß mein Saufbruder übergeschnappt ist. Gute Saufbrüder findet man selten.«

»Was sollte ich deiner Meinung nach tun?«

»Zu allererst Zeit und Geld nicht an einen Psychiater verschwenden, bis du das Zweite getan hast. Das Zweite ist, den Vornamen dieses ›C. B. Davis‹ herauszufinden, der dieses Patent beantragt hat. Das kann nicht so schwer sein. Er könnte etwa ›Dexter‹ heißen oder auch ›Dorothy‹, aber schnapp nicht über, wenn er ›Daniel‹ heißt, weil sein zweiter Vorname dann sicher ›Berzowski‹ lautet. Und das Dritte, eigentlich das Erste und Wichtigste, ist, das Ganze jetzt zu vergessen und eine neue Runde zu bestellen.«

Das taten wir auch, und wir sprachen von anderen Dingen, vor allem über Frauen. Chuck hatte eine Theorie entwickelt, wonach eine enge Verwandtschaft zwischen Frauen und Maschine bestünde, die beide nach logischen Gesichtspunkten unvorhersehbare Reaktionen zeigten. Er zeichnete mit Bier Diagramme auf die Tischplatte, um seine These zu beweisen.

Einige Zeit danach sagte ich plötzlich: »Wenn es wirklich Zeitreisen gäbe, wüßte ich, was ich tun müßte.«

»Was? Wovon sprichst du überhaupt?«

»Von meinem Problem. Schau mal, Chuck, ich bin auf einer Art halbgaren, primitiven Zeitreise hierhergekommen. Aber das Dumme ist, daß ich nicht zurück kann. Alles, was mich bedrückt, ist vor dreißig Jahren passiert. Ich würde zurückgehen und die Wahrheit herausfinden ... wenn es so etwas wie echte Zeitreisen gäbe.«

Er fuhr zusammen. »Aber die gibt es.«

»Was?!«

Er wurde plötzlich nüchtern. »Das hätte ich nicht sagen sollen.«

»Möglich, aber es ist dir nun einmal herausgerutscht. Schieß los, bevor ich dich mit dem Krug behämmere.«

»Lassen wir's, Dan. Ich kann nichts sagen.«

»Los, fang an!«

»Ich darf doch nicht!« Er sah sich um. In unserer Nähe war niemand. »Das ist geheim.«

»Zeitreisen geheim? Aber warum denn, in Dreiteufelsnamen?«

»Mein Gott, hast du denn nie für den Staat gearbeitet? Dort würde man Sex als geheim klassifizieren, wenn es ginge. Einen Grund braucht man dazu nicht; das ist einfach die beherrschende Einstellung. Aber geheim ist geheim, und ich muß den Mund halten. Laß mich in Ruhe.«

»Aber – hör doch mit dem Blödsinn auf, Chuck. Das ist ungeheuer wichtig für mich.« Als er eigensinnig schwieg, sagte ich: »Mir kannst du's ruhig sagen. Du lieber Himmel, ich war in Klasse ›Q‹ eingestuft, ohne jede Einschränkung. Ich arbeite heute nur eben nicht mehr für den Staat.«

»Was ist Klasse ›Q‹?«

Ich erklärte es ihm. Er nickte. »Du meinst die Klassifizierung ›Alpha‹. Du mußt ganz schön auf Draht gewesen sein. Ich habe es nur bis ›Beta‹ gebracht.«

»Warum kannst du es mir dann nicht sagen?«

»Was? Das weißt du doch. Ungeachtet deiner Bewertung verfügst du nicht über die nötige Interessenqualifikation.«

»Quatsch! Wenn jemand daran interessiert sein kann, dann bin das ich.«

Aber er ließ sich nicht beeindrucken. Nach einer Weile sagte ich verärgert: »Ich glaube nicht, daß es so etwas überhaupt gibt. Du hast dich bloß wichtig machen wollen.«

Er starrte mich einige Zeit ernsthaft an, dann sagte er: »Danny.«

»Was?«

»Ich erzähle es dir. Aber vergiß deine ›Alpha‹-Bewertung nicht. Ich sage dir Bescheid, weil das nichts schaden kann, und ich möchte dir klarmachen, daß du nichts damit anfangen könntest. Es handelt sich um Zeitreisen, gewiß, aber sie lassen sich nicht in der Praxis durchführen. Du kannst nichts damit anfangen.«

»Warum nicht?«

»Laß mich doch zuerst einmal erzählen. Man hat die Schwierigkeiten nie ausbügeln können, und eine Lösung dafür zeichnet sich nicht einmal theoretisch ab. Selbst für Forschungszwecke hat die Methode keinerlei praktischen Wert. Sie ist ein bloßes Nebenprodukt der Null-Schwerkraft, deswegen hat man sie auch zur Geheimsache erklärt.«

»Aber die Null-Schwerkraft unterliegt doch nicht der Geheimhaltung!«

»Was hat denn das damit zu tun? Wenn diese Theorie wirtschaftlich verwertbar wäre, würde man sie vielleicht auch bekanntgeben. Aber sei jetzt mal eine Weile ruhig.«

Ich schaffte es leider nicht so recht, aber ich will das Ganze lieber so erzählen, als hätte ich ihn nie unterbrochen. Während des letzten Studienjahres an er Universität von Colorado hatte Chuck sich als Laborgehilfe ein Taschengeld hinzuverdient. Man betrieb dort ein großes Kälteforschungslabor, und zu Anfang arbeitete er dort. Aber die Hochschule bekam einen saftigen Auftrag vom Verteidigungsministerium über die Edinburghsche Feldtheorie, und man baute im Gebirge außerhalb der Stadt ein großes neues Physiklabor. Chuck wurde Professor Twitchell zugeteilt – Dr. Hubert Twitchell, der um ein Haar den Nobelpreis bekommen hätte und seinem Unmut ziemlich freien Lauf ließ.

»Twitch kam auf die Idee, daß sich das Schwerfeld umkehren statt aufheben ließe, wenn es um eine andere Achse polarisierte. Dabei kam nichts heraus.

Er programmierte alles wieder in den Elektronenrechner ein und wurde beinahe vom Schlag getroffen, als er die Resultate sah. Mir hat er sie nie gezeigt. Er legte zwei silberne Dollarstücke in den Testkorb – damals war noch Hartgeld im Umlauf –, nachdem ich sie angeritzt hatte. Er drückte die Selenoid-Taste, und sie verschwanden.

Das ist eigentlich kein besonders ausgefallener Trick«, fuhr Chuck fort. »Von Rechts wegen hätte er sie aus der Nase eines kleinen Jungen holen müssen, der freiwillig auf die Bühne gebracht wird. Aber er schien zufrieden zu sein, also war ich es auch – ich bekam ja Stundenlohn.

Eine Woche später tauchte einer der Dollars wieder auf. Nur einer. Aber vorher, als ich eines Nachmittags nach seinem Weggang saubermachte, erschien im Testkorb ein Meerschweinchen. Es gehörte nicht ins Labor, und ich hatte es dort auch noch nie gesehen. Auf dem Heimweg brachte ich es zum Biologie-Labor. Man zählte nach und stellte fest, daß kein Meerschweinchen fehlte, obwohl sich das bei diesen Tieren nie genau sagen läßt. Ich nahm es also mit nach Hause und zog es auf.

Nachdem der einzelne Dollar zurückgekommen war, regte sich Twitch so auf, daß er das Rasieren vergaß. Beim nächstenmal verwendete er zwei Meerschweinchen aus dem Biolabor. Eines davon kam mir sehr bekannt vor, aber ich sah es nicht lange, weil er auf den Knopf drückte und die beiden Tiere verschwanden.

Als eines davon etwa zehn Tage später wieder auftauchte – das Tier, das dem meinigen nicht glich –, wußte Twitch endgültig, daß er es geschafft hatte. Der zuständige Offizier aus dem Verteidigungsministerium – ein Büro-Oberst, der von Beruf Botaniker und Professor war – kam herüber. Durch und durch Soldat ... Twitch konnte ihn nicht leiden. Dieser Oberst verpflichtete uns beide zu unverbrüchlichem Stillschweigen. Er schien zu glauben, daß er das Tollste gefunden hatte, was es seit der Erfindung des Kohlepapiers auf militärischem Gebiet gab. Er stellte sich vor, wir könnten Divisionen vorwärts oder rückwärts zu einer Schlacht schicken, die wir verloren hatten oder verlieren würden, um damit den Sieg zu retten. Der Feind könne nie dahinterkommen, was geschehen sei. Er war natürlich völlig übergeschnappt ... und den Stern, nach dem er sich sehnte, bekam er nicht. Aber die ›Streng-geheim‹-Klassifizierung blieb haften, und sie dürfte heute noch gelten.«

»Vielleicht wäre die Methode militärisch doch nützlich«, wandte ich ein, »wenn man eine ganze Division damit verschieben könnte. Nein, einen Augenblick, ich habe den Fehler schon gesehen. Ihr habt immer Paare verwendet. Man müßte zwei Divisionen nehmen, wovon eine vorwärts, die andere zurückgeschickt würde. Eine Division würde man dann immer verlieren ... Da wäre es sicher wesentlich einfacher, nur eine Division zur rechten Zeit an die rechte Stelle zu bringen.«

»Du hast recht, aber diese Begründung ist falsch. Man muß nicht zwei Divisionen oder zwei Meerschweinchen oder irgendein anderes Paar nehmen. Die Massen müssen ganz einfach ausbalanciert werden. Man könnte eine Division und einen Felshaufen nehmen, der genausoviel wiegt. Es handelt sich um eine Aktion-Reaktion-Lage, vergleichbar mit Newtons Drittem Gesetz.« Er begann wieder in der Bierpfütze zu malen. »Mv gleich mv ... die Grundformel für Raketen. Die gleichwertige Zeitreisenformel lautet: mv gleich mt.«

»Ich sehe den Haken immer noch nicht. Gestein ist doch billig.«

»Denk mal nach, Danny. Ein Raumschiff kann man zielen. Aber in welcher Richtung liegt vergangene Woche? Stell ein Gerät darauf ein. Versuch es nur einmal. Du hast nicht die geringste Ahnung, welche Masse zurück- und welche vorwärtsgetrieben wird. Es gibt keine Möglichkeit, das Gewünschte in die erforderliche Richtung zu lenken.«

Ich verstummte. Es mußte für einen General höchst peinlich sein, wenn er eine Division frischer Truppen erwartete und nichts als einen Schuttberg dafür bekam. Kein Wunder, daß der ehemalige Professor nie Brigadegeneral geworden war. Aber Chuck redete immer noch:

»Man behandelt die beiden Massen wie die Platten eines Kondensators und bringt sie auf das gleiche Zeitpotential. Dann entlädt man sie auf einer Dämpfungskurve, die effektiv vertikal verläuft. Peng! – eine davon saust zur Mitte nächsten Jahres, die andere wird Geschichte. Aber man weiß nie, welche das sein wird. Dabei ist das nicht einmal das Schlimmste; man kann nicht mehr zurück.«

»Was? Wer will denn zurück?«

»Na hör mal! Was hat die Forschung davon, wenn man nicht zurückkommen kann? Oder die Wirtschaft? Wohin du auch springst, dein Geld ist nichts wert, und du kannst mit dem Ausgangspunkt nicht mehr in Verbindung treten. Keine Geräte – und glaub mir, daß man sehr viele Anlagen und Energie benötigt. Wir haben die Energie aus den Arco-Reaktoren bezogen. Sehr teuer ... das ist ein weiterer Nachteil.«

»Man könnte im Kaltschlaf zurückkommen«, erklärte ich.

»Was? Wenn du überhaupt in der Vergangenheit landest. Es

könnte ja auch umgekehrt laufen; da ist man nie sicher. Wenn du nur so weit zurückgehst, daß man den Kaltschlaf schon kennt ... also nicht weiter als zum Krieg. Aber wo liegt da der Sinn? Du möchtest, sagen wir, etwas über 1980 wissen, dann fragst du irgendeinen Menschen oder du liest es in einer alten Zeitung nach. Wenn es eine Möglichkeit gäbe, die Kreuzigung zu fotografieren ... aber die gibt es nicht. Das ist völlig ausgeschlossen. Du könntest nicht nur nicht zurückkehren, es gibt auf dieser Erdkugel auch nicht genug Energie dafür!«

»Trotzdem, manche Leute würden es rein um des Abenteuers willen riskieren. Hat sich denn nie jemand darangewagt?«

Chuck schaute sich wieder um. »Ich habe schon zuviel geredet.«

»Ein bißchen mehr kann auch nichts schaden.«

»Ich glaube, daß drei Personen es versucht haben. Das nehme ich nur an, ich weiß es nicht. Einer davon war Dozent. Ich hielt mich gerade im Labor auf, als Twitch und dieser Leo Vincent hereinkamen; Twitch schickte mich nach Hause. Ich trieb mich draußen herum. Nach einer Weile kam Twitch heraus, ohne Vincent. Soviel ich weiß, ist er immer noch im Labor. In der Universität hat er danach jedenfalls keine Vorlesungen mehr gehalten.«

»Und die anderen beiden?«

»Studenten. Sie gingen zu dritt hinein; nur Twitch kam heraus. Aber einer von ihnen war am nächsten Tag im Hörsaal, während der andere eine Woche lang fehlte. Rechne es dir selbst aus.«

»Hast du dich nie verlockt gefühlt?«

»Ich? Bin ich verrückt? Twitch meinte, es sei beinahe meine Pflicht, im Interesse der Wissenschaft freiwillig mitzumachen. Ich sagte: ›Danke, nein; ein kleines Bierchen ist mir lieber ... aber für Sie drücke ich gerne auf die Taste.‹ Er machte nicht mit.«

»Ich würde es riskieren. Ich könnte nachprüfen, was mir Sorgen macht ... und im Kaltschlaf wiederkommen. Es würde sich lohnen.«

Chuck seufzte tief. »Du bekommst kein Bier mehr, mein Freund: du bist besoffen. Zugehört hast du auch nicht. Erstens –«, er begann Zeichen auf den Tisch zu malen, »weißt du nie genau, ob du zurückgeschickt wirst; du kannst ebensogut in die Zukunft geschleudert werden.«

»Dieses Risiko gehe ich ein. Mir gefällt die Jetztzeit wesentlich besser als die meinige; vielleicht wäre mir die Welt in weiteren dreißig Jahren noch sympathischer.«

»Na schön, dann zurück zum Kaltschlaf, das ist sicherer. Oder bleib und warte, bis es soweit ist; das mache ich jedenfalls. Aber unterbrich mich nicht dauernd. Zweitens, selbst wenn du zurückgebracht wirst, könntest du 1970 weit verfehlen. Soviel ich weiß, hat Twitch einfach aufs Geratewohl gezielt. Aber ich war ja nur Lakai. Drittens, das Labor stand in einem Pinienwald und wurde 1980 gebaut. Angenommen, du kommst zehn Jahre vor dem Bau mitten im Stamm einer Pinie heraus? Das würde eine Explosion wie bei einer Kobaltbombe geben, was? Aber du merkst natürlich nichts mehr davon.«

»Aber – ich sehe überhaupt nicht ein, warum man in der Nähe des Labors auftauchen muß. Warum nicht an dem Punkt im Weltraum, wo das Labor gewesen – ich meine, wo es war . . . oder vielmehr –«

»Du meinst gar nichts. Man bleibt doch auf der Erde. Zerbrich dir den Kopf nicht über die mathematischen Formeln; vergiß nicht, was aus dem Meerschweinchen geworden ist. Aber wenn du in die Zeit vor der Errichtung des Labors zurückkommst, sitzt du vielleicht hoch oben auf einem Baum. Viertens, wie könntest du, auch mit Kaltschlaf, hierher zurückkommen, selbst wenn du den richtigen Weg betrittst, zur rechten Zeit ankommst und es überstehst?«

»Wieso? Ich habe es einmal geschafft, warum nicht ein zweites Mal?«

»Gewiß. Aber woher nimmst du das Geld?«

Ich machte den Mund auf und klappte ihn wieder zu. Jetzt war ich in die Falle getappt. Ich hatte das Geld einmal gehabt, aber jetzt war es weg. Selbst das Gesparte – es reichte bei weitem nicht – konnte ich nicht mitnehmen – du lieber Himmel, auch wenn ich eine Bank ausraubte – wozu mir das Talent fehlte – und eine Million kassierte, konnte ich das Geld 1970 nicht ausgeben. Ich würde wegen Verbreitung von Falschgeld im Gefängnis landen. Man hatte sogar das Format, nicht nur Nummernserien, Daten, Farben und Entwürfe verändert. »Vielleicht muß ich eben so lange sparen.«

»Brav, brav. Und während du sparst, würdest du hier wahrscheinlich mühelos auftauchen . . . aber ohne Haare und Zähne.«

»Schon gut. Aber befassen wir uns noch einmal mit dem letzten Punkt. Hat es an jener Stelle jemals eine große Explosion gegeben? Beim Labor?«

»Nein, ich glaube nicht.«

»Dann kann ich auch nicht mitten in einem Raum herauskommen – weil ich eben nicht herausgekommen bin. Kannst du mir folgen?«

»Ich bin dir ein paar Schritte voraus. Wieder einmal das alte Zeitparadox, aber das nehme ich dir nicht ab. Ich habe mir auch über die Theorie der Zeit Gedanken gemacht, vielleicht mehr als du. Du zäumst den Gaul vom Schwanz her auf. Es gab keine Explosion, und du landest nicht in einem Baum ... weil du den Sprung nie machen wirst. Kannst du mir folgen?«

»Aber nehmen wir einmal an, ich täte es doch?«

»Du tust es nicht. Des fünften Punktes wegen. Damit versetze ich dir den K. o.-Schlag, also paß genau auf. Du wirst den Sprung nicht machen, weil die ganze Sache geheim ist und du nicht zugelassen wirst. Sie erlauben es dir nicht. Vergiß es lieber, Danny. Der Abend war sehr interessant, und morgen früh sucht mich das FBI. Trinken wir noch eine Runde, und wenn ich Montag morgen nicht im Gefängnis sitze, rufe ich den Chefingenieur von ›Aladin‹ an und erkundige mich nach dem Vornamen dieses anderen ›D. B. Davis‹. Vielleicht arbeitet er sogar dort, dann essen wir mit ihm zu Mittag. Du mußt Springer, den Chef von ›Aladin‹ sowieso kennenlernen; er ist ein netter Kerl. Und vergiß diesen Unsinn mit den Zeitreisen; man wird das nie lösen. Ich hätte nicht davon anfangen sollen ... und wenn du jemals davon sprichst, bestreite ich alles. Vielleicht brauche ich meine Klassifizierung eines Tages noch.«

Wir tranken noch ein Bier. Nachdem ich zu Hause angekommen war, mich geduscht und mir die Zähne geputzt hatte, war mir klargeworden, daß er recht hatte. Eine Zeitreise war für meine Probleme eine Lösung, als schnitte man sich die Kehle durch, um Kopfschmerzen loszuwerden. Was noch wichtiger war, Chuck würde bei Mr. Springer spielend herausfinden, was ich wissen wollte, ohne Anstrengung, Kosten oder Risiko. Und mir gefiel das Jahr, in dem ich lebte.

Als ich ins Bett stieg, zog ich mir den Stapel Zeitungen der ganzen Woche heran. Die ›Times‹ wurde mir mit Rohrpost zugeschickt, seit ich wieder ein solider Bürger war. Ich las sie nicht sehr oft, weil ich mit den Tagesereignissen nicht viel anfangen konnte, wenn ich mit einem technischen Problem beschäftigt war.

Trotzdem warf ich keine Zeitung weg, bevor ich nicht mindestens die Schlagzeilen überflogen und die Personalanzeigen gelesen hatte, nicht jene über Geburten, Heiraten und Todesfälle, sondern über ›Entlassungen‹ jener Leute, die im Kaltschlaf gelegen hatten. Ich hatte ein Gefühl, daß ich eines Tages den Namen eines Menschen dort lesen würde, den ich früher gekannt hatte. Dann wollte ich zu ihm gehen, ihn begrüßen und fragen, ob ich ihm irgendwie behilflich sein konnte. Alles sprach natürlich dagegen, aber ich führte das weiter, und es verlieh mir immer ein Gefühl der Befriedigung.

Unbewußt betrachtete ich wohl alle Schläfer als meine ›Verwandten‹, wie man sich mit allen Leuten einer Einheit beim Militär verbunden fühlt, wenigstens so weit, daß es zu einem gemeinsamen Drink reicht.

In den Zeitungen stand nicht viel Interessantes, abgesehen von der Nachricht, daß das Raumschiff zwischen Erde und Mars immer noch vermißt wurde. Unter den neu erwachten Schläfern fand ich keinen bekannten Namen. Ich legte mich hin und wartete, bis das Licht erlosch.

Gegen drei Uhr morgens fuhr ich plötzlich hoch. Das Licht flammte auf, und ich blinzelte. Ich hatte einen sehr merkwürdigen Traum gehabt, nicht gerade einen Alptraum, aber beinahe, worin ich die kleine Ricky in den Sanktumanzeigen übersehen hatte. Ich wußte, daß mir das nicht passiert war. Als ich mich aber zur Seite drehte und den Stoß Zeitungen sah, war ich doch sehr erleichtert; ich hatte schon befürchtet, sie vor dem Einschlafen in den Müllschlucker geworfen zu haben.

Ich legte die Zeitungen wieder aufs Bett und begann die Anzeigen von neuem durchzulesen. Diesmal ließ ich keine Kategorie aus, Geburten, Todesfälle, Heiraten, Scheidungen, Adoptionen, Namensänderungen und ›Entlassungen‹, denn ich konnte Rickys Namen übersehen haben. Vielleicht hatte Ricky geheiratet oder ein Kind bekommen.

Ich hätte beinahe übersehen, was mir diesen gräßlichen Traum bescherte. Es stand in der ›Times‹ vom 2. Mai 2001. Die Entlassungen vom Dienstag in der Mittwochausgabe: »Riverside-Sanktum . . . F. V. Heinicke.«

»F. V. Heinicke!«

›Heinicke‹ hieß Rickys Großmutter . . . ich wußte es, ich war überzeugt davon! Ich wußte nicht, warum ich es wußte, aber ich fühlte, daß das in meiner Erinnerung verborgen gewesen und nicht wieder aufgetaucht war, bis ich den Namen jetzt las. Wahrscheinlich war er von Ricky oder Miles einmal erwähnt worden; unter Umständen hatte ich die alte Dame in Sandia auch einmal kennengelernt. Gleichgültig, der Name in der ›Times‹ hatte ein vergessenes Informationsteilchen in das Puzzle-Spiel eingefügt, und jetzt wußte ich Bescheid.

Nur mußte ich es noch beweisen. Ich mußte nachweisen, daß ›F. V. Heinicke‹ in Wirklichkeit ›Frederica Heinicke‹ hieß.

Ich zitterte vor Aufregung, Vorfreude und Angst. Trotz der längst Gewohnheit gewordenen Handgriffe versuchte ich, die Verschlüsse hochzuziehen, statt die Säume aneinanderzulegen, so daß ich doppelt so lange zum Anziehen brauchte wie sonst. Aber wenige Minuten später war ich unten in der Halle bei der Telefonzelle – ich hatte keinen Apparat im Zimmer, sonst hätte ich ihn benützt. Als ich feststellte, daß ich meine Telefon-Kreditkarte vergessen hatte, mußte ich wieder hinauflaufen – ich war völlig durcheinander.

Als ich sie endlich hatte, zitterte ich so sehr, daß ich sie kaum in den Schlitz stecken konnte. Aber es gelang mir schließlich, und ich wählte die Vermittlung.

»Nummer bitte?«

»Äh, ich möchte mit dem Riverside-Sanktum verbunden werden. Das ist im Stadtteil Riverside.«

»Augenblick.«

Der Bildschirm wurde endlich hell, und ein Mann sah mich mürrisch an. »Sie müssen in der falschen Leitung sein. Hier ist das Sanktum. Wir haben nachts geschlossen.«

»Hängen Sie bitte nicht ein«, sagte ich. »Ich habe schon richtig gewählt, wenn dort das Riverside-Sanktum ist.«

»Was wollen Sie zu dieser Zeit?«

»Sie haben eine Klientin, F. V. Heinicke, eine ›Entlassung‹. Ich möchte wissen –«

Er schüttelte den Kopf.

»Wir geben über Klienten keine telefonischen Auskünfte. Schon gar nicht mitten in der Nacht. Rufen Sie morgen früh nach zehn Uhr an. Oder kommen Sie selbst her, das ist besser.«

»Das mache ich. Aber ich möchte nur das eine wissen: Wofür stehen die Initialen ›F. V.‹?«

»Ich habe Ihnen eben erklärt –«

»Hören Sie mich doch an, ich will keine Schwierigkeiten

machen, ich bin selbst Schläfer. Sawtelle. Erst vor kurzem entlassen. Ich weiß also genauestens Bescheid. Sie und ich wissen, daß die Sanktum-Institute der Presse die vollen Namen der entlassenen Kaltschlaf-Klienten geben . . . aber dort bringt man aus Gründen der Platzersparnis nur die Anfangsbuchstaben. Stimmt das etwa nicht?«

Er dachte nach. »Kann sein.«

»Was kann es dann schaden, wenn Sie mir sagen, wofür die Initialen stehen?«

Er zögerte immer noch. »Nichts, wenn Sie nicht mehr wissen wollen. Mehr sage ich Ihnen jedenfalls nicht. Bleiben Sie am Apparat.«

Er verschwand vom Bildschirm, blieb eine Ewigkeit weg, wie mir schien, und tauchte mit einer Karte in der Hand wieder auf. »Das Licht ist schlecht hier«, meinte er, während er sie anstarrte. »›Fraces‹ – nein, ›Frederica‹. ›Frederica Virginia‹.«

In meinen Ohren dröhnte es, und ich wäre beinahe ohnmächtig geworden. »Gott sei Dank!«

»Fühlen Sie sich nicht wohl?«

»Doch. Danke. Ich danke Ihnen von ganzem Herzen. Doch, ich fühle mich wohl.«

»Hmm. Es macht wohl nichts, wenn ich Ihnen noch etwas sage. Sie sparen sich eine Fahrt. Die Klientin hat das Institut schon verlassen.«

9

Ich hätte Zeit sparen können, wenn ich mir ein Taxi zum Riverside-Sanktum genommen hätte, aber ich besaß nicht genug Bargeld. Ich wohnte in West Hollywood; die nächstgelegene Tag-und-Nacht-Bank war in der Innenstadt am Grand Circle. Zuerst fuhr ich also auf der Gleitbahn hinein und holte mir in der Bank Bargeld. Eine Verbesserung, deren Wert ich bis dahin nicht richtig begriffen hatte, war das Universal-Scheckbuch-System; durch ein einziges Elektronengehirn als Girozentrale für die ganze Stadt und mit radioaktiven Markierungen auf meinem Scheckbuch bekam ich so schnell Bargeld wie in meiner Hausbank gegenüber der ›Dienstboten-AG‹.

Dann fuhr ich mit der Expreßbahn nach Riverside. Als ich das Sanktum erreichte, wurde es gerade hell.

Außer dem Nachttechniker und seiner Frau, der Nachtschwester, war niemand anwesend. Ich machte wohl keinen sehr guten Eindruck. Ich war unrasiert, entsetzlich aufgeregt, roch nach Bier und hatte mir keine überzeugenden Lügen zurechtgelegt.

Trotzdem war Mrs. Larrigan, die Nachtschwester, mitfühlend und hilfsbereit. Sie holte ein Foto aus dem Archiv und sagte: »Ist das Ihre Cousine, Mr. Davis?«

Es war Ricky. Kein Zweifel, es war Ricky! Oh, nicht die Ricky, wie ich sie gekannt hatte, denn ich sah kein kleines Mädchen, sondern eine reife junge Frau um die Zwanzig, mit damenhafter Frisur, mit erwachsenem und sehr schönem Gesicht. Sie lächelte.

Aber ihre Augen waren unverändert. Trotz allem, es war dasselbe Gesicht, gereift, wunderschön, aber unverwechselbar.

Das Bild verschwamm vor meinem Blick; meine Augen standen voll Tränen. »Ja«, sagte ich mit erstickter Stimme. »Das ist Ricky.«

»Nancy, du hättest es ihm nicht zeigen sollen«, sagte Mr. Larrigan.

»Pff, Hank, warum denn nicht?«

»Du kennst die Vorschriften.« Er wandte sich an mich. »Mister, wie ich schon am Telefon sagte, dürfen wir über unsere Klienten nichts mitteilen. Kommen Sie um zehn Uhr wieder, wenn das Verwaltungsbüro geöffnet hat.«

»Oder Sie könnten um acht wiederkommen«, fügte seine Frau hinzu. »Inzwischen wird Dr. Bernstein hier sein.«

»Misch dich nicht ein, Nancy. Wenn er etwas wissen will, soll er sich an den Direktor wenden. Bernstein darf auch nichts sagen. Außerdem war sie nicht einmal seine Patientin.«

»Hank, sei doch nicht so kleinlich. Ihr Männer mit euren Vorschriften! Wenn er es sehr eilig hat, kann er schon um zehn in Brawley sein.« Sie wandte sich an mich. »Kommen Sie um acht wieder vorbei. Das ist am besten.«

»Was ist mit Brawley? Ist sie nach Brawley gefahren?«

Sie hätte mir sicher mehr erzählt, wenn ihr Mann nicht dabeigewesen wäre. Er machte ein grimmiges Gesicht. »Sprechen Sie mit Dr. Bernstein. Wenn Sie noch nicht gefrühstückt haben, unten an der Ecke gibt es ein nettes Lokal.«

Ich ging also hin – es war wirklich ordentlich –, frühstückte, ging in den Waschraum, holte mir eine Tube ›Bartweg‹ aus dem Automaten, ein frisches Hemd aus einem anderen und warf das getragene fort. Als ich zum Sanktum zurückkam, konnte ich mich einigermaßen sehen lassen.

Aber Larrigan schien Dr. Bernstein gegen mich eingenommen zu haben. Er war ein junger Mann, befand sich offensichtlich noch in Ausbildung und war nicht im geringsten zu beeindrucken. »Mr. Davis, Sie behaupten, selbst Schläfer gewesen zu sein. Sie wissen also sicherlich, daß es Verbrecher gibt, die die Leichtgläubigkeit und Arglosigkeit von neuerweckten Schläfern ausnützen. Die meisten Schläfer verfügen über ein beträchtliches Vermögen, alle finden sich zunächst in der neuen Welt nicht zurecht, sie sind meist einsam und verängstigt – die ideale Beute für die Gauner.«

»Aber ich will doch nur wissen, wohin sie gefahren ist! Ich bin ihr Cousin. Und ich habe mich vor ihr dem Schlaf unterzogen, deswegen wußte ich nicht, daß sie das auch tun würde.«

»Ein Verwandtschaftsverhältnis wird immer behauptet.« Er sah mich scharf an. »Habe ich Sie nicht schon einmal gesehen?«

»Das möchte ich bezweifeln. Vielleicht sind wir uns auf der Bahn irgendwo begegnet. Die meisten Leute glauben immer, mich schon einmal gesehen zu haben; ich besitze eines der zwölf Standard-Gesichter, das sich in nichts von hunderttausenden anderen unterscheidet. Doktor, warum rufen Sie nicht Dr. Albrecht am Sawtelle-Sanktum an und prüfen nach, was ich Ihnen gesagt habe?«

Er machte ein mürrisches Gesicht. »Kommen Sie später wieder und sprechen Sie mit dem Direktor. Er kann dort anrufen . . . oder die Polizei verständigen, wie er es für richtig hält.«

Ich ging. Dann unterlief mir ein Fehler. Statt mit dem Direktor zu sprechen, mietete ich ein Taxi und raste sofort nach Brawley.

Dort ihre Spur aufzunehmen, dauerte gewiß drei Tage. Gewiß, sie hatte dort gewohnt, zusammen mit ihrer Großmutter; das fand ich sehr schnell heraus. Aber die Großmutter war vor zwanzig Jahren gestorben, und Ricky hatte sich dem Kaltschlaf unterzogen. Brawley besaß im Vergleich zu den sieben Millionen Einwohnern von Groß-Los-Angeles nur hunderttausend Bewohner; die zwanzig Jahre alten Unterlagen waren nicht schwer zu finden. Nur die noch nicht einmal eine Woche alte Spur machte mir Schwierigkeiten.

Das lag zum Teil daran, daß sie sich in Begleitung befand; ich hatte nach einer alleinstehenden jungen Dame gesucht. Als ich herausfand, daß ein Mann bei ihr war, dachte ich besorgt an die Betrüger, über die mir Bernstein einen Vortrag gehalten hatte.

Ich folgte einer falschen Spur nach Calexico, fuhr nach Brawley zurück und begann von neuem, fand die Fährte wieder und verfolgte sie bis Yuma.

In Yuma gab ich die Nachforschungen auf, weil Ricky geheiratet hatte. Was ich im Register des Standesamtes sah, schockierte mich so, daß ich aufgab und mit der nächsten Maschine nach Denver flog. Chuck schickte ich eine Karte mit der Bitte, meinen Schreibtisch auszuräumen und die Sachen in meinem Zimmer einzupacken.

In Denver blieb ich lange genug, um eine Firma für zahntechnische Artikel aufzusuchen. Seit man Denver zur Hauptstadt gemacht hatte, war ich nicht mehr dort gewesen, und die Stadt erschreckte mich. Ich konnte nicht einmal die Colfax Avenue finden. Soviel ich wußte, waren alle Regierungsstellen tief unter den Rocky Mountains angelegt worden. Falls das zutraf, befand sich allerhand Unwichtiges über der Erde; hier schien es noch voller zu sein als in Groß-Los-Angeles.

Bei der Großhandelsfirma kaufte ich zehn Kilogramm Gold, Isotop 197, in Form von Vierzehner-Draht. Ich bezahlte pro Kilogramm $ 81,10, was entschieden zu viel war, da man Gold für technische Zwecke für etwa $ 70,– pro Kilo bekam und der Kauf meinen einzigen Tausend-Dollar-Schein schwer in Mitleidenschaft zog.

Aber technisches Gold gibt es nur in Legierungen, die in der Natur nicht vorkommen, oder mit den Isotopen 197 oder 198 oder mit beiden zusammen, je nach Anwendungszweck. Ich brauchte Feingold, das sich in nichts von auf natürlichem Weg gewonnenem Gold unterscheiden durfte.

Ich wickelte mir das Gold um die Hüften und fuhr nach Boulder hinaus. Zehn Kilogramm – das ist etwa das Gewicht eines gutgefüllten Wochenend-Koffers, und diese Menge Gold nimmt ungefähr soviel Platz ein wie ein Liter Milch. Aber der Draht benötigte mehr Raum als ein Goldblock; ich kann ihn als Gürtel nicht empfehlen. Goldklumpen wären aber noch schwerer zu tragen gewesen. Auf diese Weise konnte ich es jedenfalls immer bei mir haben.

Dr. Twitchell wohnte noch in der Universität, wenn er auch

nicht mehr lehrte; er war Professor Emeritus und verbrachte die meiste Zeit in der Bar des Fakultätenklubs. Es dauerte vier Tage, bis ich ihn in einer anderen Bar erwischte, denn der Uni-Club war Fremden nicht zugänglich. Als ich es aber endlich geschafft hatte, war es sehr einfach, ihn zu einem Drink einzuladen.

Er war eine tragische Gestalt im klassischen Sinn, ein großer, sehr großer Mann, der zerbrochen war. Er hätte sich auf einer Ebene mit Einstein, Bohr und Newton befinden müssen; aber nur ein paar Spezialisten auf dem Gebiet der Feldtheorie kannten den Wert seiner Arbeit. Bei unserer Begegnung fand ich einen enttäuschten, gealterten und vom Alkohol gezeichneten Mann. Es war, als besuche man die Ruine eines grandiosen Tempels, nachdem das Dach eingestürzt und die Säulen geborsten waren.

Trotzdem war er in seinem Zustand noch zehnmal intelligenter als ich in meinen besten Stunden. Ich bin immerhin klarsichtig genug, echtes Genie zu erkennen, wenn ich es sehe.

Als ich ihm zum erstenmal gegenübertrat, sah er auf, starrte mich an und sagte: »Sie schon wieder.«

»Sir?«

»Sie haben doch bei mir studiert, oder nicht?«

»Nein, Sir, diese Ehre hatte ich leider nicht.« Wenn Leute behaupten, sie hätten mich schon einmal getroffen, winke ich meistens ab, hier beschloß ich, dieses nicht zu tun und meine Chance auszunutzen. »Vielleicht meinen Sie meinen Cousin, Professor, Klasse 86. Er hat einmal bei Ihnen studiert.«

»Möglich. Welches Examen?«

»Er mußte leider von der Hochschule abgehen, Sir. Aber er hat Sie immer sehr bewundert. Allen Leuten erzählte er, daß er Ihr Schüler gewesen sei.«

Man kann sich eine Mutter nicht zum Feind machen, der man erzählt, ihr Kind sei wunderschön. Dr. Twitchell ließ mich Platz nehmen und bald darauf zu einem Drink einladen. Die größte Schwäche dieses grandiosen Alten war seine berufliche Eitelkeit. Ich hatte die vier Wartetage zum Teil damit verbracht, mir alles einzuprägen, was ich in der Universitätsbibliothek über ihn finden konnte. Ich wußte also, welche Titel er besaß und welche Bücher er geschrieben hatte. In eines davon steckte ich meine Nase, aber auf Seite neun kam ich schon nicht mehr mit. Nur ein paar Fachausdrücke konnte ich mir merken.

Ich ließ ihn wissen, daß ich selbst ein Jünger der Wissenschaft sei; zur Zeit sammle ich Material zu einem Buch: ›Unerkannte Genies‹.

»Worüber soll es denn sein?«

Ich gab schüchtern zu, daß ich es für angebracht hielte, das Buch mit einer volkstümlichen Beschreibung seines Lebens und seiner Werke zu beginnen ... vorausgesetzt, er sei ein wenig zugänglich. Ich benötigte natürlich sehr viel Material von ihm.

Er hielt das Ganze für Blödsinn und wollte sich darauf nicht einlassen. Ich erklärte ihm jedoch, daß er der Nachwelt verpflichtet sei, und er meinte, er würde es sich überlegen. Am nächsten Tag unterstellte er einfach, daß ich seine Biographie schreiben würde – nicht einfach ein Kapitel, nein, ein ganzes Buch. Von da an redete und redete er, und ich schrieb mit ... ich getraute mich nicht zu schwindeln, weil er mich manchmal bat, ihm Abschnitte vorzulesen.

Aber von der Zeitreise sprach er nie.

Ich sagte schließlich: »Professor, trifft es nicht zu, daß Sie den Nobelpreis bekommen hätten, wenn nicht ein hier stationierter Oberst dies vereitelt hätte?«

Er fluchte drei Minuten lang, ohne sich auch nur ein einziges Mal zu wiederholen. »Wer hat Ihnen davon erzählt?«

»Professor, als ich für das Verteidigungsministerium Material sammelte – davon habe ich doch gesprochen, nicht wahr?«

»Nein.«

»Nun, damals hörte ich die ganze Geschichte von einem jungen Doktor aus einer anderen Abteilung. Er hatte den Bericht gelesen und meinte, Sie wären zweifellos der berühmteste Physiker aller Zeiten ... wenn man Ihnen erlaubt hätte, Ihre Arbeiten zu veröffentlichen.«

»Hrrm! Das stimmt!«

»Aber ich war der Meinung, das Material sei als geheim deklariert worden ... auf Anweisung dieses Colonel – äh – Plushbottom.«

»Thrusbotham. Trushbotham, Sir. Ein fetter, fauler vertrottelter Kerl, der seinen eigenen Hut nicht gefunden hätte, wenn er auf seinem Schädel gewesen wäre.«

»Ich finde das sehr bedauerlich.«

»Was ist bedauerlich, Sir? Daß Trushbotham ein Narr war? Das lag nicht an mir.«

»Ich finde es sehr traurig, daß man der Welt diese Leistung vorenthält. Ich habe gehört, daß Sie nicht davon reden dürfen.«

»Wieso? Ich sage, was mir paßt!«

»Entschuldigen Sie, Sir, aber ich habe das von meinem Freund im Verteidigungsministerium erfahren.«

»Hrrm!«

Das war alles, was ich an jenem Abend aus ihm herausbrachte. Es dauerte eine Woche, bis er sich entschloß, mir sein Labor zu zeigen.

Das Gebäude diente jetzt zum größten Teil anderen Forschern, aber sein Zeit-Labor hatte er nie herausgerückt, obwohl er es nicht mehr benützte, er verwies auf die Geheimhaltungspflicht und weigerte sich, andere Leute heranzulassen oder die Anlage zu demontieren. Als er die Tür öffnete und mich eintreten ließ, empfing mich ein Geruch wie aus einem Grabgewölbe.

Er hatte gerade genug getrunken, um ohne Hemmungen zu sein, aber nicht so viel, daß er nicht mehr aufrecht stehen konnte. Er vertrug allerhand. Er hielt mir einen Vortrag über die mathematischen Grundlagen der Zeittheorie und Zeitverdrängung – er gebrauchte das Wort ›Zeitreisen‹ nie –, verbot mir aber, Notizen zu machen. Das hätte mir auch gar nichts geholfen, weil er einen Absatz mit den Worten begann: »Es steht daher fest –«, um dann Dinge zu entwickeln, die vielleicht für ihn und den lieben Gott feststanden, aber für niemand sonst.

Als er eine Pause machte, meinte ich: »Den Erzählungen meines Freundes hatte ich entnommen, daß Ihnen eine genaue Meßeinteilung nicht gelungen sei, daß Sie also die genaue Größe der Zeitverdrängung nicht bestimmen könnten.«

»Was? Dummes Geschwätz! Junger Mann, was man nicht messen kann, hat mit Wissenschaft nichts zu tun.« Er brodelte ein bißchen wie ein Wasserkessel, dann fuhr er fort: »Hier. Ich werde es Ihnen schon zeigen.« Er drehte sich um und begann an den Knöpfen herumzudrehen. Von der Anlage war nur zu sehen, was er die ›Zeit-Ort-Bühne‹ nannte – eine niedrige Plattform mit einem Käfig rundherum – und eine Schalttafel. Ich bin überzeugt davon, daß ich die Bedienung der Knöpfe hätte erlernen können, wenn ich mit ihnen allein gelassen worden wäre, aber er hatte mir sofort verboten, sie zu berühren. Ich sah einen Braunschen Registrierapparat, einige Hochleistungssolenoid-Schalter und ein Dutzend ähnlich vertrauter Geräte, aber ohne die Schaltungssysteme ließ sich nichts anfangen.

Er wandte sich mir wieder zu und herrschte mich an: »Haben Sie Kleingeld in der Tasche?«

Ich holte eine Handvoll Münzen hervor. Er sah sie an und nahm zwei Fünf-Dollar-Stücke, frisch geprägt, die hübschen grünen Hexagonalmünzen, die neu ausgegeben worden waren. Eigentlich hätte er ja auch kleinere Münzen nehmen können, weil mir langsam das Geld ausging.

»Haben Sie ein Messer?«

»Ja, Sir.«

»Ritzen Sie Ihre Anfangsbuchstaben in beide Münzen.«

Ich tat es. Dann mußte ich sie nebeneinander in den Käfig legen. »Notieren Sie die genaue Zeit. Ich habe die Verdrängung auf genau eine Woche, minus oder plus sechs Sekunden eingestellt.«

Ich schaute auf meine Uhr. Dr. Twitchell sagte: »Fünf ... vier ... drei ... zwei ... eins ... jetzt!«

Ich sah von meiner Uhr auf. Die Münzen waren verschwunden. Ich brauchte nicht so zu tun, als triebe es mir die Augen aus den Höhlen. Chuck hatte mir von einer solchen Vorführung berichtet, sie mitzuerleben war doch etwas ganz anderes.

Dr. Twitchell sagte forsch: »Wir kommen heute abend in einer Woche wieder hierher und warten, bis eine der Münzen wieder auftaucht. Was die andere angeht – Sie haben sie beide im Käfig liegen sehen? Sie haben sie selbst hingelegt?«

»Ja, Sir.«

»Wo war ich?«

»An der Bedienungstafel, Sir.« Er war gut dreieinhalb Meter vom Käfig entfernt gewesen und hatte sich ihm seither nicht genähert.

»Gut. Kommen Sie her.« Ich gehorchte, und er griff in die Tasche. »Hier ist eine von Ihren Münzen. Die andere bekommen Sie in einer Woche wieder.« Er überreichte mir eine grüne Fünf-Dollar-Münze; sie trug meine Initialen.

Ich sagte nichts, weil ich mit herabhängendem Unterkiefer schlecht sprechen konnte.

Er fuhr fort: »Ihre Bemerkungen von vergangener Woche haben mich gestört. Ich besuchte das Labor am Mittwoch, was ich seit – oh, über einem Jahr nicht mehr getan habe, und diese Münze fand ich im Käfig. Ich wußte also, daß ich das Gerät wieder benützen würde. Ich konnte Ihnen die Vorführung demnach erst heute geben.«

Ich sah die Münze an und befühlte sie. »Sie war in Ihrer Tasche, als wir heute hierherkamen?«

»Gewiß.«

»Aber wie konnte sie zugleich in meiner und in Ihrer Tasche sein?«

»Lieber Gott, Mann, haben Sie denn keine Augen? Kein Gehirn zum Denken? Können Sie eine einfache Tatsache nicht begreifen, weil sie außerhalb Ihres trostlosen Daseins liegt? Sie haben sie heute in Ihrer Tasche hierhergetragen – und wir stießen sie in die vergangene Woche zurück. Das haben Sie gesehen. Vor einigen Tagen fand ich sie hier. Ich steckte sie in die Tasche. Ich brachte sie heute her. Dieselbe Münze ... oder, um genau zu sein, ein späteres Segment ihres Raum-Zeit-Gefüges, um eine Woche mehr verbraucht, um eine Woche mehr abgenützt – aber ›dieselbe‹ Münze. Allerdings nicht mehr identisch mit ihr als ein Baby mit dem Mann, zu dem es heranwächst. Älter eben.«

Ich sah die Münze an. »Professor ... versetzen Sie mich um eine Woche zurück.«

Er starrte mich zornig an. »Ausgeschlossen!«

»Warum nicht? Funktioniert das bei Menschen nicht?«

»Was? Natürlich funktioniert es da auch!«

»Warum wollen Sie es dann nicht versuchen? Ich habe keine Angst. Und stellen Sie sich vor, wie großartig das für Ihr Buch wäre ... wenn ich aus eigenem Wissen bezeugen könnte, daß die Twitchellsche Zeitverdrängungstheorie tatsächlich richtig ist.«

»Sie können sie aus eigenem Wissen bestätigen, Sie waren ja eben Zeuge.«

»Ja«, meinte ich zögernd, »aber niemand wird mir glauben. Diese Sache mit den Münzen ... ich habe sie gesehen und glaube daran. Aber die Leser würden annehmen, ich sei leichtgläubig, und Sie hätten mich mit einer Taschenspielerei hereingelegt.«

»Hören Sie mal!«

»Das sage nicht ich, das sagen andere. Man könnte einfach nicht glauben, daß ich das Berichtete wirklich gesehen habe. Aber wenn Sie mich nur um eine Woche zurückversetzen, könnte ich aus eigenem Erleben bezeugen ...«

»Setzen Sie sich. Hören Sie zu.« Er nahm Platz. Für mich gab es keinen Stuhl, aber das schien er nicht zu bemerken. »Ich habe vor langer Zeit mit Menschen experimentiert, aber damit ist endgültig Schluß.«

»Warum? Sind die Leute ums Leben gekommen?«

»Was? Lassen Sie den Blödsinn.« Er sah mich scharf an und fügte hinzu: »Das dürfen Sie in Ihrem Buch nicht bringen.«

»Wie Sie wünschen, Sir.«

»Einige kleine Experimente zeigten, daß lebende Wesen die Zeitverdrängung ohne Schaden überstehen. Ich hatte mich einem Kollegen anvertraut, einem jungen Mann, der in der Architekturklasse Zeichnen und Malen lehrte. Eigentlich war er mehr Techniker als Wissenschaftler, aber ich mochte ihn; er hatte einen wachen Verstand. Dieser junge Mann – es kann nichts schaden, wenn ich Ihnen seinen Namen sage: Leonard Vincent – wollte es um jeden Preis versuchen ... im Ernst versuchen; er wollte sich einer großen Veränderung unterziehen, fünfhundert Jahre. Ich war nicht hart genug. Ich ließ es zu.«

»Was geschah dann?«

»Woher soll ich das wissen? Fünfhundert Jahre, Mann! Ich werde nie erfahren, was aus ihm geworden ist!«

»Aber Sie glauben, daß er fünfhundert Jahre in die Zukunft vorrückte?«

»Oder in die Vergangenheit zurück. Vielleicht ist er im fünfzehnten Jahrhundert gelandet. Oder im fünfundzwanzigsten. Die Chancen stehen genau gleich. Es gibt eine Unbestimmbarkeit – symmetrische Gleichungen. Ich habe mir manchmal überlegt ... nein, das ist nur eine zufällige Ähnlichkeit der Namen.«

Ich fragte nicht, was er damit meinte, weil ich die Ähnlichkeit plötzlich selbst sah und mir die Haare zu Berge standen. Dann schob ich diesen Gedanken beiseite: ich hatte andere Probleme. Außerdem – es handelte sich bestimmt nur um eine zufällige Namensähnlichkeit – konnte ein Mann nicht von Colorado nach Italien gelangen, nicht im fünfzehnten Jahrhundert.

»Aber ich habe mich fest entschlossen, der Versuchung nie mehr nachzugeben. Das war nicht wissenschaftlich, man konnte nicht das geringste daraus lernen. Wenn er in die Zukunft geschickt wurde, gut. Aber wenn er rückwärts transportiert worden ist ... habe ich meinen Freund vielleicht in die Hände von Wilden geliefert. Oder wilden Tieren vorgeworfen.«

Vielleicht war er auch ein ›Großer Weißer Vater‹ geworden,

dachte ich. Ich behielt das für mich. »Aber bei mir müßte man doch eine so große Verdrängung nicht einstellen.«

»Reden wir nicht mehr davon, Sir.«

»Wie Sie wünschen, Professor.« Aber ich mußte wieder davon anfangen. »Äh, darf ich einen Vorschlag machen?«

»Was? Reden Sie.«

Wir könnten beinahe dasselbe Ergebnis durch eine Probe gewinnen.«

»Wie meinen Sie das?«

»Eine komplette Generalprobe, in der alles genauso ausgeführt wird, als wollten Sie ein Lebewesen in der Zeit versetzen – diese Rolle übernehme ich. Wir machen alles genauso, als wollten Sie mich durch die Zeit senden, bis zu dem Punkt, an dem Sie auf den Knopf dort drücken. Dann verstehe ich die Prozedur ... über die ich mir jetzt noch nicht ganz klar bin.«

Er brummelte ein bißchen, aber er wollte sein Spielzeug doch nur allzu gerne vorführen. Er wog und legte Metallgewichte aufeinander, die genau meinen hundertsechzig Pfund entsprachen. »Das sind dieselben Gewichte, die ich bei dem armen Vincent benützt habe.«

Wir legten sie in den Käfig. »Welche Zeiteinstellung nehmen wir?« fragte er. »Sie haben freie Hand.«

»Sie sagten, die Einstellung sei sehr genau möglich?«

»Allerdings. Bezweifeln Sie das?«

»O nein, nein! Eine Sekunde – heute ist der vierundzwanzigste Mai – angenommen wir ... wie wär's mit, sagen wir einunddreißig Jahren, drei Wochen, einem Tag, sieben Stunden, dreizehn Minuten und fünfundzwanzig Sekunden?«

»Sehr witzig. Als ich von ›genau‹ sprach, meinte ich bis zu einer Präzision von eins zu hunderttausend, nicht von eins zu neunhundert Millionen.«

»Oh. Sie sehen selbst, Professor, wie wichtig eine Generalprobe für mich ist, weil ich wirklich sehr wenig davon verstehe. Na, nehmen wir also einunddreißig Jahre und drei Wochen. Oder ist das noch zuviel verlangt?«

»Keineswegs. Die Abweichung dürfte im Höchstfall zwei Stunden betragen.« Er stellte die Apparatur ein. »Sie können jetzt in den Käfig steigen.«

»Das ist alles?«

»Ja. Nur die Energiezufuhr fehlt. Ich könnte diese Veränderung mit dem Normalstrom nicht bewältigen, der für die Münzen ausreichte. Aber das spielt ja keine Rolle, weil wir nur so tun als ob.«

Ich machte ein enttäuschtes Gesicht. »Dann haben Sie also gar nicht alles zur Verfügung, was für eine derartige Veränderung erforderlich wäre? Das Ganze war theoretisch gemeint?«

»Nein, zum Teufel. Ich habe es nicht theoretisch gemeint.«

»Aber wenn Ihnen die nötige Energie fehlt ...«

»Ich kann sie besorgen, wenn Sie darauf bestehen. Warten Sie.« Er ging in eine Ecke des Labors und nahm den Telefonhörer ab. Der Apparat mußte beim Bau des Labors aufgestellt worden sein; seit meinem Erwachen hatte ich so etwas nicht mehr gesehen. Es kam zu einem kurzen Gespräch mit dem Nachtaufseher des Elektrizitätswerks der Universität. Dr. Twitchell benötigte keine Schimpfworte; er konnte sie weglassen und doch schärfer sein als mancher Grobian. »Ihre Ansichten interessieren mich nicht im geringsten, mein lieber Mann. Lesen Sie Ihre Dienstanweisung. Ich kann zu jeder Zeit volle Unterstützung beanspruchen. Sie können doch lesen? Treffen wir uns morgen früh um zehn Uhr mit dem Präsidenten und soll er sie Ihnen vorlesen? Ach so? Sie können lesen? Vielleicht auch noch schreiben? Oder sind Ihre Talente schon erschöpft? Dann schreiben Sie auf: ›Volle Energiezufuhr auf die Sammelleitschiene des Thornton-Labors in genau acht Minuten.‹ Wiederholen Sie das.«

Er legte den Hörer auf die Gabel. »Esel!«

Er ging zur Schalttafel, drehte ein wenig an den Knöpfen und wartete. Dann konnte ich sogar von meinem Platz im Käfig aus die Zeiger von drei Skalenreihen hochschwingen sehen. Und oben an der Tafel leuchtete eine rote Lampe auf. »Der Strom ist da«, verkündete er.

»Und was geschieht jetzt?«

»Nichts.«

»Das habe ich mir gedacht.«

»Was soll das heißen?«

»Was ich gesagt habe. Nichts wird geschehen.«

»Ich fürchte, ich verstehe Sie nicht ganz. Hoffentlich nicht. Was ich meine, war, daß nichts geschieht, wenn ich diesen Hebel nicht umlege. Täte ich das, dann wären Sie genau um einunddreißig Jahre und drei Wochen in der Zeit versetzt.«

»Und ich sage immer noch, daß nichts passieren würde.«

Sein Gesicht wurde blutrot. »Ich habe den Eindruck, daß Sie mich beleidigen wollen, Sir.«

»Nennen Sie es, wie Sie wollen, Professor. Ich bin hergekommen, um einem Gerücht nachzugehen. Nun, das habe ich getan. Ich habe eine Schalttafel mit hübschen Lämpchen gesehen; sie sieht aus wie eine Anlage für einen wahnsinnigen Wissenschaftler in einem Grusel-Film. Ich habe eine Taschenspielerei mit zwei Münzen miterlebt. Der Trick ist übrigens nicht besonders gut, da Sie die Münzen selbst ausgewählt und mir gesagt haben, wie ich sie markieren muß; jeder Amateurzauberer kann das besser. Ich habe viel Gerede angehört. Aber reden kostet ja nichts. Was Sie als Ihre Entdeckung ausgeben, ist unausführbar. Übrigens weiß man das im Ministerium auch. Ihr Bericht ist nicht unterdrückt worden; man hat ihn einfach bei den anderen unsinnigen Briefen abgelegt. Ab und zu holt ihn jemand heraus, damit es etwas zu lachen gibt.«

Ich dachte schon, der arme alte Knabe würde auf der Stelle vom Schlag getroffen werden. Aber ich mußte ihn durch den einzigen Reflex packen, der ihm geblieben war, seine Eitelkeit.

»Kommen Sie sofort heraus. Ich schlage Sie kaputt. Ich mache Sie mit bloßen Händen fertig.«

In seinem Zorn hätte er es vielleicht sogar fertiggebracht, trotz der Unterschiede in Alter, Gewicht und körperlicher Verfassung. Aber ich erwiderte: »Sie machen mir keine Angst. Dieser lächerliche Knopf auch nicht. Drücken Sie ihn doch.«

Er sah mich an, sah den Knopf an, aber er unternahm immer noch nichts. Ich kicherte und sagte: »Schwindel, genau, wie die Kollegen behauptet haben. Twitch, Sie sind ein aufgeblasener alter Schwindler, ein Angeber. Colonel Thrushbotham hatte recht.«

Das genügte.

10

Während sein Finger auf den Knopf zuschnellte, versuchte ich ihm zuzuschreien, daß er es nicht tun sollte. Aber es war zu spät; ich stürzte bereits. Mein letzter Gedanke war der flehende Wunsch, alles ungeschehen machen zu können. Ich hatte alles weggeworfen und einen armen alten Mann beinahe zu Tode gequält – und ich wußte nicht einmal, in welche Richtung ich versetzt würde.

Schlimmer noch, ich wußte nicht einmal, ob ich dort ankommen würde.

Dann prallte ich auf. Mehr als eineinhalb Meter tief kann ich nicht gefallen sein, aber ich war nicht darauf vorbereitet. Ich brach zusammen wie ein Sack. Dann sagte jemand: »Wo, zum Teufel, kommen Sie denn her?«

Ein Mann um die Vierzig, glatzköpfig, aber gut gebaut und schlank stand vor mir, die Arme in die Hüften gestemmt. Er sah sehr intelligent aus, und sein Gesicht war nicht häßlich, wenn man davon absah, daß er zornig auf mich war.

Ich setzte mich auf und stellte fest, daß ich auf Kies und Tannennadeln saß. Neben dem Mann stand eine Frau, eine nette, hübsche Frau, die etwas jünger zu sein schien als er. Sie sah mich mit großen Augen an, sagte aber nichts.

»Wo bin ich?« fragte ich dümmlich. Ich hätte auch sagen können: »Wann bin ich?«, aber das hätte noch alberner geklungen, und außerdem dachte ich nicht daran. Ein Blick genügte, und ich wußte, wann ich nicht war – ich befand mich nicht im Jahr 1970, auch im Jahr 2001 war ich nicht mehr. So etwas wäre nur am Strand möglich gewesen. Ich mußte also in die falsche Richtung geraten sein.

Denn beide trugen nichts als eine angenehme Sonnenbräune. Nich einmal ›Engsitz‹. Aber es schien ihnen zu genügen. Verlegen waren sie jedenfalls nicht.

»Alles der Reihe nach«, wandte er ein. »Ich habe Sie gefragt, wie Sie hergekommen sind.« Er sah nach oben. »Ihr Fallschirm ist nicht am Baum hängengeblieben, wie? Was treiben Sie überhaupt hier? Das ist Privatgrund; Sie stören. Und was soll dieser Karnevalsaufzug bedeuten?«

Ich fand an meiner Kleidung nichts Ungewöhnliches – vor allem im Hinblick darauf, daß die beiden unbekleidet waren. Aber ich erwiderte nichts. Andere Zeiten, andere Sitten – ich merkte schon, daß ich Schwierigkeiten haben würde.

Sie legte ihm die Hand auf den Arm. »Nicht, John«, sagte sie leise. »Ich glaube, er hat sich verletzt.«

Er warf ihr einen Blick zu und starrte mich dann scharf an. »Sind Sie verletzt?«

Ich versuchte aufzustehen und schaffte es. »Ich glaube nicht. Ein paar Blutergüsse vielleicht. Äh, welchen Tag haben wir heute?«

»Was? Na, heute ist der erste Sonntag im Mai. Der dritte Mai, glaube ich. Stimmt's, Jenny?«

»Ja, Liebster.«

»Hören Sie«, sagte ich flehend, »ich habe mir den Schädel ganz schön angeschlagen. Ich bin völlig durcheinander. Welches Datum? Ich meine das ganze Datum.«

»Wie bitte?«

Ich hätte den Mund halten sollen, bis ich das Datum von irgendeinem Kalender oder einer Zeitung hätte ablesen können. Aber ich mußte sofort Bescheid wissen. Ich hielt das Warten nicht aus. »Welches Jahr?«

»Na, Sie hat es aber ganz ordentlich erwischt. Wir schreiben 1970.« Ich sah ihn wieder meine Kleidung anstarren.

Meine Erleichterung war nicht zu beschreiben. Ich hatte es geschafft, ich hatte es geschafft! Ich war nicht zu spät gekommen. »Danke«, sagte ich. »Vielen, vielen Dank. Sie wissen ja nichts.« Er sah immer noch aus, als wolle er gleich Verstärkung herbeiholen, deswegen fügte ich nervös hinzu: »Ich leide oft an plötzlichem Gedächtnisverlust. Einmal vergaß ich – äh – fünf Jahre auf einmal.«

»Das muß sehr unangenehm sein«, meinte er schleppend. »Fühlen Sie sich imstande, meine Fragen zu beantworten?«

»Laß ihn doch in Ruhe«, ermahnte sie ihn. »Er scheint ein anständiger Mensch zu sein. Ich glaube, daß er nur einen Fehler gemacht hat.«

»Das werden wir ja sehen. Nun?«

»Ich fühle mich ganz in Ordnung ... jetzt. Aber eine Weile war ich durcheinander.«

»Na schön, wie sind Sie hierhergekommen? Und warum tragen Sie diese Kleidung?«

»Um ganz ehrlich zu sein, wie ich hergekommen bin, weiß ich nicht genau. Und wo ich bin, erst recht nicht. Diese Anfälle treten ganz plötzlich auf. Und was meine Kleidung angeht ... nun, das können Sie Exzentrizität nennen. Äh ... so, wie Sie zum Beispiel angezogen sind ... oder nicht angezogen sind.«

Er sah an sich hinunter und grinste. »Ach ja, ich weiß natürlich, daß die Art, wie ich und meine Frau gekleidet ... oder nicht gekleidet sind ... unter gewissen Umständen eine Erklärung erforderlich machen würde, aber wir ziehen es vor, Unbefugte zur Rede zu stellen. Sehen Sie, Sie gehören hier nicht herein; Sie befinden sich auf dem Grundstück des Freikörperkulturklubs von Denver.«

John und Jenny Sutton gehörten jener Sorte von weltklugen, freundlichen Menschen an, die sogar ein Erdbeben zum Tee bitten würden. John war mit meinen mageren Erklärungen offensichtlich nicht zufrieden und wollte mich ins Kreuzverhör nehmen, aber Jenny hielt ihn zurück. Ich blieb bei meiner Geschichte von den ›Schwindelanfällen‹ und behauptete, mich nur noch an gestern abend erinnern zu können, als ich im New Brown Palace in Denver gewesen sei. Er meinte schließlich: »Nun, das ist ja sehr interessant, ja sogar aufregend. Jemand, der nach Boulder fährt, kann Sie dort absetzen. Mit dem Bus kommen Sie von dort nach Denver.« Er sah mich wieder an. »Aber wenn ich Sie ins Klubhaus mitnehme, werden die Leute sehr, sehr neugierig sein.«

Ich sah an mir herunter. Ich war schon reichlich verlegen, weil ich bekleidet war und sie nicht – ich meine, ich kam mir vor, als stimme bei mir etwas nicht. »John ... würde es die Sache vereinfachen, wenn ich mich ebenfalls auszöge?« Diese Aussicht schockierte mich nicht. Ich war zwar nie in einem Nudistencamp gewesen, weil ich darin keinen Sinn sah, aber wenn es sein mußte ...

Er nickte: »Unbedingt.«

»Er könnte ja unser Gast sein, Liebling«, meinte Jenny.

»Mmm ... ja. Du gehst am besten im Park herum, Liebste, und läßt die anderen Leute wissen, daß wir einen Gast erwarten, aus ... was schlagen Sie vor, Danny?«

»Äh, aus Kalifornien. Los Angeles. Von dort bin ich nämlich.«

Ich hätte beinahe ›Groß-Los-Angeles‹ gesagt und beschloß, etwas vorsichtiger zu sein.

»Aus Los Angeles. Das und ›Danny‹ genügt vollauf. Wir sprechen uns nicht mit den Familiennamen an, wenn das nicht ausdrücklich gewünscht wird. Liebling, sei so gut und versuche bei den anderen den Eindruck zu erwecken, als sei er jemand, den schon alle kennen. In einer halben Stunde müßtest du uns am Tor abholen. Statt dessen kommst du hierher. Und bring meine Tasche mit.«

»Warum denn das?«

»Um dieses Kostüm zu verstecken. Es fällt auf, selbst für einen Menschen, der so exzentrisch ist, wie Danny von sich behauptet.«

Ich stand auf und verschwand hinter dem Gebüsch, um mich auszuziehen. Sobald Jenny Sutton gegangen war, hätte ich keine Ausrede für meine Schamhaftigkeit mehr gehabt; ich konnte mich aber nicht ausziehen und zeigen, daß ich Gold im Wert von zwanzigtausend Dollar, wenn man den jetzigen Goldpreis zugrundelegte, um die Hüften gewickelt mit mir trug. Es dauerte nicht lange, weil ich aus dem Gold einen Gürtel gewunden hatte.

Als ich ausgezogen war, wickelte ich das Gold in meine Kleidung und versuchte so zu tun, als sei das Gewicht meines Bündels ganz normal. John Sutton warf einen Blick darauf, sagte aber nichts. Er bot mir eine Zigarette an – das Päckchen hatte er mit einem Riemen am Fußknöchel befestigt.

Ich wedelte damit herum, aber sie entzündete sich nicht. Dann ließ ich mir Feuer geben. »Also«, sagte er ruhig, »jetzt sind wir allein. Wollen Sie mir noch etwas mitteilen? Wenn ich Sie beim Klub einführen soll, muß ich immerhin sicher sein, daß Sie nichts anstellen.«

Ich sog den Rauch ein. Er kratzte in der Kehle. »John, ich mache bestimmt keine Schwierigkeiten. Das ist das allerletzte, was ich brauchen könnte.«

»Hm ... kann ich mir denken. Also nur ›Schwindelanfälle‹?«

Ich dachte nach. Die Situation war unmöglich. Der Mann hatte ein Recht darauf, die Wahrheit zu erfahren. Aber die Wahrheit würde er mir ganz gewiß nicht glauben ... jedenfalls hätte ich es an seiner Stelle nicht getan. Aber es war noch schlimmer, wenn er mir glaubte; das mußte zu dem Theater führen, das ich nicht wünschte. Wäre ich ein ehrlicher, echter Zeitreisender mit Forschungsaufgaben gewesen, dann hätte ich wohl die Öffentlichkeit gesucht, unwiderlegbare Beweise mitgebracht und Wissenschaftler um Untersuchungen gebeten.

Aber das war ich nicht; ich war ein einfacher und etwas abenteuerlicher Bürger, mit Dingen befaßt, auf die ich nicht die Aufmerksamkeit anderer Leute lenken wollte. Ich suchte ganz einfach nach meiner ›Tür zum Sommer‹, so unauffällig wie möglich.

»John, Sie würden mir nicht glauben.«

»Hm ... vielleicht. Immerhin, ich habe einen Mann vom Himmel fallen sehen ... aber er prallte nicht so hart auf, daß er sich verletzt hätte. Er trägt merkwürdige Kleidung. Er scheint nicht zu wissen, welches Datum wir schreiben oder wo er sich befindet. Danny, ich habe Charles Fort gelesen, wie die meisten Leute. Aber ich habe nie damit gerechnet, so etwas tatsächlich zu erleben. Natürlich rechne ich nicht mit einer einfachen Erklärung. Also?«

»John, Sie sagten vorhin etwas, das mich auf den Gedanken brachte, Sie könnten Rechtsanwalt sein.«

»Ja, das bin ich. Warum?«

»Kann ich Ihnen etwas unter dem Siegel der Schweigepflicht erklären?«

»Wollen Sie, daß ich Sie als Klienten akzeptiere?«

»Wenn Sie es so ausdrücken wollen, ja. Ich brauche sowieso Rat.«

»Also, dann heraus damit. Ich bin ab sofort Ihr Anwalt.«

»Fein. Ich komme aus der Zukunft. Zeitreise.«

Er sagte eine Weile nichts. Wir lagen ausgestreckt in der Sonne. Ich tat es, um mich warm zu halten; der Mai in Colorado ist meistens schön, aber ziemlich kühl. John Sutton schien daran gewöhnt zu sein. Er faulenzte einfach und kaute an einer Tannennadel herum.

»Sie haben recht«, sagte er schließlich. »Ich glaube es nicht. Bleiben wir lieber bei den ›Anfällen‹.«

»Ich habe es Ihnen ja gleich gesagt.«

Er seufzte. »Sagen wir, ich will es nicht glauben. Ich will auch nicht an Geister, Inkarnationen oder irgendeine andere Erscheinung dieser übersinnlichen Wahrnehmungen glauben. Ich mag einfache Dinge, die ich verstehen kann. Das ist bei den meisten Leuten so. Mein erster Rat wäre also, das für uns zu behalten. Sprechen Sie nirgends davon.«

»Ich habe nichts dagegen.«

Er rollte sich auf den Bauch. »Aber es dürfte wohl angebracht sein, diese Kleidung zu verbrennen. Ich verschaffe Ihnen etwas zum Anziehen. Brennt das Zeug?«

»Nicht besonders gut. Es schmilzt.«

»Ziehen Sie lieber wieder Ihre Schuhe an. Wir tragen fast alle Schuhe hier, und damit müßten Sie durchkommen. Wenn Ihnen jemand Fragen stellt, sagen Sie, die Schuhe seien handgefertigt. Gesundheitsschuhe.«

»Das sind sie auch.«

»Schön.« Er begann mein Kleiderbündel auseinanderzurollen, bevor ich eingreifen konnte. »Donnerwetter!«

Es war zu spät. »Danny«, sagte er mit eigenartiger Stimme, »ist es das, was es zu sein scheint?«

»Was scheint es denn zu sein?«

»Gold.«

»Ja.«

»Wo haben Sie es her?«

»Gekauft.«

Er betastete das weiche Metall, dann hob er den Draht hoch. »Donnerwetter! Danny ... hören Sie mir genau zu. Ich muß Ihnen eine Frage stellen. Überlegen Sie, bevor Sie antworten. Ich kann keinen Klienten gebrauchen, der mich belügt. Ich verzichte darauf. Und mit einer Straftat will ich auch nichts zu tun haben. Gehört Ihnen das rechtmäßig?«

»Ja.«

»Vielleicht haben Sie vom Gesetz über Goldreserven 1968 noch nichts gehört?«

»Doch. Ich habe das Gold auf gesetzlich erlaubtem Weg erworben. Ich beabsichtige, es der Denver Münzanstalt gegen Dollar zu verkaufen.«

»Sind Sie etwa als Juwelier zugelassen?«

»Nein. John, ich habe Ihnen die reine Wahrheit gesagt, ob Sie mir glauben oder nicht. Dort, wo ich war, konnte ich es rechtmäßig über den Ladentisch kaufen. Jetzt will ich es so schnell wie möglich gegen Dollars umtauschen. Ich weiß, daß der Besitz von Gold gegen das Gesetz verstößt. Was kann man mir tun, wenn ich es in der Münzanstalt auf den Tisch lege und verlange, daß es gewogen wird?«

»Nichts, im Endeffekt ... wenn Sie bei Ihren ›Schwindelanfällen‹ bleiben. Aber in der Zwischenzeit wird man Ihnen das Leben sauer machen.« Er sah das Gold an. »Ich meine, Sie sollten ein bißchen Erde darüberstreuen.«

»Es vergraben?«

»So weit brauchen Sie nicht zu gehen. Aber wenn das stimmt, was Sie eben sagten, haben Sie das Gold in den Bergen gefunden. Prospektoren stoßen dort oft auf Gold.«

»Tja ... wenn Sie meinen. Ich habe nichts gegen ein paar Lügen.«

»Aber ist das eine Lüge? Wann haben Sie dieses Gold zum erstenmal gesehen?«

Ich versuchte nachzudenken. Am selben Tag, als ich Yuma verlassen hatte, also im Mai 2001. Vor etwa zwei Wochen ...

Was?!!!

»So ausgedrückt, John ... das früheste Datum, an dem ich dieses Gold gesehen habe, war ... heute, am 3. Mai 1970!«

Er nickte. »Sie haben es also im Gebirge gefunden.«

Die Suttons blieben bis Montag früh, und ich tat dasselbe. Die anderen Klubmitglieder waren sehr freundlich, ohne sich durch besondere Neugierde gegenüber meinen Privatangelegenheiten hervorzutun. Seither habe ich erfahren, daß das in Nudistenklubs Ehrensache ist, aber damals erschienen sie mir als die diskretesten und höflichsten Menschen, denen ich je begegnet war.

John und Jenny hatten ihren eigenen Bungalow, und ich schlief auf einem Feldbett im Übernachtungsraum des Klubhauses. Es war verteufelt kühl. Am nächsten Tag gab mir John ein Hemd und Bluejeans. Meine eigene Kleidung war, um das Gold gewickelt, in einer Tasche in seinem Wagen verstaut – einem Jaguar Imperator, was allein schon bewies, daß er kein Winkeladvokat sein konnte. Aber darüber war ich mir von Anfang an klar gewesen.

Dann übernachtete ich bei den beiden, und am Dienstag hatte ich schon etwas Geld in der Tasche. Ich bekam das Gold nie mehr zu Gesicht, aber im Laufe der nächsten Wochen übergab mir John den genauen Gegenwert in Dollars abzüglich der üblichen Goldkäufergebühren. Ich weiß, daß er mit der Münzanstalt nicht direkt verhandelte, weil er mir stets Quittungen von Goldkäufern brachte. Für seine eigenen Dienste verlangte er nichts. Er erzählte mir auch keine Einzelheiten.

Mir war das gleichgültig. Als ich wieder über Bargeld verfügte, machte ich mich an die Arbeit. An diesem ersten Dienstag, dem 5. Mai 1970, fuhr mich Jenny durch die Gegend, und ich mietete ein kleines Atelier. Ich stattete es mit einem Zeichentisch, einer Werkbank, einem Feldbett und sonst sehr wenig aus; Gas, Wasser und eine Toilette waren vorhanden. Mehr brauchte ich nicht; außerdem mußte ich jeden Cent zweimal umdrehen.

Es war sehr mühsam und außerdem Zeitverschwendung, nach der alten Methode zu zeichnen, und mir blieb keine freie Minute. Ich baute also, bevor ich mich ›Vielzweck-Frank‹ zuwandte, den ›Mal-Max‹ neu. Diesmal wurde ›Vielzweck-Frank‹ allerdings zu ›Proteus-Pete‹, dem Allzweck-Automaten, der alle menschlichen Tätigkeiten ausführen konnte, wenn seine Thorsen-Röhren entsprechend programmiert waren. Ich wußte, daß ›Proteus-Pete‹ nicht so bleiben würde; seine Nachkommen mußten sich zu einer Horde spezialisierter Geräte entwickeln, aber ich wollte die Patientierungsgrundlagen so umfassend wie möglich gestalten.

Für einen Antrag auf Patentierung benötigt man keine Modelle, nur Zeichnungen und Beschreibungen. Ich brauchte aber gute Modelle, die fehlerlos arbeiteten und die jeder Mensch vorführen konnte, weil sich diese Geräte selbst verkaufen mußten und durch ihre praktische Konstruktion und Wirtschaftlichkeit zu zeigen hatten, daß sie nicht nur funktionierten, sondern auch eine gute Anlage darstellten; im Patentanwaltbüro wimmelte es von Geräten, die zwar funktionierten, aber wirtschaftlich gesehen, wertlos sind.

Die Arbeit ging zugleich schnell und langsam vonstatten, schnell, weil ich genau wußte, was zu tun war, und langsam, weil es mir sowohl an einer richtigen Werkstätte wie an fachmännischer Unterstützung gebrach. Nach einiger Zeit griff ich widerwillig meine kostbaren Geldreserven an, um Werkzeug zu kaufen, und von da ab lief es besser. Ich arbeitete vom Frühstück bis zu völliger Erschöpfung, sieben Tage in der Woche, bis auf ein Wochenende pro Monat, wenn ich mit John und Jenny zum Klub hinausfuhr. Am ersten September funktionierten beide Modelle, und ich konnte mit den Zeichnungen und Beschreibungen anfangen. Ich entwarf hübsche marmorierte Deckplatten und ließ sie mir anfertigen, die beweglichen Teile wurden verchromt; das waren die einzigen Arbeiten, die ich andere Leute tun ließ, und die Ausgaben taten mir weh, aber ich hielt sie für notwendig. Ich hatte natürlich in weitestem Umfang gebräuchliche Teile verwendet, andernfalls hätte ich die Geräte weder bauen können, noch wären sie wirtschaftlich verwendbar gewesen. Aber ich gab nicht gern Geld für äußerliche Feinheiten aus.

Viel Zeit für andere Dinge blieb mir nicht, was vielleicht auch sein Gutes hatte. Als ich einmal einen Servomotor kaufte, traf ich einen Mann, den ich von Kalifornien her kannte. Er sprach mich an, und ich gab ihm Antwort, ohne richtig nachzudenken. »He, Dan! Dan Davis! So ein Zufall. Ich dachte, Sie wären in Mojave!«

Wir schüttelten uns die Hände. »Nur eine kurze Geschäftsreise. Ich fahre in ein paar Tagen zurück.«

»Ich fahre heute nachmittag heim. Ich werde Miles anrufen und ihm sagen, daß wir uns getroffen haben.«

Ich machte ein besorgtes Gesicht, was mir nicht schwerfiel. »Tun Sie das bitte nicht.«

»Warum nicht? Seid ihr beiden nicht Geschäftspartner?«

»Das schon, aber ... passen Sie auf, Miles weiß nicht, daß ich hier bin. Ich sollte eigentlich in Albuquerque für die Firma geschäftliche Dinge erledigen. Ich habe aber aus privaten Gründen einen Abstecher gemacht. Verstehen Sie? Mit der Firma hat das nichts zu tun. Und mit Miles möchte ich nicht darüber sprechen.«

Er sah mich vielsagend an. »Weibergeschichten?«

»Äh ... ja.«

»Ist sie verheiratet?«

»So ungefähr.«

Er stieß mich in die Rippen und kniff ein Auge zu. »Kapiert. Der alte Miles ist ein Puritaner, was? Na schön, ich halte Ihnen die Stange, und Sie tun dasselbe einmal für mich. Ist sie Klasse?«

Hol dich der Teufel, dachte ich, alter Lüstling. Mort gehörte zu der Sorte von Vertretern, die mehr Zeit damit zubringen, Kellnerinnen zu verführen, als ihre Ware an den Mann zu bringen – außerdem taugten seine Sachen nichts.

Ich lud ihn aber zu einem Drink ein, erzählte ihm ein Märchen über die ›verheiratete Frau‹ und hörte zu, während er mir von seinen grandiosen Erfahrungen berichtete. Dann schüttelte ich ihn ab.

Bei einer anderen Gelegenheit versuchte ich, Dr. Twitchell zu einem Drink einzuladen, was aber fehlschlug.

Ich hatte mich in einem Drugstore an der Champastreet neben ihm an die Theke gesetzt und im Spiegel plötzlich sein Gesicht erkannt. Mein erster Impuls war, unter die Theke zu kriechen.

Dann nahm ich mich zusammen und sah ein, daß von allen 1970 lebenden Menschen er der einzige war, über den ich mir keine Sorgen zu machen brauchte. Nichts konnte schiefgehen, weil nichts schiefgegangen war ... ich meine ›schiefgehen würde‹. Nein – dann verzichtete ich auf weitere Formulierungen, weil mir klarwurde, daß die englische Grammatik neue Zeitformen einführen müßte, wenn Zeitreisen jemals aktuell werden sollten.

Auf jeden Fall, Vergangenheit, Zukunft oder sonstwas, Twitchell konnte mir nichts anhaben. Ich atmete auf.

Ich studierte sein Gesicht im Spiegel und fragte mich, ob ich von einer zufälligen Ähnlichkeit genarrt worden war. Aber nein. Twitchell hatte kein Durchschnittsgesicht wie ich; er besaß Strenge, Selbstsicherheit und ein wenig Arroganz verratende Züge, die gut zu einem Zeus gepaßt hätten. Ich erinnerte mich dieses Gesichts nur als Ruine, aber es gab keinen Zweifel – und ich schämte mich sehr, als ich an den alten Mann dachte und an die Art, wie ich mit ihm umgesprungen war. Ich grübelte nach, wie ich das gutmachen konnte.

Twitchell fing meinen Blick im Spiegel auf und drehte sich zu mir herüber. »Ist irgend etwas?«

»Nein. Äh ... Sie sind doch Dr. Twitchell, nicht wahr? Von der Uni?«

»Universität von Denver, ja. Kennen wir uns?«

Beinahe wäre ich ausgerutscht, weil ich vergessen hatte, daß er in diesem Jahr noch an der Universität der Stadt lehrte. Sich in zwei Richtungen zu erinnern ist schwer. »Nein, Doktor. Aber ich habe einige Ihrer Vorträge gehört. Ich bin sozusagen einer Ihrer Fans.«

Er lächelte schwach, ging aber auf das Kompliment nicht ein. Daraus und aus anderen Dingen war zu ersehen, daß er Bewunderung noch nicht brauchte. »Sind Sie sicher, daß Sie mich nicht mit irgendeinem Filmstar verwechseln?«

»Ganz sicher. Sie sind Dr. Hubert Twitchell ... der große Physiker.«

Seine Mundwinkel zuckten wieder. »Sagen wir lieber, daß ich Physiker bin. Oder jedenfalls sein möchte.«

Wir unterhielten uns eine Weile, und ich versuchte, ihn einzuladen, nachdem er sein Sandwich verzehrt hatte. Er schüttelte den Kopf. »Ich trinke kaum etwas, und vor dem Abend überhaupt nicht. Trotzdem vielen Dank. Hat mich sehr gefreut. Wenn Sie auf dem Gelände sind, können Sie mich ja einmal im Labor besuchen.«

Ich sagte, daß ich es gerne tun würde.

Aber ich machte 1970 – beim zweitenmal also – nicht viele Fehler, weil ich diese Zeit verstand und auch die meisten Leute, die mich kennen konnten, in Kalifornien waren. Ich beschloß, ein eisiges und ablehnendes Gesicht aufzusetzen, falls mir noch einmal ein Bekannter über den Weg laufen sollte.

Aber Kleinigkeiten machen auch Ärger. Einmal klemmte ich mich in einem Reißverschluß ein, weil ich an die bequemeren und weitaus sichereren ›Engsitz-Verschlüsse‹ gewöhnt war. Viele Nebensächlichkeiten dieser Art gingen mir sehr ab, nachdem ich zuerst sechs Monate gelernt hatte, sie für selbstverständlich zu halten. Rasieren – ich mußte wieder anfangen, mich zu rasieren! – Einmal schnappte ich sogar eine Erkältung auf. Dieser gräßliche Geist aus der Vergangenheit tauchte wieder auf, weil ich vergessen hatte, daß bei Regen Kleidung durch und durch naß wird. Diese feinen Ästheten, die über den Fortschritt schimpfen und von den grandiosen Schönheiten der Vergangenheit faseln, hätten das nur einmal miterleben sollen – Teller, auf denen das Essen kalt wird, Hemden, die man waschen muß, Badezimmerspiegel, die sich beschlagen, wenn man sie braucht, tröpfelnde Nasen, Dreck am Boden und Schmutz in der Lunge – ich hatte mich an eine schönere Lebensweise gewohnt, und 1970 brachte mir eine Reihe von Unannehmlichkeiten, bis ich wieder im eingefahrenen Gleis war.

Aber ein Hund gewöhnt sich an seine Flöhe, und so ging es mir auch. Denver 1970 war ein wunderlicher Ort mit altmodischem Gehabe; ich fühlte mich sehr wohl dort. Es glich in nichts dem Neuen-Plan-Labyrinth, das es gewesen war – oder sein würde –, als ich von Yuma hier angekommen war – oder ankommen würde. Es hatte noch nicht einmal zwei Millionen Einwohner, es gab auf den Straßen noch Omnibusse und anderen Fahrzeugverkehr – es gab noch Straßen! Ich hatte nicht die geringsten Schwierigkeiten, die Colfax-Avenue zu finden.

Denver war immer noch im Gewöhnungsprozeß begriffen, sich als Hauptstadt des Landes zu fühlen, und es schien die Rolle nicht allzu gern zu spielen, wie ein junger Mann, der zum erstenmal einen Frack trägt. Denver sehnte sich immer noch nach Stiefeln und dem Western-Dialekt, obwohl es erwachsen und zu einer internationalen Metropole geworden war, mit Botschaften, Spionen und berühmten Feinschmeckerlokalen. Die Stadt hatte sich blindlings in alle Richtungen ausgedehnt, um für die Bürokraten, Lobbysten, Kontaktleute und Schreibkräfte Platz zu schaffen; man ließ die Gebäude so rasch hochschnellen, daß jedesmal die Gefahr bestand, eine Kuh könnte noch mit eingemauert werden. Trotzdem erstreckte sich die Stadt nur wenige Kilometer östlich vorbei an Aurora, nördlich nach Henderson und südlich ins Bergland hinauf, und die Bundesbehörden verkrochen sich unter dem Gebirge.

Mir gefiel Denver in seinem Bundesrausch. Trotzdem war ich nur darauf bedacht, in meine eigene Zeit zurückzukehren.

Es lag immer an den Kleinigkeiten. Ich hatte mir die Zähne kurz nach der Einstellung in die ›Dienstboten-AG‹ vollkommen reparieren lassen, als ich es mir zum erstenmal leisten konnte. Nie hatte ich erwartet, noch einmal einen Zahnarzt aufsuchen zu müssen. Trotzdem, 1970 gab es keine Anti-Karies-Pillen, und ich bekam in einem Zahn ein Loch, das sehr weh tat.

Ich ging also zu einem Dentisten. So wahr ich lebe, ich hatte vergessen, was er sehen würde, wenn er in meinen Mund schaute. Er riß die Augen auf, drehte seinen Spiegel und sagte: »Unglaublich! Wer ist Ihr Dentist?«

»Kaa hoo haak?«

Er nahm die Hand aus meinem Mund. »Wer hat das gemacht? Und wie hat er das gemacht?«

»Was? Sie meinen die Zähne? Ach, das ist Experimentalarbeit, wie sie jetzt in ... Indien betrieben wird.«

»Wie wird das gemacht?«

»Woher soll ich das wissen?«

»Hm ... einen Augenblick mal. Ich muß da ein paar Aufnahmen machen.« Er begann an seiner Röntgen-Apparatur herumzudrehen.

»Nein, nein«, sagte ich. »Räumen Sie aus, füllen Sie das Loch mir irgend etwas und machen Sie Schluß.«

»Aber –«

»Tut mir leid, Doktor. Ich habe es furchtbar eilig.«

Er tat, was ich verlangte, nur von Zeit zu Zeit betrachtete er mein Gebiß. Ich bezahlte bar und hinterließ meinen Namen nicht. Ich hätte ihm eigentlich die Bilder gönnen sollen, aber ich konnte nicht mehr aus meiner Haut heraus, ich mußte alle Spuren verwischen. Es hätte sicher nicht geschadet, ihn die Aufnahmen anfertigen zu lassen, aber auch nichts genützt, weil aus den Röntgenaufnahmen nicht zu ersehen sein würde, wie die Regeneration vor sich ging; ich hätte ihm das auch nicht erklären können.

Um etwas zu erledigen, gibt es keine bessere Zeit als die Vergangenheit. Während ich sechzehn Stunden am Tag über ›Mal-Max‹ und ›Proteus-Pete‹ schwitzte, erledigte ich mit der linken Hand nebenbei etwas anderes. Über Johns Kanzlei beauftragte ich anonym eine gute Detektei mit Nachforschungen über Bettys Vergangenheit. Ich steuerte ihre Anschrift, sowie Kennzeichen und Fabrikat ihres Wagens bei – von Lenkrädern kann man meist sehr gute Fingerabdrücke nehmen – und deutete an, sie könne hier und dort schon ein paarmal verheiratet gewesen und vielleicht auch vorbestraft sein. Ich mußte mit dem Geld vorsichtig umgehen; jene Art von Untersuchungen, wie man sie aus den Kriminalromanen kennt, war mir zu teuer.

Als ich nach zehn Tagen nichts gehört hatte, sagte ich meinem Geld Lebewohl, aber wenige Tage danach traf ein dicker Umschlag in Johns Anwaltskanzlei ein.

Betty war ein sehr tüchtiges Wesen. Sechs Jahre früher geboren, als sie zugab, war sie vor dem achtzehnten Lebensjahr schon zweimal verheiratet gewesen. Eine Ehe zählte nicht, weil der Mann schon eine Ehefrau hatte; ob sie vom zweiten geschieden war, ergab sich aus den Unterlagen nicht.

Seitdem hatte sie anscheinend noch viermal geheiratet, obwohl ein Fall nicht ganz belegt war; vielleicht handelte es sich um den ›Kriegerwitwen-Trick‹ mit Hilfe eines Mannes, der tot war und sich nicht wehren konnte. Sie war einmal geschieden worden, und einer ihrer Ehemänner hatte das Zeitliche gesegnet. Mit den anderen war sie vielleicht immer noch ›verheiratet‹.

Ihre Gastspiele vor der Polizei waren interessant, aber bestraft hatte man sie nur einmal, in Nebraska, und sie war damals mit Bewährungsfrist davongekommen. Beweis dafür waren nur die Fingerabdrücke, weil sie ihren Bewährungshelfern entschwand und ihren Namen wechselte. Die Detektei erkundigte sich, ob man die zuständige Behörde in Nebraska benachrichtigen sollte.

Ich verneinte; das hatte sich vor neun Jahren zugetragen, sie war nur wegen einer Glücksspielgeschichte verurteilt worden. Ich fragte mich, was ich wohl getan hätte, wenn man ihr Rauschgiftschmuggel hätte nachweisen können? Überlegte Entscheidungen haben ihre Komplikationen.

Ich war mit den Zeichnungen nicht ganz auf dem laufenden, und es wurde Oktober, bevor ich richtig zum Nachdenken kam. Ich hatte die Beschreibung noch immer nicht fertig, weil der Text mit den Zeichnungen parallel laufen mußte, und um die Anträge hatte ich mich überhaupt noch nicht gekümmert. Schlimmer noch, die Organisation war nicht vorbereitet; das konnte ich erst tun, sobald ich etwas Fertiges vorlegen konnte. Auch für die Aufnahme von Kontakten war noch keine Zeit geblieben. Ich begann zu glauben, daß ich einen Fehler gemacht hatte, als ich Dr. Twitchell nicht bat, mich um mindestens zweiunddreißig Jahre zurückzuschicken, statt um einunddreißig Jahre und drei lumpige Wochen; ich hatte die erforderliche Zeit unter- und meine Fähigkeit überschätzt.

Meinen Freunden, den Suttons, hatte ich die Geräte noch nicht gezeigt, nicht etwa, weil ich ihnen etwas verheimlichen wollte, sondern weil ich weder Gerede noch nutzlose Ratschläge brauchen konnte. Am letzten Samstag im September sollte ich mit ihnen zum Klub hinausfahren. Da ich schon im Verzug war, hatte ich die Nacht vorher durchgearbeitet und mich sehr früh von einem schrillen Wecker aus dem Schlaf reißen lassen, damit ich mich rasieren und fertigmachen konnte, bis sie vorbeikamen. Ich schaltete den ekelhaften Wecker ab und dankte dem Himmel, daß es im Jahre 2001 so etwas nicht mehr gab, dann nahm ich mich zusammen und wankte zum Drugstore an der Ecke, um anzurufen und mitzuteilen, daß ich nicht mitkommen könne, ich müsse arbeiten.

Jenny sagte: »Danny, Sie übernehmen sich. Ein Wochenende im Freien wird Ihnen guttun.«

»Ich kann nicht anders, Jenny. Ich muß das tun. Tut mir leid.«

John meldete sich am zweiten Apparat und meinte: »Was soll denn dieser Unsinn?«

»Ich muß arbeiten, John. Ich muß einfach. Grüßen Sie die anderen schön von mir.«

Ich ging wieder in mein Atelier, verbrannte einige Toastschnitten, briet ein paar Eier und machte mich wieder über ›Mal-Max‹ her.

Eine Stunde später hämmerten sie an meine Tür.

Keiner von uns dreien fuhr an diesem Wochenende aufs Land. Statt dessen führte ich beide Geräte vor. Jenny war von ›Mal-Max‹ nicht sehr beeindruckt – für Frauen, die nicht beruflich damit zu tun haben, ist das nicht das Richtige –, aber ›Proteus-Pete‹ verblüffte sie. Sie betrieb ihren Haushalt mit einem ›Dienstmädchen‹, Modell Zwei, und sah auf einen Blick, wieviel mehr mein Gerät leisten konnte.

Aber John erkannte die Bedeutung von ›Mal-Max‹ sofort. Als ich ihm zeigte, wie ich nur mit Hilfe von Tasten meine Unterschrift auf ein Blatt Papier setzen konnte, fanden seine Brauen kaum mehr nach unten. »Du meine Güte, Sie werden ja Tausende von technischen Zeichnern damit auf die Straße werfen.«

»Nein, ganz im Gegenteil. Der Mangel an Ingenieuren wird bei uns von Jahr zu Jahr deutlicher; dieses Gerät kann die Lücke ausfüllen helfen. In der nächsten Generation sehen Sie diese Maschine in jedem Ingenieur- und Architektenbüro im ganzen Land. Man wird dort ohne ›Mal-Max‹ so hilflos sein wie ein moderner Techniker ohne Maschinen.«

»Sie reden ja, als wüßten Sie das alles schon ganz genau.«

»Ich weiß es auch.«

Er sah zu ›Proteus-Pete‹ hinüber – er hatte ihn beim Aufräumen meiner Werkstatt beobachten können –, dann wandte er sich wieder ›Mal-Max‹ zu. »Danny ... manchmal glaube ich, daß Sie mir die Wahrheit gesagt haben, wissen Sie, als wir Sie kennenlernten.«

Ich zuckte die Achseln. »Nennen Sie es Weitsicht, aber ich weiß Bescheid. Ich bin mir ganz sicher. Spielt das eine Rolle?«

»Wahrscheinlich nicht.«

Ich runzelte die Stirn. »Das ist ja der Haken, John. Ich bin ein guter Ingenieur und ein ordentlicher Mechaniker, wenn es sein muß, aber kein Geschäftsmann; das habe ich schon bewiesen. Mit der Patentgesetzgebung haben Sie sich nie befaßt?«

»Das wissen Sie doch. Hier nützt nur ein Fachmann etwas!«

»Kennen Sie einen ehrlichen Mann? Der außerdem noch äußerst geschickt ist? Ich kann nicht mehr so weitermachen. Ich muß auch eine Firma gründen und damit zurechtkommen und die Finanzierung ausarbeiten. Aber viel Zeit bleibt mir nicht. Ich habe es furchtbar eilig.«

»Warum?«

»Ich muß dorthin zurück, wo ich hergekommen bin.«

Er saß eine Weile da und schwieg. Schließlich meinte er: »Wie viel Zeit haben Sie?«

»Äh, ungefähr neun Wochen. Neun Wochen vom kommenden Donnerstag ab, um genau zu sein.«

Er sah zuerst die beiden Maschinen, dann wieder mich an. »Revidieren Sie Ihre Pläne. Ich würde sagen, daß die Arbeit mindestens neun Monate in Anspruch nimmt. Selbst dann können Sie mit der Produktion noch nichts anfangen – oder gerade die ersten Geräte vom Fließband nehmen.«

»John, es geht nicht.«

»Eben.«

»Ich meine, ich kann meine Pläne nicht ändern. Das entzieht sich meiner Kontrolle ... jetzt jedenfalls.« Ich bedeckte das Gesicht mit den Händen. Ich war völlig erledigt, weil ich seit Tagen nicht mehr als fünf Stunden Schlaf gehabt hatte. In meinem Zustand konnte ich beinahe glauben, daß das Schicksal unerbittlich war – daß man sich dagegen wehren, aber es nie besiegen kann.

Ich hob den Kopf. »Würden Sie das übernehmen?«

»Ich? In welcher Beziehung?«

»Alles. Ich habe getan, was ich konnte.«

»Das ist eine große Sache, Dan. Ich könnte Sie bis aufs Hemd ausplündern. Das wissen Sie doch, nicht wahr? Sie haben vielleicht eine Goldgrube entdeckt.«

»Das weiß ich.«

»Warum trauen Sie mir dann? Es wäre doch viel besser, Sie behielten mich als Anwalt, gegen Honorar.«

Ich versuchte nachzudenken, trotz der starken Kopfschmerzen. Ich hatte mir schon einmal einen Partner ausgesucht – aber man muß den Menschen doch einfach Vertrauen schenken, gleichgültig, wie oft man sich die Finger dabei verbrennt. Sonst wird man zum

Eremiten in einer Höhle, der ein Auge nie ganz schließt, auch beim Schlafen nicht. Es gibt keine absolute Sicherheit; nur am Leben zu sein ist unheimlich gefährlich – ja, tödlich am Ende.

»Mein Gott, John, Sie wissen die Antwort doch. Sie haben mir auch Vertrauen geschenkt. Jetzt brauche ich wieder Ihre Hilfe. Wollen Sie mir helfen?«

»Natürlich will er«, sagte Jenny sanft. »Obwohl ich nicht gehört habe, wovon ihr beiden sprecht. Danny, kann er Geschirr spülen? Alle Teller hier sind schmutzig.«

»Was, Jenny? Na, sicher kann er das.«

»Dann befehlen Sie ihm, bitte. Ich möchte es sehen.«

»Oh, ich habe ihn nie darauf programmiert. Er schafft es, wenn Sie wollen. Aber das dauert ein paar Stunden. Natürlich kann er es von diesem Augenblick an blind. Beim erstenmal dagegen ... nun, sehen Sie, beim Geschirrwaschen gibt es eine Menge von Alternativlösungen. Die Arbeit verlangt ›Urteilsvermögen‹, sie ist nicht so einfach und schematisch wie Mauern errichten oder einen Lastwagen steuern.«

»Bravo! Ich bin froh, daß wenigstens ein Mann etwas vom Haushalt versteht. Hast du gehört, was er gesagt hat, Liebster? Aber bringen Sie es ihm jetzt nicht bei, Danny. Ich spüle selbst ab.« Sie sah sich um. »Danny, Sie haben sich wie ein Ferkel hier aufgeführt, um es milde auszudrücken.«

Um ganz ehrlich zu sein, mir war nie eingefallen, daß ›Pete‹ auch für mich arbeiten konnte. Ich war in der Planung vergraben gewesen, wie er Arbeiten für andere Leute in ihren jeweiligen Berufen verrichten konnte, und brachte ihm das stufenweise bei, während ich den Schmutz in die Ecke kehrte oder einfach ignorierte. Jetzt begann ich, ihm alle Haushalttätigkeiten beizubringen, die ›Vielzweck-Frank‹ erlernt hatte; er besaß die Kapazität dafür, weil er dreimal soviel Thorsen-Röhren enthielt wie ›Frank‹.

Ich hatte Zeit dazu, weil John sich an die Arbeit machte.

Jenny tippte die Beschreibungen für uns; John warb einen Patentanwalt, der uns bei den Anträgen half. Ich weiß nicht, ob John in bar bezahlte oder ihm einen Anteil versprach; ich kümmerte mich nie darum. Ich überließ alles ihm, einschließlich der Aufteilung. Das gab mir nicht nur freie Hand für meine Arbeit, ich sagte mir auch, daß er nie wie Miles in Versuchung geraten würde, wenn er solche Dinge selbst entschied. Offen gestanden war es mir auch egal; Geld an sich ist unwichtig. Entweder John und Jenny waren, wofür ich sie hielt, oder ich konnte mich gleich als Eremit in eine Höhle zurückziehen.

Nur auf zwei Einzelheiten bestand ich. »John, ich glaube, wir sollten die Firma ›Die Aladin autotechnische Gesellschaft‹ nennen.«

»Klingt ja recht ausgefallen. Was hast du gegen ›Davis und Sutton‹?«

»Ich muß darauf bestehen, John.«

»So? Spricht da auch deine Weitsicht aus dir?«

»Möglich, möglich. Wir verwenden ein Bild von Aladin beim Reiben seiner Lampe als Markenzeichen, mit aufsteigendem Geist dahinter. Ich mache einen Entwurf. Und noch eines: die Hauptniederlassung muß in Los Angeles sein.«

»Was? Das geht aber doch zu weit, wenn ich den Laden leiten soll. Was paßt dir denn an Denver nicht?«

»Ich habe gar nichts gegen Denver, die Stadt ist hübsch. Aber für eine Fabrik als Standort eignet sie sich nicht! Such dir hier einen ordentlichen Platz aus, und eines schönen Morgens entdeckst du, daß die Bundesenklave dich überrollt hat und du aussteigen mußt, bis du ein neues Grundstück gefunden hast. Außerdem, die Arbeitskräfte sind hier rar. Rohstoffe müssen über Land herangeholt werden, Baumaterial bekommst du nur auf dem grauen Markt. In Los Angeles ist Personal unbegrenzt verfügbar, jeden Tag kommen neue Leute, Los Angeles ist ein großer Hafen, Los Angeles ist –«

»Und der Smog? Das lohnt sich nicht.«

»Mit dem Smog wird man früher oder später fertig. Und ist dir noch nicht aufgefallen, daß Denver seinen eigenen Smog entwikkelt?«

»Einen Augenblick, Dan. Du hast schon klargestellt, daß ich das Ganze leiten muß, während du dich irgendwohin verdrückst. Na schön, ich habe zugestimmt. Aber bei den Arbeitsbedingungen sollte ich doch auch ein Wörtchen mitzureden haben.«

»Es ist einfach notwendig, John.«

»Dan, niemand, der bei Verstand ist, zieht von Colorado nach Kalifornien. Ich war während des Krieges dort stationiert; ich kenne mich aus. Nimm bloß Jenny als Beispiel. Sie stammt aus Kalifornien, und sie schämt sich dessen. Du würdest sie nie dazu bringen, zurückzukehren. Hier gibt es einen Winter, veränderliche Jahreszeiten, eine angenehme Gebirgsluft, großartige –«

Jenny hob den Kopf. »Oh, ich würde nicht so weit gehen, zu sagen, daß ich nie zurückgehen möchte.«

»Was?«

Jenny hatte schweigend gestrickt; sie machte nie den Mund auf, wenn sie nicht wirklich etwas zu sagen hatte. Jetzt legte sie ihr Strickzeug weg, ein deutliches Zeichen. »Wenn wir umzögen, Liebling, könnten wir dem Oakdale-Klub beitreten. Dort kann man das ganze Jahr im Freien schwimmen. Ich habe erst letztes Wochenende daran gedacht, als ich auf dem Schwimmbecken in Boulder Eis sah.«

Ich blieb bis zum Abend des 2. Dezember 1970, dem letztmöglichen Augenblick. Ich sah mich gezwungen, von John dreitausend Dollar auszuborgen – die Preise, die ich für Geräteteile gezahlt hatte, waren horrend –, aber ich bot ihm eine Aktienpfändung als Sicherheit an. Er ließ mich unterschreiben, dann zerriß er das Papier und warf die Fetzen in den Papierkorb. »Bezahle, sobald du kannst.«

»Das wird dreißig Jahre dauern, John.«

»So lange?«

Ich überlegte. Er hatte mich seit jenem Nachmittag vor sechs Monaten, als er zugab, das Entscheidende nicht glauben zu können, nie mehr gebeten, ihm meine ganze Geschichte zu erzählen.

Ich fand es jetzt an der Zeit, ihm alles zu berichten. »Wecken wir Jenny? Sie hat auch ein Recht darauf, es zu hören.«

»Mmm . . . nein. Laß sie schlafen, bis du wegfährst. Jenny ist ein sehr unkomplizierter Mensch, Dan. Es ist ihr egal, wer du bist oder woher du kommst, solange sie dich mag. Bescheid sagen kann ich ihr vielleicht auch später.«

»Wie du meinst.« Er hörte sich alles an und füllte von Zeit zu Zeit die Gläser – das meine mit Ginger Ale; ich hatte einen bestimmten Grund, keinen Alkohol anzurühren. Als ich bei der Landung auf einem Hügel außerhalb von Boulder angelangt war, machte ich eine Pause. »Das ist es«, sagte ich schließlich. »Eine Weile kam ich da nicht ganz mit. Ich habe mir die Stelle angesehen; mehr als einen dreiviertel Meter kann ich nicht hinuntergefallen sein. Wenn man den Boden tiefer ausgehoben hätte, wäre ich lebendig begraben worden. Wahrscheinlich hätte das auch euch beiden das Leben gekostet – wenn nicht die ganze Gegend in die Luft geflogen wäre. Ich weiß nicht genau, was passiert, wenn eine flache Welle sich dort in eine Masse zurückverwandelt, wo sich bereits eine andere Masse befindet.«

John sog nachdenklich an seiner Zigarette. »Na?« sagte ich. »Was hältst du davon?«

»Danny, du hast mir allerhand darüber erzählt, wie Los Angeles – ich meine ›Groß-Los-Angeles‹ – einmal aussehen wird. Ich sage dir Bescheid, wenn ich selbst sehen kann, wie genau deine Beschreibung zutrifft.«

»Sehr genau, abgesehen von kleinen Irrtümern.«

»Hm ... das klingt alles sehr logisch. Aber in der Zwischenzeit halte ich dich für den sympathischsten Irren, der mir je begegnet ist. Auf deine Fähigkeiten als Ingenieur hat das jedenfalls keinen Einfluß – auch nicht auf unsere Freundschaft. Ich mag dich. Zu Weihnachten bekommst du eine neue Zwangsjacke von mir.«

»Wie du meinst.«

»Ich muß es mir so zurechtlegen. Die Alternative wäre, daß ich selbst total verrückt bin ... für Jenny ein schwieriges Problem.« Er sah auf die Uhr. »Wir müssen sie jetzt aufwecken. Ich hätte nichts zu lachen, wenn ich dich gehen ließe, ohne daß ihr euch Lebewohl gesagt habt.«

»Das würde ich auch nie tun.«

Sie fuhren mich zum Flughafen von Denver, und Jenny gab mir einen Abschiedskuß. Ich bestieg die Elf-Uhr-Maschine nach Los Angeles.

11

Am folgenden Abend, dem 3. Dezember 1970, ließ ich mich von einem Taxi in der Nähe von Miles' Haus absetzen; ich ließ mir viel Zeit, weil ich nicht genau wußte, wann ich dort beim erstenmal angekommen war. Als ich mich dem Haus näherte, wurde es bereits dunkel, aber ich sah nur seinen Wagen am Randstein stehen. Ich zog mich etwas zurück und behielt die fragliche Stelle im Auge.

Zwei Zigarettenlängen später sah ich einen anderen Wagen dort halten und die Scheinwerfer erlöschen. Ich wartete noch einige Minuten, dann eilte ich hin. Es war mein eigener Wagen.

Ich hatte keinen Schlüssel, aber das war kein Hindernis; ich steckte immer bis über beide Ohren in technischen Problemen und vergaß oft meine Schlüssel; schon vor langer Zeit hatte ich mir angewöhnt, einen Ersatzschlüssel im Kofferraum aufzubewahren. Ich holte ihn hervor und setzte mich in den Wagen. Ich hatte an einer sanft abfallenden Stelle geparkt und konnte jetzt bis um die Ecke fahren, ohne Licht oder Motor einzuschalten. Erst als ich außer Sichtweite war, ließ ich den Motor an, fuhr zu dem kleinen Weg hinter Miles' Haus und parkte dort.

Miles' Garage war abgeschlossen. Ich starrte durch das schmutzige Fenster und sah einen mit Tüchern verdeckten Gegenstand. An den Umrissen konnte ich ›Vielzweck-Frank‹ erkennen.

Garagentüren vermögen einem entschlossenen Menschen kaum zu widerstehen – jedenfalls nicht im südlichen Kalifornien und im Jahre 1970. Ich schaffte es in wenigen Sekunden. ›Frank‹ in tragbare Teile zu zerlegen und in meinem Wagen zu verstauen, nahm längere Zeit in Anspruch. Aber zuerst schaute ich nach, ob die Notizen und Zeichnungen waren, wo ich sie vermutete – ich fand sie tatsächlich und warf sie auf den Wagenboden, dann nahm ich mir ›Frank‹ vor. Niemand wußte so gut wie ich, wie er zusammengesetzt war, und ich kam um so schneller vorwärts, als ich ohne Rücksicht auf Beschädigungen vorging; trotzdem war ich beinahe eine ganze Stunde beschäftigt.

Ich hatte eben das letzte Stück, das Rollstuhlchassis, im Kofferraum untergebracht und den Deckel heruntergelassen, als ich Pete heulen hörte. Ich verfluchte mich wegen der langen Zeitspanne, die mich ›Frank‹ gekostet hatte, lief um die Garage und erreichte den Garten hinter dem Haus. Dann begann das Schauspiel.

Ich hatte mir versprochen, jede Sekunde von Petes Triumph voll auszukosten. Aber ich sah nichts davon. Die hintere Eingangstür stand offen, und Licht strömte durch die Fliegengittertür, aber obwohl ich Laufschritte, Schreie, Petes Kriegsgebrüll und Poltern hörte, kamen sie nicht ein einziges Mal in mein Gesichtsfeld. Ich schlich also zur Gittertür in der Hoffnung, wenigstens einen Blick auf das Blutbad werfen zu können.

Die verdammte Tür war eingehängt. Bis auf diese Tatsache hatte bisher alles genau gestimmt. Fieberhaft suchte ich in meinen Taschen, brach mir einen Fingernagel beim Aufklappen des Messers an und konnte den Haken gerade noch rechtzeitig aus der Öse drücken, als Pete wie eine Rakete auf das Gitter zugeschossen kam.

Ich fiel über einen Rosenstrauch. Ich weiß nicht, ob Miles und Betty überhaupt versuchten, ihm ins Freie zu folgen; ich bezweifle es; an ihrer Stelle hätte ich es nicht riskiert. Aber ich war so damit beschäftigt, mich aufzuraffen, daß ich nichts bemerkte.

Als ich wieder auf den Beinen war, lief ich, gedeckt von Sträuchern, zur anderen Seite des Hauses. Ich wollte von der offenen Tür wegkommen. Dann brauchte ich nur noch zu warten, bis Pete sich beruhigte. Ich hätte ihn in diesem Zustand nicht angerührt, bestimmt aber nicht versucht, ihn aufzuheben. Ich kenne Katzen.

Aber jedesmal, wenn er an mir vorbeikam, nach einem Zugang suchte und herausfordernd in die Nacht schrie, rief ich ihn leise an. »Pete. Komm her, Pete. Sei still, mein Junge, alles ist in bester Ordnung.«

Er wußte, daß ich da war, und zweimal sah er mich an, im übrigen ließ er mich unbeachtet. Katzen konzentrieren sich immer nur auf eine Sache; er sah eine wichtige Aufgabe vor sich und hatte keine Zeit, mit mir zu spielen. Aber ich wußte, daß er zu mir kommen würde, sobald sein Zorn abgeflaut war.

Während ich auf der Erde kauerte und wartete, hörte ich in den Badezimmern Wasser laufen. Sie hatten mich also im Wohnzimmer sitzen lassen und machten sich wieder passabel. Mir kam ein schrecklicher Gedanke: was würde geschehen, wenn ich hineinschlich und meinem eigenen hilflosen Leib die Kehle durchschnitt? Aber ich unterdrückte den Einfall; so neugierig war ich darauf auch wieder nicht, und Selbstmord ist etwas Endgültiges, selbst wenn die Möglichkeiten mathematisch äußerst interessant sein mögen.

Aber ich bin nie dahintergekommen.

Außerdem wollte ich keinesfalls ins Haus. Ich konnte auf Miles treffen – und mit einem Toten wollte ich nichts zu schaffen haben.

Pete blieb schließlich vor mir stehen. »Mrraurr?« sagte er – was hieß: »Geh'n wir zurück und räumen wir den Laden aus. Du schlägst oben, ich unten.«

»Nein, mein Junge. Das Spiel ist vorbei.«

»Auwrr!«

»Zeit zum Nachhausegehen, Pete. Komm zu Danny.«

Er setzte sich hin und begann sich zu putzen. Als er aufsah, streckte ich die Arme aus, und er sprang hinein. »Kwleerrt?« – »Wo, zum Teufel, warst du denn die ganze Zeit?« hieß das.

Ich trug ihn zum Wagen und setzte ihn auf den Fahrersitz, weil alles andere belegt war. Er beroch die Geräteteile auf seinem gewohnten Platz und sah sich mißbilligend um. »Du mußt auf meinem Schoß sitzen«, sagte ich. »Sei nicht so empfindlich.«

Als wir die nächste Straße erreichten, schaltete ich das Licht ein. Dann bog ich nach Osten ab und fuhr Richtung Big Bear zum Pfadfinderlager. Ich hatte von ›Frank‹ in den ersten zehn Minuten so viel hinausgeworfen, daß Pete seinen ihm rechtmäßig zustehenden Platz einnehmen konnte, was für beide Teile angenehmer war. Als der Wagenboden einige Kilometer später abgeräumt war, hielt ich an und warf alle Notizen und Zeichnungen in einen Gully. Das Rollstuhl-Chassis wurde ich erst im Gebirge los, wo ich es in eine Schlucht fallen ließ.

Gegen drei Uhr morgens bog ich in ein Motel ein und bezahlte zuviel für einen Bungalow – Pete hätte beinahe alles verdorben, weil er den Kopf herausstreckte und eine Bemerkung machte, als der Besitzer an den Wagen trat.

»Wann kommt die Morgenpost von Los Angeles hier heraus?« fragte ich.

»Der Hubschrauber trifft pünktlich um halb acht Uhr ein.«

»Schön. Wecken Sie mich bitte um sieben.«

»Mister, wenn Sie hier bis sieben Uhr schlafen können, haben Sie mehr Talent als ich. Aber ich schreibe Sie ins Buch ein.«

Um acht Uhr hatten Pete und ich gefrühstückt, und ich hatte mich geduscht und rasiert. Ich sah mir Pete bei Tageslicht an und fand, daß er, von ein oder zwei Kratzern abgesehen, heil davongekommen war. Wir verließen das Motel, und ich bog bald danach in den Privatweg zum Lager ein. Onkel Sams Postwagen tat dasselbe wenige hundert Meter vor mir; ich hatte einen glücklichen Tag erwischt.

In meinem ganzen Leben habe ich noch nicht so viele kleine Mädchen gesehen. Sie sausten herum wie junge Hunde, und in ihren grünen Uniformen sahen sie alle gleich aus. Die Mädchen, an denen ich vorbeikam, wollten Pete anschauen, obwohl mich die meisten nur schüchtern anstarrten und nicht näher kamen. Ich ging zu einem Bungalow mit dem Schild ›Hauptquartier‹, wo ich mit einer uniformierten Pfadfinderin sprach, die man keineswegs mehr als Mädchen bezeichnen konnte.

Sie war sehr argwöhnisch; fremde Männer, die kleine Mädchen besuchen wollen, sollten immer verdächtig sein.

Ich erklärte, ich sei der Onkel des Kindes, hieße Daniel B. Davis und hätte dem Kind eine Familiennachricht zu bringen. Sie konterte mit der Feststellung, daß, abgesehen von den Eltern, Besucher nur in Begleitung eines Elternteils zugelassen seien, im übrigen beginne die Besuchszeit um vier Uhr.

»Ich will Frederica nicht besuchen, sondern ihr etwas mitteilen. Es handelt sich um einen dringenden Fall.«

»Dann schreiben Sie die Nachricht auf, und ich sage ihr Bescheid, sobald die Gymnastikstunde beendet ist.«

Ich machte ein verzweifeltes Gesicht, was mir leichtfiel, und sagte: »Das möchte ich nicht tun. Es wäre viel besser, wenn ich es dem Kind selbst sagen könnte.«

»Ein Todesfall?«

»Nicht ganz. Familiäre Schwierigkeiten, ja. Tut mir leid, aber ich kann es Fremden nicht erzählen. Es betrifft die Mutter meiner Nichte.«

Sie zögerte, vermochte sich aber immer noch nicht zu entscheiden. Dann mischte sich Pete ins Gespräch. Ich hatte ihn auf meinem linken, abgewinkelten Arm getragen, weil ich ihn nicht im Wagen lassen wollte. Außerdem wollte ich ihn Ricky zeigen. Er läßt sich diese Art des Getragen-Werdens eine Weile gefallen, aber schon begann er sich zu langweilen. »Krwarr?«

Sie sah ihn an und meinte: »Ein hübscher Kerl. Ich habe einen kleinen Kater zu Hause, der aus demselben Wurf stammen könnte.«

Ernsthaft sagte ich: »Das ist Fredericas Katze. Ich mußte ihn mitbringen, weil ... es war notwendig. Niemand kann sich um ihn kümmern.«

»Ach, der arme kleine Kerl!« Sie kraulte ihn unterm Kinn, in der richtigen Weise, Gott sei Dank, und Pete ließ sich das zum Glück gefallen, er reckte den Hals, schloß die Augen und machte ein beinahe unanständig zufriedenes Gesicht. Bei Fremden, deren Avancen ihm nicht genehm sind, kann er sonst sehr unhöflich werden.

Die Jugendführerin bat mich, an einem Tisch unter den Bäumen vor dem Bungalow Platz zu nehmen. Das war weit genug entfernt, um eine private Unterhaltung zu ermöglichen, aber sie konnte uns im Auge behalten. Ich bedankte mich und wartete.

Ich sah Ricky nicht herankommen. Ich hörte den Ausruf: »Onkel Danny!« und dann, als ich mich umdrehte: »Und du hast Pete mitgebracht! Wie schön!«

Pete brummte begeistert und sprang in ihre Arme. Sie fing ihn auf, legte ihn sich zurecht, und dann ignorierte sie mich ein paar Sekunden, während sie den Forderungen des Katzenprotokolls Genüge tat. Dann sah sie auf und sagte ernst: »Onkel Danny, ich bin so froh, daß du gekommen bist.«

Ich gab ihr keinen Kuß; ich berührte sie überhaupt nicht. Ich bin nie für das Abknutschen von Kindern gewesen, und Ricky gehörte zu den kleinen Mädchen, die sich das nur gefallen lassen, wenn es gar nicht anders geht. Unsere Beziehung seit damals, als sie sechs Jahre alt gewesen war, beruhte auf gegenseitigem Respekt vor der Persönlichkeit und Würde des anderen.

Aber ich sah sie mir an. Knochige Knie, lange, schlaksige Beine, nirgends gerundet. Die kurzen Hosen und das Uniformhemd, zusammen mit der sich ablösenden Haut, Kratzern, blauen Flecken und einer begreiflichen Menge Schmutz, addierten sich nicht zu weiblichem Liebreiz. Sie war eine halbfertige Skizze der Frau, die sie sein würde, und ihre füllenhafte Schlaksigkeit wurde nur durch die riesengroßen ernsthaften Augen und die elfenhafte Schönheit ihres schmalen Gesichtchens aufgewogen.

Sie sah liebenswert aus.

Ich sagte: »Und ich bin auch froh, daß ich hier bin, Ricky.«

Sie griff mit einer Hand in eine Hosentasche, Pete auf dem anderen Arm balancierend. »Ich bin auch überrascht. Erst vorhin habe ich einen Brief von dir bekommen – man zerrte mich vom Postempfang weg. Ich habe ihn noch nicht einmal aufmachen können. Steht in ihm, daß du heute kommst?« Sie zog ihn heraus und glättete ihn.

»Nein, Ricky. In dem Brief steht, daß ich wegfahren muß. Aber nachdem ich ihn zur Post gegeben hatte, beschloß ich, mich persönlich zu verabschieden.«

Sie machte ein trauriges Gesicht und senkte die Augen. »Du fährst fort?«

»Ja, ich will es dir erklären, Ricky, aber es ist ziemlich kompliziert. Setzen wir uns hin, dann erzähle ich dir alles.« Wir setzten uns am Tisch unter den Bäumen nieder, und ich fing an. Pete lag zwischen uns und schnurrte glücklich vor sich hin.

Ich war sehr erleichtert zu hören, daß sie von Miles' Heirat mit Betty schon wußte – ich hatte mich nicht darauf gefreut, ihr das beibringen zu müssen. Sie sah auf, ließ sofort die Augen sinken und sagte ausdruckslos: »Ja, ich weiß. Daddy hat mir geschrieben.«

»Oh. Aha.«

Sie sah plötzlich ganz grimmig und gar nicht mehr kindlich aus. »Ich will nicht zurück zu ihnen, Danny. Ich will nicht.«

»Aber – hör zu, Rickylein, ich weiß, wie das ist. Ich möchte auch nicht, daß du zurückgehst, am liebsten würde ich dich mitnehmen, wenn ich könnte. Aber was willst du sonst tun? Er ist dein Daddy, und du bist erst elf.«

»Ich muß nicht zurück. Er ist nicht mein richtiger Daddy. Meine Großmutter holt mich.«

»Was? Wann kommt sie?«

»Morgen. Sie kommt von Brawley herüber. Ich habe ihr geschrieben und sie gefragt, ob ich bei ihr wohnen kann, weil ich nicht bei Daddy sein will, wenn sie da ist.« Es gelang ihr, in dieses ›sie‹ mehr Verachtung zu legen, als ein Erwachsener in meterlange Flüche gepreßt hätte. »Großmutter schrieb zurück, ich müßte nicht bei ihm bleiben, weil er mich nicht adoptiert hat und sie selbst mein Vormund sei.« Sie hob besorgt den Kopf. »Das stimmt doch, nicht wahr? Sie können mich nicht zwingen?«

Ich war so erleichtert, daß ich am liebsten einen Freudentanz aufgeführt hätte. Das einzige Problem, für das sich eine Lösung nicht angeboten hatte, war, wie man Ricky für – nun ja, zwei Jahre – dem vergiftenden Einfluß von Betty entziehen konnte. »Wenn er dich nicht adoptiert hat, Ricky, kann deine Großmutter durchsetzen, daß du bei ihr bleiben darfst.« Dann runzelte ich die Stirn und nagte an der Unterlippe. »Aber morgen kann es vielleicht Ärger geben. Man wird dich ihr unter Umständen nicht mitgeben wollen.«

»Wie will man denn das machen? Ich setze mich einfach in den Wagen, und wir fahren weg.«

»So einfach ist das nicht, Ricky. Die Leute, die das Lager hier führen, müssen sich an ihre Vorschriften halten. Dein Daddy – ich meine Miles – hat dich ihnen übergeben; sie werden nicht bereit sein, dich einer anderen Person zu überlassen.«

Sie schob trotzig die Unterlippe vor. »Ich will aber nicht. Ich fahre mit Oma.«

»Ja. Aber vielleicht kann ich dir sagen, wie das zu machen ist. An deiner Stelle würde ich keinem sagen, daß du aus dem Lager weg willst; ich würde nur sagen, daß dich deine Großmutter zu einer Spazierfahrt mitnehmen will – und dann kommst du einfach nicht zurück.«

Sie wurde ein wenig ruhiger. »Gut.«

»Pack aber keinen Koffer, sonst kommt man dir auf die Schliche. Nimm vor allem außer den Sachen, die du anhast, keine Kleider mit. Geld oder was sonst noch unbedingt sein muß, steckst du in deine Taschen. Du hast hier doch nicht viel, was dir fehlen wird, nicht wahr?«

»Eigentlich nicht.« Aber sie sah mich traurig an. »Ich habe einen nagelneuen Badeanzug.«

Wie soll man einem Kind erklären, daß es Zeiten gibt, wo man auf sein Gepäck verzichten muß? Es geht nicht – sie laufen in ein brennendes Gebäude, um eine Puppe oder einen Spielzeugelefanten zu retten. »Hm ... Ricky, deine Großmutter soll den Leuten sagen, daß sie dich zum Schwimmen mitnimmt ... und daß sie dich in Arrowhead zum Essen in ein Hotel ausführt, aber vor dem Zapfenstreich zurückbringen wird. Dann kannst du den Badeanzug und ein Handtuch offen tragen. Aber nichts sonst. Meinst du, deine Großmutter wird für dich schwindeln?«

»Ich glaube schon. Ja, ich bin sicher. Sie sagt, daß man manchmal schwindeln muß, sonst könnten es die Leute nicht miteinander aushalten. Aber man soll es nicht übertreiben.«

»Eine sehr vernünftige Frau. Wirst du es so machen?«

»Ja, Danny.«

»Gut.« Ich nahm den zerknüllten Umschlag. »Ricky, ich habe dir gesagt, daß ich fort muß. Sogar für sehr lange.«

»Wie lange?«

»Dreißig Jahre.«

Ihre Augen weiteten sich. Für ein elfjähriges Kind sind dreißig Jahre nicht eine lange Zeit, sondern die Ewigkeit. Ich fügte hinzu: »Es tut mir so leid, Ricky, aber ich muß.«

»Warum?«

Das konnte ich nicht beantworten. Die wahre Antwort war unglaubhaft, und eine Lüge reichte hier nicht aus. »Ricky, das läßt sich nicht erklären. Aber ich muß einfach. Ich kann nicht anders.« Ich zögerte, dann fügte ich hinzu: »Ich muß mich dem Langen Schlaf unterziehen – dem Kaltschlaf, du weißt, was ich meine.«

Sie wußte es. Kinder gewöhnen sich schneller an neue Ideen als Erwachsene; der Kaltschlaf war ein beliebtes Thema für Comic-Strips. Sie sah mich entsetzt an. »Aber Danny, dann seh' ich dich ja nie wieder!«

»Doch. Es wird sehr lange dauern, aber ich sehe dich wieder.

Auch Pete wirst du treffen, denn Pete kommt mit. Er geht auch in den Kaltschlaf.«

Sie sah Pete an und machte ein noch traurigeres Gesicht als vorher. »Aber Danny – warum kommst du mit Pete nicht einfach zu uns nach Brawley? Das wäre doch viel besser. Oma mag Pete sicher gern. Sie wird dich auch mögen – sie sagt, im Haus müßte immer ein Mann sein.«

»Ricky ... liebe Ricky ... ich muß. Bitte nicht mehr davon reden.« Ich riß den Umschlag auf.

Sie wurde zornig, und ihr Kinn begann zu zittern. »Ich glaube, daß sie etwas damit zu tun hat!«

»Was? Wenn du Betty meinst, ganz bestimmt nicht. Jedenfalls nicht direkt.«

»Sie geht nicht mit dir in den Kaltschlaf?«

»Du lieber Himmel, nein! Das fehlte gerade noch.«

Ricky schien beruhigt zu sein. »Weißt du, ich war ihretwegen so wütend auf dich!«

»Es tut mir leid, Ricky. Wirklich. Du hast recht gehabt und ich nicht. Aber sie hat damit nichts zu tun. Ich bin mit ihr ein für allemal fertig. Jetzt zu dem hier.« Ich zeigte ihr das Aktienzertifikat. »Weißt du, was das ist?«

»Nein.«

Ich erklärte es ihr. »Ich schenke es dir, Ricky, weil ich so lange fort bin, daß ich es nur dir geben möchte.« Ich nahm das Papier, auf dem ich ihr die Aktien überschrieben hatte, zerriß es und steckte die Fetzen in die Tasche; ich durfte es auf diese Weise nicht riskieren – für Betty wäre es zu einfach gewesen, ein Beiblatt verschwinden zu lassen, und wir waren noch nicht in Sicherheit. Ich drehte das Zertifikat um, studierte den Standard-Überschreibungstext auf der Rückseite und überlegte mir, wie ich dieses Problem am besten lösen konnte. »Ricky, wie heißt du mit vollem Namen?«

»Frederica Virginia. Frederica Virginia Gentry. Das weißt du doch?«

»Wirklich ›Gentry‹? Ich dachte, Miles hat dich nicht adoptiert?«

»Oh! Ich heiße Ricky Gentry, solange ich mich erinnern kann, aber du meinst meinen richtigen Namen. Es ist derselbe wie Omas Name ... wie der meines richtigen Daddy. Heinicke. Aber so nennt mich kein Mensch.«

»Das wird man ab jetzt schon tun.« Ich schrieb ›Frederica Virginia Heinicke‹ und fügte hinzu ›bei ihrem 21. Geburtstag zu übergeben‹ – während mir eine Gänsehaut über den Rücken lief – meine erste Überschreibung wäre also auf jeden Fall rechtsungültig gewesen.

Ich begann zu unterschreiben und bemerkte plötzlich, daß unsere Bewacherin aus dem Fenster ihres Büros schaute. Ich warf einen Blick auf die Uhr und entdeckte, daß wir schon eine Stunde miteinander sprachen. Die Zeit begann knapp zu werden, aber ich wollte alles so sicher wie möglich haben. Ich rief die ältliche Pfadfinderführerin herbei.

»Gibt es hier in der Nähe zufällig einen Notar, oder finde ich im Ort einen?«

»Ich bin Anwältin und Notarin. Worum handelt es sich?«

»Oh, gut! Wunderbar! Haben Sie Ihren Stempel dabei?«

»Immer.«

Ich unterschrieb also vor ihren Augen, und sie zeigte sich sogar großzügig – auf Rickys Versicherung hin, daß sie mich kenne –, indem sie schrieb: ›– der mir persönlich bekannte besagte Daniel B. Davis –.‹ Als sie ihren Stempel auf meine und ihre Unterschrift drückte, seufzte ich erleichtert auf. Betty sollte nur versuchen, dagegen etwas zu unternehmen!

Die Führerin sah das Schriftstück neugierig an, sagte aber nichts. Mit ernster Miene erklärte ich: »Tragödien lassen sich nicht gutmachen, aber das wird wenigstens ein bißchen weiterhelfen. Für die Ausbildung der Kleinen, wissen Sie.«

Sie weigerte sich, ein Honorar entgegenzunehmen, und ging in ihr Büro zurück. Ich sah Ricky wieder an und sagte: »Gib das deiner Großmutter. Sag ihr, sie soll es in der Zweigstelle der Bank of America in Brawley abliefern. Alles andere wird von dort erledigt.« Ich legte das Schriftstück vor ihr auf den Tisch.

Sie rührte es nicht an. »Das ist sehr viel Geld, nicht wahr?«

»Eine ganze Menge. Der Wert wird sogar noch steigen.«

»Ich will es nicht.«

»Aber Ricky, ich möchte doch, daß du es bekommst.«

»Ich will es nicht. Ich nehme es nicht.« Ihre Augen füllten sich mit Tränen, und ihre Stimme begann zu schwanken. »Du gehst für immer fort . . . und du denkst nicht einmal mehr an mich.« Sie schluchzte. »Genau wie damals, als du dich mit ihr verlobt hast! Wo du doch ebensogut Pete mitnehmen und zu mir und Oma ziehen könntest. Ich will dein Geld nicht!«

»Ricky. Hör mir zu, Ricky. Es ist zu spät. Ich könnte es nicht mehr zurücknehmen, selbst wenn ich wollte. Es gehört dir schon.«

»Das ist mir egal. Ich rühr' es nicht an.« Sie begann Pete zu streicheln. »Pete würde nicht weggehn und mich allein lassen ... aber du zwingst ihn dazu. Jetzt bleibt mir nicht einmal Pete.«

Ich sagte unsicher: »Ricky? Liebe kleine Ricky, willst du Pete ... und mich wiedersehen?«

Ich konnte die Antwort kaum verstehen. »Natürlich will ich. Aber es geht ja nicht.«

»Doch, es geht.«

»Was? Wie? Du hast gesagt, daß du den Langen Schlaf machst ... dreißig Jahre, hast du gesagt.«

»Das stimmt auch. Ich muß. Aber du kannst folgendes tun, Ricky. Sei ein braves Mädchen, bleib bei deiner Großmutter, geh in die Schule und laß dieses Geld anwachsen. Wenn du einundzwanzig Jahre alt bist – und uns beide noch sehen willst –, wirst du genug Geld haben, um den Langen Schlaf selbst zu machen; wenn du aufwachst, erwarten wir dich. Wir beiden warten auf dich. Das verspreche ich dir von ganzem Herzen.«

Ihr Gesichtsausdruck veränderte sich, aber sie lächelte nicht. Sie dachte lange nach, dann sagte sie: »Wirst du wirklich da sein?«

»Ja. Aber wir müssen einen Termin festlegen. Wenn du es willst, Ricky, dann mußt du es genauso machen, wie ich es dir sage. Wende dich an die Cosmopolitan-Versicherung und sorg dafür, daß du den Schlaf im Riverside-Sanktum unternehmen kannst ... und vor allem mußt du vereinbaren, daß du genau am 1. Mai 2001 aufgeweckt wirst. Ich werde an diesem Tag da sein und auf dich warten. Wenn du möchtest, daß ich dabei bin, sobald du das erstemal die Augen aufmachst, mußt du das vorher ebenfalls festlegen, weil man mich sonst ins Wartezimmer verbannt – ich kenne das Sanktum; man ist dort sehr genau.« Ich nahm einen Umschlag aus der Tasche, den ich in Denver vorbereitet hatte: »Du brauchst dir das nicht zu merken; ich habe alles genau aufgeschrieben. Heb diesen Brief auf, und an deinem einundzwanzigsten Geburtstag kannst du dich entschließen. Aber du darfst dich darauf verlassen, daß ich mit Pete dort auf dich warte, ob du kommst oder nicht.« Ich legte den Brief mit den Anweisungen auf das Zertifikat.

Ich glaubte, sie überzeugt zu haben, aber sie rührte die Schriftstücke nicht an. Sie starrte lange Zeit vor sich hin, dann sagte sie: »Danny?«

»Ja, Ricky?«

Sie hielt den Kopf gesenkt und sprach so leise, daß ich sie kaum verstehen konnte. Aber ich hörte, was sie sagte. »Wenn ich das mache ... heiratest du mich dann?«

Meine Ohren dröhnten, und die Umgebung schien sich um mich zu drehen. Aber ich gab ihr Antwort, mit fester Stimme und sehr laut. »Ja, Ricky. Das will ich. Deswegen mache ich das alles.«

Ich hatte ihr noch eines zu übergeben: einen Umschlag mit der Aufschrift: ›Im Falle des Ablebens von Miles Gentry zu öffnen!‹ Ich erklärte ihr nichts, sondern trug ihr nur auf, den Brief zu verwahren. Er enthielt die Beweise über Bettys Vergangenheit, mit Männern und in anderer Beziehung. In den Händen eines Anwalts sollte er eine gerichtliche Auseinandersetzung um das Testament glatt entscheiden können.

Dann gab ich ihr meinen Klassenring von der Technischen Hochschule – etwas anderes hatte ich nicht – und sagte ihr, daß er ihr gehöre; wir seien jetzt verlobt. »Du kannst ihn noch nicht tragen, weil er zu groß ist. Wenn du aufwachst, bekommst du einen anderen.«

Sie umklammerte ihn mit ihrer kleinen Faust. »Ich will keinen anderen.«

»Gut. Jetzt sag Lebewohl zu Pete, Ricky. Ich muß fort.«

Sie preßte Pete an sich, dann gab sie ihn mir und sah mir fest in die Augen, obwohl ihr die Tränen übers Gesicht liefen. »Lebwohl, Danny.«

»Nicht ›Lebwohl‹, Ricky. Bis später. Wir warten auf dich.«

Es war kurz nach zehn, als ich ins Dorf zurückkam. Dort erfuhr ich, daß ein Hubschrauber-Bus in fünfundzwanzig Minuten in die Stadt abflog. Ich fuhr zu einem Gebrauchtwagenhändler und schloß einen der schnellsten Verkäufe der Geschichte ab; gegen bares Geld auf die Hand gab ich meinen Wagen um die Hälfte seines Wertes ab. Ich hatte gerade noch genug Zeit, Pete in den Bus zu schmuggeln – gegen luftkranke Katzen besteht eine allgemeine Voreingenommenheit –, und wir erreichten Powells Büro wenige Minuten nach elf.

Powell war sehr verärgert darüber, daß ich meine Verträge mit Mutual für die Verwaltung meines Vermögens annulliert hatte, und er wollte mir einen bösen Vortrag wegen des Verlustes meiner

Papiere halten. »Ich kann nicht gut denselben Richter bitten, binnen vierundzwanzig Stunden zweimal Ihre Unterlagen über den Kaltschlaf zu unterschreiben. Das ist doch unmöglich.«

Ich hielt ihm Geld unter die Nase, Bargeld in verführerischer Höhe. »Halten Sie mir ruhig eine Strafpredigt, Herr Feldwebel. Wollen Sie meinen Auftrag oder nicht? Wenn nicht, dann kann ich jederzeit zur Central Valley gehen. Heute klappt es jedenfalls noch.«

Er kochte immer noch, gab aber nach. Dann beschwerte er sich über die Notwendigkeit, der Kaltschlafperiode sechs Monate anzufügen. Er sei nicht in der Lage, mir ein bestimmtes Datum für die Wiedererweckung zu garantieren. »In den Verträgen steht fast immer ›einen Monat früher oder später‹, damit Verwaltungsfehler einkalkuliert werden können.«

»Hier steht nichts davon. Da heißt es ›27. April 2001‹. Aber es ist mir egal, ob über dem Vertrag ›Mutual‹ oder ›Central Valley‹ steht. Mr. Powell, ich kaufe, und Sie verkaufen. Wenn Sie nicht liefern, was ich möchte, wende ich mich an eine Firma, die mir entgegenkommt.«

Er änderte den Vertrag, und wir zeichneten ihn beide ab.

Punkt zwölf Uhr erschien ich beim Arzt zur abschließenden Untersuchung. Er sah mich an. »Sind Sie nüchtern geblieben?«

»Und wie!«

»Na, wir werden ja sehen.« Er untersuchte mich beinahe ebenso sorgfältig wie beim letztenmal. Schließlich legte er sein Gummihämmerchen weg und sagte: »Ich bin überrascht. Sie sind in wesentlich besserer Verfassung als gestern. Erstaunlich.«

»Das kann man wohl sagen, Doktor.«

Ich hielt Pete auf den Armen und beruhigte ihn, während man ihm die erste Spritze gab. Dann legte ich mich ebenfalls hin. Ich hätte ebenso noch einen Tag oder sogar länger warten können – aber ich hatte es furchtbar eilig, wieder ins Jahr 2001 zurückzukommen.

Gegen vier Uhr nachmittags schlief ich zufrieden ein. Petes Kopf ruhte auf meiner Brust.

12

Meine Träume waren diesmal angenehmer. Der einzige unerfreuliche, an den ich mich erinnere, war nicht allzu bedrückend. Ich wanderte frierend durch endlose Korridore, drückte die Klinke jeder Tür, an der ich vorbeikam, in dem Glauben, schon die nächste müßte die Tür zum Sommer sein, hinter der Ricky wartete. Ich wurde von Pete behindert, der mir immer zwischen die Beine lief, wie es Katzen oft tun, wenn sie mit Menschen zusammen sind, denen sie vertrauen.

An jeder neuen Tür lief er mir zwischen die Beine, schaute hinaus, entdeckte immer noch den Winter und wich zurück, wobei er mich fast immer aus dem Gleichgewicht brachte.

Ich erwachte diesmal ohne Schwierigkeiten – der Arzt ärgerte sich sogar, daß ich nur ein Frühstück, die Los Angeles ›Times‹ und keine Unterhaltung wünschte. Ich hielt es nicht für sinnvoll, ihm zu erklären, daß ich denselben Weg schon einmal gemacht hatte; er hätte mir nicht geglaubt.

Ein Brief lag für mich bereit, der eine Woche früher geschrieben war. Er stammte von John und lautete:

›Lieber Dan,
also gut, ich geb's auf. Wie hast du das gemacht? Ich entspreche deiner Bitte, dich nicht abzuholen, entgegen Jennys Meinung. Sie läßt dir alles Liebe und Gute wünschen und bittet dich, uns nicht allzu lange warten zu lassen. Ich habe versucht, ihr zu erklären, daß du eine Weile zu tun haben wirst. Uns beiden geht es gut, obwohl ich auch nicht mehr der Jüngste bin. Jenny ist noch schöner als früher.

Hasta la vista, amigo
John

P. S. Wenn das Beigefügte nicht reichen sollte, brauchst du nur anzurufen – du kannst unbeschränkt verfügen. Wir haben uns recht gut gehalten, finde ich.‹

Ich überlegte, ob ich John anrufen, ihn begrüßen und ihm von einer kolossalen neuen Idee berichten sollte, die mir im Schlaf eingefallen war, eine Vorrichtung, die das Baden von einer Mühe zu einem schwelgerischen Vergnügen machte. Aber ich entschied mich dagegen, ich hatte andere Sachen im Kopf. Ich machte mir Notizen, um den frischen Eindruck zu bewahren, und schlief dann ein bißchen. Petes Kopf lag in meiner Achselhöhle. Das müßte ich ihm noch abgewöhnen können. Man fühlt sich ja geschmeichelt – aber es stört.

Am Montag, dem 30. April, verließ ich das Institut und fuhr nach Riverside, wo ich im alten Mission-Hotel ein Zimmer mietete. Man machte wegen der Katze Krach; ein Automatikpage läßt sich nicht bestechen – eine Verbesserung ist das zweifellos nicht. Aber der Geschäftsführer war zugänglicher. Für ein paar Scheine ließ er Pete einziehen. Ich schlief nicht gut, ich war zu aufgeregt.

Am nächsten Morgen um zehn Uhr stellte ich mich beim Direktor des Riverside-Sanktums ein. »Dr. Rumsey, ich heiße Daniel B. Davis. Haben Sie eine Klientin namens Frederica Heinicke hier?«

»Ich nehme an, daß Sie sich ausweisen können?«

Ich zeigte ihm einen Führerschein aus dem Jahr 1970, ausgestellt in Denver, und meinen Entlassungsschein aus dem Forest-Sanktum. Er sah sich die Schriftstücke an und gab sie mir zurück. Besorgt sagte ich: »Ich glaube, daß sie heute geweckt werden soll. Liegen übrigens irgendwelche Anweisungen vor, die meine Anwesenheit dabei erlauben? Ich meine nicht die vorhergehenden Maßnahmen, sondern den letzten Augenblick vor dem Eintritt des Bewußtseins.«

Er schob die Unterlippe vor und sah mich prüfend an. »Unsere Anweisungen für diese Klientin schreiben nicht vor, daß sie heute geweckt werden soll.«

»Nein?« Ich war maßlos enttäuscht und verletzt.

»Nein. Sie hat folgendes bestimmt: statt unbedingt geweckt zu werden, will sie überhaupt nicht ins Bewußtsein zurückkehren, wenn Sie nicht da sind.« Er sah mich an und lächelte. »Sie müssen ein Herz aus Gold haben. An Ihrer Schönheit kann es jedenfalls nicht liegen.«

Ich seufzte. »Danke, Doktor.«

»Sie können im Foyer warten oder später wiederkommen. Ein paar Stunden dauert es noch.«

Ich ging ins Foyer zurück, holte Pete und machte einen Spaziergang mit ihm. Ich hatte ihn in meiner neuen Reisetasche dort abgesetzt, die seiner alten so ähnlich wie möglich war, und am Abend zuvor ein Fenster eingebaut, das nur die Sicht nach draußen gestattete.

Wir kamen an dem ›netten Lokal‹ vorbei, aber ich hatte keinen Hunger, obwohl ich mir kaum Zeit zum Frühstück genommen hatte – Pete hatte meine Eier verzehrt und die Nase über den Hefeschnitzeln gerümpft. Um halb zwölf war ich wieder im Sanktum. Endlich ließ man mich zu ihr.

Alles, was ich von ihr sah, war ihr Gesicht; ihr Körper war zugedeckt. Aber das war meine Ricky, erwachsen und sehr weiblich; und sie sah aus wie ein schlafender Engel.

»Sie steht unter posthypnotischem Befehl«, sagte Dr. Rumsey leise. »Wenn Sie dort stehen bleiben, wecke ich sie auf. Äh, die Katze bringen Sie wohl besser hinaus.«

»Nein, Doktor.«

Er wollte etwas sagen, zuckte die Achseln und wandte sich seiner Patientin zu. »Sie müssen jetzt aufwachen, Frederica. Wachen Sie auf. Sie müssen jetzt aufwachen.«

Ihre Lider zuckten, dann schlug sie die Augen auf. Ihr Blick glitt durchs Zimmer, dann richtete er sich auf uns. Sie lächelte schläfrig. »Danny ... und Pete.« Sie hob beide Arme – und ich sah, daß sie meinen Klassenring am linken Daumen trug.

Pete jubelte, sprang aufs Bett und strich glücklich um sie herum.

Dr. Rumsey wollte sie über Nacht dabehalten, aber Ricky ließ nicht mit sich reden. Ich bestellte ein Flugtaxi, und wir flogen nach Brawley. Ihre Großmutter war 1980 gestorben, alle Bekanntschaften waren abgebrochen, aber sie hatte dort einiges in Aufbewahrung gegeben – vor allem Bücher. Ich ließ sie an die Firma Aladin, zu Händen John Sutton verschicken. Ricky war von den Veränderungen in ihrer Heimatstadt mehr als beeindruckt, und sie gab meinen Arm keinen Augenblick frei, aber von dem schrecklichen Heimweh, dem größten Nachteil des Langen Schlafes, spürte sie nichts. Sie wollte so schnell wie möglich aus Brawley fort.

Ich ließ also wieder ein Flugtaxi kommen, und wir flogen nach Yuma. Dort schrieb ich mich ins Standesamtregister mit meinem vollen Namen ›Daniel Boone Davis‹ ein, damit es keinen Zweifel daran geben konnte, welcher D. B. Davis dieses Meisterwerk entworfen hatte. Wenige Minuten später lag ihre kleine Hand in der meinen, und ich wiederholte:

»Ich, Daniel, nehme dich, Frederica, zur Frau ... bis der Tod uns scheidet.«

Pete war mein Brautführer. Die Trauzeugen liehen wir uns im Standesamt aus.

Wir verließen Yuma sofort und flogen zu einer Gästeranch in die Nähe von Tucson, wo wir einen abgelegenen Bungalow mieteten, ausgestattet mit unserem eigenen ›Eifrigen Erich‹, der alle Besorgungen erledigte, so daß wir mit keinem Menschen zu sprechen brauchten. Pete schlug eine grandiose Schlacht mit dem Kater, der bis dahin Herr der Ranch gewesen war, und von diesem Augenblick an mußten wir ihn im Bungalow halten oder auf ihn aufpassen. Das war der einzige Nachteil, der mir einfällt. Ricky gewöhnte sich ans Verheiratetsein, als hätte sie es persönlich erfunden, und ich – nun, ich hatte Ricky.

Sonst gibt es nicht mehr viel zu erzählen. Mit Rickys Aktienbesitz hinter mir – er war immer noch der größte einzelne Block –, schob ich McBee die Treppe hinauf zum ›Forschungsingenieur Emeritus‹ und beförderte Chuck zum Chefingenieur. John ist weiter der Unternehmer, aber er droht ständig, sich zurückzuziehen – leere Versprechungen. Er, ich und Jenny haben die Mehrheit in der Firma, weil er mit der Ausgabe der Aktien vorsichtig war und lieber Darlehen aufnahm, als die Kontrolle über das Unternehmen aufzugeben. Ich sitze in keinem Aufsichtsrat; ich leite die Betriebe nicht, und sie konkurrieren miteinander. Wettbewerb ist etwas Gutes.

Ich, das ist nur das ›Ingenieurbüro Davis‹ – ein Zeichensaal, eine kleine Werkstätte und ein alter Mechaniker, der mich für verrückt hält, aber meine Zeichnungen treu nachbaut. Wenn wir etwas fertiggestellt haben, vergebe ich die Herstellung in Lizenz.

Ich besorgte mir meine Aufzeichnungen über Twitchell wieder. Dann schrieb ich ihm und teilte ihm mit, daß ich es geschafft hätte und mit Hilfe des Kaltschlafes zurückgekommen sei, wobei ich mich dafür entschuldigte, an ihm gezweifelt zu haben. Ich fragte ihn, ob er das Manuskript zu sehen wünsche, wenn es fertig sei. Er ließ nie etwas von sich hören. Wahrscheinlich ist er immer noch wütend auf mich.

Aber ich schreibe das Buch und werde es in alle großen Bibliotheken stellen, selbst wenn ich das aus eigener Tasche bezahlen muß. Das bin ich ihm schuldig. Ich schulde ihm viel mehr; Ricky – und Pete. Ich werde das Buch ›Unerkanntes Genie‹ betiteln.

Jenny und John sind unverwüstlich. Dank der modernen Medizin, dank frischer Luft, Sonnenschein, Bewegung und einem sorglosen Gemüt ist Jenny mit ... nun, ich würde dreiundsechzig Jahren sagen, hübscher als je zuvor. John meinte, ich sei nur ein ›Hellseher‹, mehr will er nicht wissen. Auch die Beweise interessieren ihn nicht. Nun, wie hatte ich es geschafft? Ich versuchte es Ricky zu erklären, aber als ich ihr sagte, daß ich während unserer Flitterwochen tatsächlich in Boulder gewesen sei und daß ich betäubt in San Fernando gelegen habe, während ich bei ihr im Pfadfinderlager war, regte sie sich sehr auf.

Sie wurde leichenblaß. Ich sagte also: »Nehmen wir es als Hypothese. Es ist ganz logisch, mathematisch betrachtet. Angenommen, wir hätten ein Meerschweinchen verwendet, weiß mit braunen Flecken. Wir legen es in den Zeitkäfig und schicken es eine Woche zurück. Aber eine Woche zuvor haben wir es dort bereits gefunden, also mußten wir es damals in eine Kiste tun. Jetzt haben wir zwei Meerschweinchen, obwohl es in Wirklichkiet nur eines ist, wovon das eine um eine Woche älter sein muß als das andere. Wenn man also eines davon nimmt und es um eine Woche zurückschickt ...«

»Einen Augenblick! Welches denn?«

»Welches? Tja, es gab ja immer nur eines. Man nimmt natürlich das um eine Woche jüngere, weil –«

»Du hast doch gerade gesagt, daß nur eines existiert. Dann sagtest du, es wären zwei. Aber du wolltest eines von beiden nehmen ... wenn es doch nur eines gibt –«

»Ich versuche zu erklären, wie zwei zugleich nur eines sein können. Wenn man das jüngere nimmt –«

»Woher willst du denn wissen, welches Meerschweinchen das jüngere ist, wenn sie alle gleich aussehen?«

»Na, man könnte ihm den Schwanz abschneiden, wenn man es zurückschickt. Sobald es dann zurückkommt, könnte man –«

»Aber Danny, wie grausam! Außerdem haben Meerschweinchen keine Schwänze.«

Sie schien zu glauben, daß das etwas bewies. Ich hätte eine Erklärung nie versuchen sollen.

Aber Ricky gehört nicht zu den Menschen, die sich über unwichtige Dinge aufregen. Als sie sah, wie sehr ich innerlich beteiligt war, meinte sie sanft: »Komm her, Liebster.« Sie fuhr mir durchs reichlich schüttere Haar und küßte mich. »Einen von dir, mehr will ich nicht, Liebling. Mit zweien von deiner Sorte käme ich nicht zurecht. Sag mir nur das eine, bist du froh, daß du gewartet hast, bis ich erwachsen war?«

Ich bemühte mich, ihr das zu beweisen.

Aber die Erklärung, die ich unternahm, sagte wirklich nicht alles. Mir entging etwas Wesentliches, obwohl ich selbst auf dem Karussell saß und die Runden zählte. Warum habe ich die Notiz über meine eigene Entlassung nicht in der Zeitung gesehen? Ich meine, die zweite im April 2001, nicht die vom Dezember 2000. Ich hätte sie sehen müssen; ich war doch schon da und pflegte die Listen durchzulesen. Ich wurde am Freitag, dem 27. April 2001, geweckt – beim zweitenmal; das hätte in der ›Times‹ vom nächsten Tag stehen müssen. Aber ich sah es nicht. Ich habe inzwischen nachgeschlagen, und da steht es: ›D.B. Davis‹, in der ›Times‹ vom Samstag, dem 28. April 2001.

Vom philosophischen Standpunkt aus kann ein Tintenstrich ebenso sicher ein anderes Universum schaffen, als fehle ganz Europa. Treffen die alten Vermutungen über ›sich verzweigende Zeitströme‹ und ›vielfache Welten‹ das Richtige? Stolperte ich in eine andere Welt, weil ich das Gefüge verändert hatte? Obwohl ich dort Ricky und Pete fand? Gibt es irgendwo oder irgendwann ein anderes Universum, in dem Pete bis zur Verzweiflung heulte und dann einsam davonzog, um für sich selbst zu sorgen? In dem es Ricky nie gelang, mit ihrer Großmutter zu fliehen, in dem sie der Rache Bettys schutzlos ausgesetzt war?

Eine Zeile Kleingedrucktes genügt nicht. Ich bin wohl an diesem Abend eingeschlafen und übersah meinen Namen, dann stopfte ich die Zeitung am nächsten Morgen in den Müllschlucker, weil ich glaubte, alles durchgelesen zu haben. Ich bin oft zerstreut, vor allem, wenn ich über eine neue Idee nachdenke.

Aber was hätte ich getan, wenn mir die Notiz aufgefallen wäre? Wäre ich hingegangen, mir selbst begegnet – und dem Wahnsinn verfallen? Nein, denn wenn sie mir aufgefallen wäre, hätte ich nichts von dem getan, was ich anschließend unternahm. Dann hätte alles sich auch nicht so zutragen können. Die Kontrolle gehört zu den negativen Rückkoppelungssystemen mit eingebauter Narrensicherung, weil die bloße Existenz dieser Druckzeile davon abhing, daß ich sie nicht sah. Die offensichtliche Möglichkeit, daß ich sie vielleicht hätte sehen können, gehört zu den Unmöglichkeiten der grundlegenden Planung.

›Es gibt eine Macht, die unser Leben formt, so sehr wir auch im

Groben daran herumbosseln mögen.‹ Freier Wille und Vorherbestimmung in einem Satz, und beides gleich wahr. Es gibt nur eine wirkliche Welt, mit einer Vergangenheit und einer Zukunft. Nur eine einzige ... die aber groß und kompliziert genug ist, freien Willen, Zeitreisen und alles andere in sich zu enthalten. Innerhalb der Regeln darf man alles tun ... aber man muß an seine eigene Tür zurückkehren.

Ich bin nicht der einzige Mensch, der durch die Zeit gereist ist. Charles Fort führt zu viele Fälle an, die sich anders nicht erklären lassen, ebenso Ambrose Bierce, der Dichter. Und dann gab es ja auch die beiden Damen in den Gärten von Trianon. Ich habe auch das Gefühl, daß der alte Doktor Twitchell den Knopf öfter gedrückt hat, als er zugeben wollte ... ganz zu schweigen von anderen, die in der Vergangenheit oder Zukunft das Problem lösen oder gelöst haben. Aber ich möchte bezweifeln, daß man damit viel wird anfangen können. In meinem Fall wissen nur drei Menschen Bescheid, und zwei davon glauben mir nicht. Man kann nicht sehr viel unternehmen, wenn man durch die Zeit reist. Wie Charles Fort schon sagte, man baut erst Eisenbahnen, wenn die Zeit dafür reif ist.

Aber ich kann Leonard Vincent nicht vergessen. War er wirklich Leonardo da Vinci? Schlug er sich bis Europa durch und kehrte er mit Kolumbus zurück? In den Lexika steht, sein Leben sei so und so verlaufen – aber vielleicht hat er da manches verändert. Ich weiß, wie das ist; ich mußte ähnliches tun. Im Italien des fünfzehnten Jahrhunderts gab es weder Ausweise noch Fingerabdrücke; es müßte ihm gelungen sein.

Aber man stelle sich ihn vor, abgeschnitten von allem, woran er gewöhnt war, mit der Kenntnis vom Fliegen, von der Elektrizität, von Millionen anderen Dingen, die er verzweifelt darzustellen versuchte, damit sie sich nachschöpfen ließen – aber zum Scheitern verurteilt, weil man die heutigen Dinge ohne die Grundlage der vergangenen Jahrhunderte einfach nicht erreichen kann.

Tantalus hatte es leichter.

Ich habe mir überlegt, was sich mit den Zeitreisen anfangen ließe, wenn die Geheimhaltungsvorschriften aufgehoben würden – kurze Zeitsprünge machen, Maschinen zur Rückkehr aufstellen und Teile mitnehmen. Aber eines Tages ein Sprung zuviel, und man kann für die Rückkehr nicht aufbauen, weil die Zeit für ›Eisenbahnen‹ noch nicht reif ist. Etwas ganz Einfaches, zum Beispiel eine

Speziallegierung, könnte alles verderben. Und dann darf man ja auch das ungeheuere Risiko nicht vergessen, daß man nicht weiß, in welche Richtungen man geschickt wird. Man stelle sich vor, daß man am Hof Heinrichs des Achten mit einer Ladung subflexibler Thorsen-Röhren für das 25. Jahrhundert landet. Lieber schon in den Roßbreiten in eine Windstille geraten.

Nein, man sollte nie ein Gerät auf den Markt bringen, bevor alle Unebenheiten ausgebügelt sind.

Aber ich zerbreche mir über ›Paradoxa‹ oder die ›Verursachung von Anachronismen‹ nicht den Kopf. Wenn ein Ingenieur aus dem 30. Jahrhundert alle Probleme lösen kann und dann Übergangsstationen errichtet, wird es dazu kommen, weil der Schöpfer das Universum so eingerichtet hat. Er gab uns Augen, zwei Hände, ein Gehirn; was wir mit ihnen anfangen, kann kein ›Paradox‹ sein. Er braucht keine Wichtigtuer, die Seine Gesetze ›durchsetzen‹; sie verschaffen sich selbst Gehorsam. Es gibt keine Wunder, und das Wort ›Anachronismus‹ ist, semantisch gesehen, ein leerer Ausdruck.

Aber ich mache mir über die Philosophie nicht mehr Gedanken als Pete. Wie die Wahrheit über unsere Welt auch aussehen mag, mir gefällt sie. Ich habe meine Tür zum Sommer gefunden, und ich denke nicht daran, jemals wieder durch die Zeit zu reisen, aus Angst, ich könnte an der falschen Station aussteigen. Vielleicht wird mein Sohn es versuchen, aber dann möchte ich ihm raten, vorwärtszugehen, nicht zurück. ›Zurück‹, das ist nur für Notfälle, die Zukunft ist besser als die Vergangenheit. Trotz der Romantiker und sonstigen Schwätzer wird die Welt besser, weil der menschliche Verstand in der Anpassung an die Umgebung sie verbessert. Mit den Händen ... mit Werkzeugen ... mit gesundem Menschenverstand, Wissenschaft und Technik.

Die meisten dieser langhaarigen Fasler können weder einen Nagel einschlagen noch mit einem Rechenschieber umgehen. Am liebsten würde ich sie in Doktor Twitchells Käfig einladen und sie ins zwölfte Jahrhundert zurückschicken – dort könnten sie sich amüsieren.

Aber ich bin auf keinen Menschen wütend, und mir gefällt meine Zeit. Nur Pete wird älter und ein wenig dicker. Mit jüngeren Gegnern läßt er sich nicht mehr gerne ein; nur allzubald muß er den ganz langen Schlaf tun. Ich hoffe von ganzem Herzen, daß seine tapfere kleine Seele für immer ihre Tür zum Sommer findet, wo Felder von Katzenminze wuchern, alle Katzen friedlich sind, und

Robotergegner fürchterliche Kämpfe liefern – aber immer verlieren –, wo es Menschen mit aufnahmebereiten Armen gibt, aber keinen Fuß, der nach ihnen tritt.

Ricky wird auch molliger, nur vorübergehend und aus gutem Grund. Sie ist noch schöner geworden, aber dieser Zustand ist doch reichlich unangenehm für sie, wie für alle Frauen. Ich arbeite an Geräten, die manches erleichtern. Es ist einfach nicht besonders bequem, eine Frau zu sein; man sollte gegen das Bücken, gegen die Rückenschmerzen etwas unternehmen – daran arbeite ich, und ich habe ihr ein hydraulisches Bett gebaut, das ich vielleicht patentieren lasse. Es müßte auch leichter gemacht werden, in eine Badewanne zu steigen. Dafür weiß ich noch keine Lösung.

Für unseren alten Pete habe ich eine Katzentoilette gebaut – für schlechtes Wetter –, automatisch, hygienisch und geruchlos. Pete zieht es aber vor, nach draußen zu gehen, und er hat seine Überzeugung nicht aufgegeben, daß irgendeine Tür in den Sommer führen muß, wenn man nur lange genug danach sucht.

Ich glaube, er hat recht.